Danse pour moi

Mary Jane Clark

Danse pour moi

Traduit de l'anglais (États-Unis)
par Mathieu Périers

ÉDITIONS
FRANCE
LOISIRS

Titre original : *Dancing in the Dark*
publié par St. Martin's Press, New York, 2005.

Édition du Club France Loisirs,
avec l'autorisation des Éditions de l'Archipel.

Éditions France Loisirs,
123, boulevard de Grenelle, Paris.
www.franceloisirs.com

ISBN : 2-7441-9621-5

À Elizabeth et David, comme toujours.
Et à tous ceux qui souffrent
du syndrome de l'X fragile,
dans l'attente d'un traitement.

Prologue

Jeudi 18 août

Elle se tenait debout dans le noir. Elle ne voyait rien mais ses autres sens, aux aguets, avaient pris le relais. Elle entendait dans le lointain la clameur de l'océan Atlantique et percevait, juste au-dessus d'elle, un léger battement d'ailes. L'air était empli d'une odeur de moisissure et ses pieds nus foulaient un sol sableux, humide et froid, dans lequel ils s'enfonçaient. Soudain, elle sentit quelque chose frôler sa cheville, et espéra qu'il s'agissait d'une souris plutôt que d'un rat...

Voilà trois jours désormais qu'elle était enfermée dans cette pièce aux murs suintants. Un de plus et elle deviendrait folle. Il ne fallait pourtant pas qu'elle craque. Quand on viendrait la délivrer – ce qu'elle espérait de tous ses vœux –, il faudrait qu'elle puisse narrer aux autorités les moindres détails de sa captivité. Voilà à quoi elle se raccrochait. Elle raconterait à la police comment il l'avait abandonnée ici depuis ce qui lui semblait être des siècles. Elle leur dirait qu'il l'avait bâillonnée avant de s'en aller pour que personne ne puisse entendre ses cris, puis qu'à son retour il avait baissé le foulard pour presser ses lèvres sur les siennes...

La police voudrait savoir ce qu'il lui avait dit mais elle répondrait aux enquêteurs qu'elle avait cessé de le questionner dès son deuxième jour de captivité, puisqu'il demeurait muet. Il ne s'exprimait que par gestes. Elle leur dirait qu'elle avait vite compris ce qu'il attendait d'elle. Qu'elle avait alors décidé de se laisser soulever, puis plaquer contre lui avant qu'il la fasse de nouveau virevolter... Qu'elle n'avait eu en fait d'autre choix que de suivre ses pas...

Alors qu'elle continuait à récapituler mentalement tous les détails dont la police aurait besoin, elle sentit son estomac gargouiller. Elle avait mangé avec parcimonie les quelques vivres à sa disposition. Mais cela ne l'inquiétait guère. La faim était pour elle une compagne habituelle. Elle savait se contenter du minimum. Mieux, elle prenait pour une force le contrôle qu'elle exerçait sur son alimentation – au grand dam de ses parents, amis ou autres thérapeutes que son cas inquiétait. Ils ne comprenaient pas la voie qu'elle avait choisie. Ils ne comprenaient pas ce qui pour elle coulait de source : ne pas manger équivalait au contrôle absolu.

En entendant le roucoulement d'un pigeon au-dessus d'elle, elle pensa à ses parents. Ils devaient être fous d'inquiétude. Elle imaginait sa mère en pleurs et son père en train de faire craquer ses articulations – une sale habitude qu'il avait dès qu'il était nerveux. La recherchait-on activement ? Elle espérait que tel était le cas. Elle espérait aussi que quiconque s'étant montré injuste envers elle, quiconque l'ayant rejetée, quiconque l'ayant blessée était à l'heure actuelle préoccupé par son cas...

Le faible roulement des vagues allait et venait dans le lointain, et elle essaya de se laisser bercer par le rythme pour tenter de se calmer. Tout allait bien se terminer. Il le fallait. Elle raconterait aux enquêteurs ce qui s'était passé. Elle leur dirait que, sans un mot, il l'avait aidée à se relever. Que, toujours silencieux, il lui avait montré ce qu'il attendait d'elle en pressant son corps contre le sien. Alors elle avait dansé pour lui, dans le noir. Dansé et dansé encore – espérant secrètement lui faire plaisir. Dansé pour ne pas perdre la vie...

Quatre heures plus tard, Ocean Grove, New Jersey

L'employé de la compagnie de gardiennage saisit sa lampe torche et l'alluma. Encore une heure avant la fin de son service, le temps d'effectuer une dernière ronde.

En serpentant tranquillement le long des chemins déserts, George Croft sortit un mouchoir de la poche de son uniforme pour s'éponger le front et la nuque. Excepté la chaleur, la soirée dans cette station balnéaire paisible ressemblait à bien d'autres. De temps en temps, un léger ronflement émanait des fenêtres ouvertes d'une habitation qu'il longeait. À part cela, rien à signaler. Les lois en vigueur interdisaient le bruit après vingt-deux heures. Et, passé vingt-trois heures, la plupart des lumières étaient éteintes – la chaleur, le soleil et l'air de la mer préparaient il est vrai à une bonne nuit de sommeil.

Après avoir remonté Mont-Carmel Way, le gardien coupa à travers une pelouse et alla une nouvelle fois inspecter le Tabernacle de l'évêque Janes et le Grand Auditorium[1]. Ses lourdes portes en bois de style victorien étaient toujours bien fermées. La croix lumineuse qui surplombait l'édifice servait de point de repère aux navires passant au large. Elle brillait dans la nuit, signifiant que tout allait bien.

George était satisfait que sa ronde se déroulât sans le moindre incident, même s'il restait encore un quart d'heure avant la fin de son service. Pourvu que rien n'arrive d'ici à deux heures du matin... Il n'avait surtout pas envie qu'on lui complique la vie. Il espérait même par-dessus tout que, s'il prenait à un déséquilibré l'envie d'enlever une autre fille, il le ferait en dehors de

---

1. Le Tabernacle de l'évêque Janes – The Bishop Janes Tabernacle – est le plus ancien bâtiment en dur dédié au culte à Ocean Grove. Imaginé dès 1875 pour honorer la mémoire de l'évêque Edmond Janes, il fut inauguré le 14 juillet 1877. Le Grand Auditorium – The Great Auditorium – dont les travaux débutèrent à la fin du XIXe siècle est le monument le plus imposant d'Ocean Grove. De la taille d'un terrain de football, il accueille des prêches et des concerts. *(N.d.T.)*

ses heures de service, et à l'autre bout de la ville. Pauvre fille, on ne l'avait toujours pas retrouvée...

Mon Dieu, quelle chaleur ! Désirant plus que tout un verre d'eau fraîche, George braqua sa torche vers le kiosque de bois qui abritait le Puits de Bersabée. Il savait que cette source – le premier puits d'Ocean Grove – devait son nom à un épisode de l'Ancien Testament [1]. Il savait aussi que l'eau de ce puits avait rendu bien des services aux fondateurs de la ville, mais lui préférait la boire en bouteille. Il ne s'y désaltérerait donc pas, et se dit que c'était le bon endroit pour attendre la fin de sa vacation.

Aucune brise ne soufflait de l'océan et la nuit semblait particulièrement calme. Pour tuer le temps, George s'amusa à éclairer ses pas. Il remarqua qu'un de ses lacets était défait. Il posa sa lampe et s'agenouilla pour le renouer. C'est alors qu'il entendit une sorte de raclement. Il reprit aussitôt sa torche et la dirigea en direction du bruit. Il plissa les yeux pour tenter d'identifier la forme sombre, immobile, allongée au pied du kiosque de bois.

George s'approcha prudemment. Au moment où il entendit un autre grognement, il vit la forme bouger. Il approcha lentement jusqu'à ce que le rayon de sa lampe capture le visage d'une jeune femme bâillonnée, les yeux bandés.

---

1. Genèse 21. *(N.d.T.)*

Vendredi 19 août

1

Diane avançait d'un pas rapide sur Columbus Avenue. Elle sentait la chaleur émanant du trottoir transpercer ses semelles et les gouttes de sueur perler sur son front et ses tempes, anéantissant les vingt minutes d'effort qu'elle avait passées devant la glace à se maquiller et s'apprêter. Sa robe de coton fraîchement repassée lui collait dans le dos et le col, pourtant amidonné, commençait à s'affaisser. La journée n'avait pas encore commencé qu'elle ne ressemblait déjà plus à rien...

Diane était nerveuse, comme toujours, à l'idée d'être en retard, et elle s'en voulut d'avoir décidé de se rendre au travail à pied. Pourtant les quelques minutes de marche qu'elle s'accordait quotidiennement représentaient son seul sport depuis qu'elle avait résilié son abonnement à la salle de gym. Elle n'y allait pas suffisamment pour que cela vaille la peine de le conserver. En fait, elle manquait de temps – et il était hors de question qu'elle prenne sur le peu qu'elle consacrait déjà aux enfants...

En sentant l'odeur nauséabonde des ordures qui cuisaient au soleil dans l'attente d'une benne de ramassage, Diane accueillit avec soulagement la perspective des vacances. Deux semaines loin de la ville, de cette chaleur oppressante, de ce vacarme, loin de la course perpétuelle et de la pression. Ces derniers mois avaient été terribles, exténuants. Parfois, elle se demandait même si elle n'avait pas rêvé toutes ces épreuves. Mais la réalité, brutale, la rattrapait quand elle observait Michelle se ronger les ongles ou Anthony, les épaules voûtées, fixer la photo de son père sur le piano. La réalité la rattrapait aussi quand elle se réveillait au milieu de la nuit, seule dans son grand lit à deux places...

Elle coupa par la cour du Lincoln Center et s'arrêta un instant devant la majestueuse fontaine, espérant un peu de fraîcheur. Mais il n'y avait aucun souffle de vent pour propager la moindre once d'humidité, aussi reprit-elle sa marche. Peu importe, après tout. Ce soir, elle était en vacances. Bientôt, les enfants et elle se trouveraient dans un endroit calme et paisible, où l'air serait doux, l'eau, fraîche et claire... Ils ne partiraient peut-être pas là où elle l'avait imaginé, ni dans les conditions souhaitées, mais l'essentiel était de quitter la ville. Ils avaient besoin de ce repos. Surtout après ce qu'ils avaient enduré.

La vie, même sans Philip, devait continuer.

Une fois poussée la lourde porte à tambour, Diane se retrouva dans le hall d'entrée et accueillit avec plaisir la bouffée d'air frais. Elle adressa un sourire au membre du service de sécurité en uniforme pendant qu'elle fouillait son sac à la recherche du fin collier métallique au bout duquel pendait son badge. L'ayant trouvé, elle passa la carte magnétique devant la cellule électronique de la borne d'identification. Un bip se fit entendre, qui signifiait qu'elle était autorisée à entrer dans l'immeuble. Elle savait que nombre de journalistes de la chaîne trouvaient ridicule d'avoir chaque jour à produire une pièce d'identité pour pénétrer au siège de Key News. Ils pensaient que leur visage était suffisamment célèbre pour s'éviter ce genre de corvée. Diane n'était pas de leur avis. Elle trouvait qu'assurer la sécurité d'un tel bâtiment ne devait pas être une partie de plaisir et qu'il fallait au contraire faciliter le travail de ceux qui en étaient chargés. Elle n'allait cependant pas – seule entorse au règlement qu'elle s'autorisait – jusqu'à porter toute la journée son badge autour du cou. Elle évitait bien volontiers d'exhiber cet inélégant accessoire de mode...

Diane fit un détour par la cafétéria, où elle prit une banane et une tasse de thé. En se dirigeant vers les ascenseurs, elle passa sous les photos géantes des journalistes et autres figures de proue que la chaîne exhibait fièrement dans le hall. On pouvait reconnaître Eliza Blake de « Evening Headlines », Constance Young et Harry Granger, les deux présentateurs vedettes de l'émission matinale « Key to America », ainsi que Cassie Sheridan, entourée des différents chroniqueurs et journalistes contribuant au succès de « Hourglass ».

Diane ne s'arrêta pas pour examiner cette photo prise plus d'un an auparavant. Avec ses yeux bleu-gris et son nez qu'elle aurait aimé un peu plus droit, elle souriait, radieuse, au milieu du groupe. Elle n'avait pas besoin qu'on lui rappelle que les soucis et les contrariétés des derniers mois avaient laissé des traces visibles. Ses fines rides au coin des yeux s'étaient creusées tandis que d'autres avaient fait leur apparition autour de sa bouche, sans doute dues à l'air renfrogné qu'elle n'avait guère quitté. Récemment, Diane avait même constaté qu'elle était obligée d'appliquer plusieurs fois par jour de l'anticernes pour masquer les poches noires qu'elle avait sous les yeux.

Heureusement, les vacances me tendent les bras, se dit-elle en appuyant sur le bouton de l'ascenseur. Avec un peu de calme et de repos, elle retrouverait bien vite une mine superbe. Toutes ses collègues femmes veillaient scrupuleusement à leur apparence physique – clé de leur succès ! Cela pouvait sembler injuste, mais c'était un paramètre qu'il fallait avoir à l'esprit lorsqu'on travaillait à la télévision. Les hommes eux aussi surveillaient leur image. Mais ils étaient moins à la merci d'une ride, d'un cheveu blanc ou d'un kilo en trop, dont ils s'accommodaient sans peine. Les femmes ne pouvaient se permettre le moindre écart. Elles avaient beau se plaindre entre elles de ce triste constat, cela n'y changerait rien : si l'on voulait passer à l'antenne, l'expérience comptait bien moins que la jeunesse et la fraîcheur...

Une petite musique lui indiqua qu'elle était arrivée à destination. Les portes de l'ascenseur s'ouvrirent et Diane se rendit aussitôt aux toilettes. Elle prit une serviette en papier et tâcha pendant quelques instants de se redonner figure humaine. Après avoir effacé toutes les traces de mascara, elle s'attaquait à remodeler ses cheveux quand elle entendit dans son dos une porte s'ouvrir.

— Oh, bonjour Susanna ! s'exclama-t-elle en voyant dans la glace une jeune femme s'avancer en claudiquant vers le lavabo jouxtant le sien.

— Bonjour, Diane, lui répondit-elle. Alors, pas encore liquéfiée ?

Diane, qui s'apprêtait à embrayer sur le supplice qu'elle venait de vivre, s'arrêta à temps. Il eût été déplacé de tenir de tels propos à Susanna. Qui sait si elle n'aurait pas tout donné pour pouvoir marcher normalement sous la fournaise... C'est du moins ce que Diane imaginait.

— Heureusement, l'air conditionné existe, répondit-elle en ôtant de sa brosse quelques cheveux blond cendré.

Elle la rangea ensuite dans son sac, dont elle sortit une petite bombe de laque.

— Et puis, je suis en vacances ce soir. Je pars pour quinze jours dans le Grand Canyon avec les enfants. Il fera sans doute chaud, mais ce ne sera rien comparé à cet air irrespirable que nous avons ici.

— Oh, c'est fantastique ! lui répondit Susanna d'un air enjoué. Est-ce que tu as toutes les informations dont tu as besoin ? Je peux effectuer quelques recherches, si tu veux...

Diane retrouvait bien là les qualités de la jeune femme. Toujours enthousiaste et prête à rendre service. Dieu sait pourtant qu'elle aurait pu se montrer aigrie... Mais sans doute avait-elle rapidement compris que jouer les éternelles victimes ne lui aurait rien apporté de positif.

— Tu es un ange, je te remercie, lui répondit Diane. Mais je n'ai besoin de rien. Je profiterai sur place des visites organisées. En fait, je n'ai qu'une envie : ne rien décider et me laisser guider. Juste choisir une tenue le matin et ensuite profiter de la journée, si tu vois ce que je veux dire. Juste me reposer et passer du bon temps avec mes enfants.

Diane attendit que la jeune documentaliste fût sortie des toilettes pour agiter sa bombe de laque et s'en asperger les cheveux. L'odeur caractéristique venait à peine de caresser ses narines que Susanna ouvrit de nouveau la porte.

— Au fait, Diane, j'ai oublié de te dire, Joel a demandé à te voir.

— Est-ce que tu sais pourquoi il...

La phrase de Diane resta en suspens. Susanna était déjà repartie.

2

L'inspecteur se tenait au pied d'un lit d'hôpital, dans une petite pièce des urgences. Son visage ne trahissait aucune expression tandis qu'il notait sur un calepin les réponses de Leslie Patterson.

— Combien de fois faudra-t-il que je vous le répète ? demanda la jeune femme d'une voix ulcérée. Je ne sais pas à quoi il ressemble. Je vous dis la stricte vérité : je n'ai jamais vu son visage.

Elle scruta du coin de l'œil l'inspecteur, qui demeura impassible. C'était plus sa manie de reposer sans cesse les mêmes questions qui la mettait hors d'elle. Visiblement, il ne la croyait pas.

— Reprenons, mademoiselle Patterson. Vous vous promeniez donc sur la digue, seule, à minuit... poursuivit-il en insistant sur les derniers mots, montrant ainsi son scepticisme. Est-ce que ça vous arrive souvent de vous promener comme ça, la nuit ?

— Mais je vous l'ai déjà dit. J'ai eu des mots avec mon petit ami... En fait, on s'est disputés et je voulais faire le point. Je pensais qu'une bonne marche me remettrait les idées en place et me fatiguerait assez pour que je parvienne ensuite à m'endormir.

— Votre petit ami... Vous faites allusion à

Shawn Ostrander, n'est-ce pas ? reprit le policier.

— Oui, répondit-elle, agacée. À qui d'autre ?

Elle prit une petite cuiller sur le plateau du petit déjeuner qui lui avait été apporté par quelque infirmière bienveillante qui pensait sans doute lui faire plaisir. Elle joua quelques instants avec, puis la reposa. Comme si j'allais manger ça, pensa-t-elle avec dédain. Elle soupira en repoussant le plateau qui contenait la nourriture à laquelle elle n'avait pas touché.

— Et Shawn, ce soir-là, vous a bien dit qu'il ne voulait plus vous revoir... reprit le policier, d'un ton amical, comme pour l'inciter à se confier.

— Oui, et aussi qu'il avait rencontré quelqu'un d'autre, lui répondit Leslie en observant les marques rouges qu'avaient laissées les liens sur ses poignets.

Après avoir remonté la couverture, elle enfouit ses mains au-dessous. Et là, à l'abri du regard de l'inspecteur, elle se pinça violemment l'intérieur de la cuisse. Sans épingle ni lame de rasoir, elle dut se contenter de cette torture manuelle. Malgré la douleur qui se diffusait dans son corps, son visage ne changea pas d'expression. Grâce à ce pinçon, elle se sentit mieux.

— Ça a dû vous faire mal, lui lança alors l'inspecteur.

Leslie eut un léger sursaut. Comment avait-il pu deviner ? Mais elle comprit rapidement qu'il faisait allusion au départ de Shawn, au choc provoqué par le fait qu'il avait une nouvelle petite amie.

— Bien sûr, lui répondit-elle avant de se pincer de nouveau.

Cette fois, les larmes lui vinrent aux yeux. Toujours pas à cause de la douleur physique. Mais parce qu'elle refusait de perdre Shawn. Se rendait-il seulement compte qu'aucune autre ne pourrait jamais l'aimer comme elle l'avait fait ?

— Vous souhaitiez attirer l'attention de Shawn, n'est-ce pas ? Vous espériez sans doute qu'il reviendrait sur sa décision en mesurant à quel point vous lui manquiez... Vous disparaissez deux ou trois jours et Shawn vous ouvre de nouveaux les bras...

Leslie pesa ses mots. Bien sûr, elle avait espéré que Shawn se serait fait du souci pour elle. Oui, pendant les trois jours et les trois nuits qu'elle avait passés allongée dans cette pièce humide et sombre, elle avait tenu en pensant que Shawn regrettait à présent de l'avoir plaquée. Elle souhaitait même que le cauchemar qu'elle avait vécu ne fût rien comparé à celui de Shawn qui, pensant qu'il pouvait la perdre à tout jamais, avait enfin pris la mesure de son amour pour elle.

Elle ne pouvait se permettre de dire la vérité au policier. D'autant qu'elle avait l'impression qu'il ne la croyait pas. Il la suspectait d'avoir manigancé son enlèvement pour attirer l'attention sur elle. Inutile de lui donner des arguments allant dans ce sens...

— Écoutez, inspecteur, j'ai été enlevée, bâillonnée, attachée, on m'a mis un foulard sur les yeux et on m'a laissée trois jours je ne sais où... Alors, au lieu de m'accuser, ce dont j'ai la désagréable impression, vous feriez mieux de partir à la recherche du véritable coupable.

— C'est ce que nous faisons, Leslie, croyez-moi. Je ne suis pas le seul à travailler sur cette affaire. Les meilleurs éléments de la NPD [1] sont sur le pont. Et nous allons démêler le fin mot de cette histoire. Vous pouvez en être sûre...

Étrangement, au lieu de la rassurer, les paroles du policier résonnèrent aux oreilles de Leslie comme une menace...

La porte s'ouvrit et le médecin urgentiste qui avait examiné Leslie un peu plus tôt entra. Il vint se placer au pied de son lit, consulta son bloc-notes et jeta un regard au policier avant de prendre la parole. Comme une enquête avait été ouverte, il était autorisé à parler en présence de l'officier.

— Les résultats des analyses sont négatifs, Leslie. Voilà une bonne nouvelle : vous n'avez pas été violée. Même si vous nous affirmiez ne pas l'avoir été, on ne pouvait rien négliger. Il fallait effectuer ce test. Il aurait très bien pu abuser de vous après vous avoir droguée, et que vous n'en conserviez aucun souvenir...

Le médecin s'approcha d'elle et lui posa une main chaleureuse sur l'épaule.

— Bon, physiquement, vous n'avez rien. Les

---

1. NPD : Neptune Police Department. Les forces de police d'Ocean Grove sont rattachées à Neptune, commune voisine de taille plus importante. *(NdT)*

marques sur vos poignets et sur vos chevilles disparaîtront d'elles-mêmes dans quelques jours. De même que les petites entailles au coin de vos lèvres. Vous pouvez rentrer chez vous, Leslie. En revanche, je ne saurais trop vous recommander d'aller voir un psychothérapeute. Il va vous falloir évacuer ce traumatisme, en parler... Voulez-vous que je vous recommande quelqu'un ? lui demanda-t-il gentiment.

— Non, merci, répondit Leslie. J'ai déjà quelqu'un qui me suit.

Inutile de rétorquer qu'elle ne voyait pas l'intérêt de telles séances. Sagement, elle irait trouver ce bon docteur Messinger, qu'elle bernerait, tout comme elle trompait le médecin qui se trouvait à son côté en s'infligeant sous la couverture les pires sévices. À son insu, sans qu'il se doute de rien, elle se pinçait le haut de la cuisse, encore et encore...

3

En août, tous les producteurs exécutifs des principales émissions de télévision jouent généralement au golf ou sont en vacances dans le sud de la France. Tous sauf Joel Malcolm. Télécommande en main, il faisait face à la demi-douzaine d'écrans de télévision qui tapissait un mur de son bureau quand Diane frappa à la porte bien que cette dernière fût ouverte.

— Ah, tu es là, entre, dit-il en l'apercevant.

Puis il pointa la télécommande vers l'un des téléviseurs. Au bas de l'écran, Diane put lire : Ocean Grove, New Jersey. Un reporter, debout sur la plage, l'océan dans le dos, faisait son compte rendu à la caméra. Il avait le visage bronzé, son col de chemise était ouvert et ses cheveux ne bougeaient pas. S'il n'y avait pas le moindre souffle d'air, la chaleur, même au bord de la mer, devait être étouffante, pensa Diane.

— Tu as entendu parler de cette fille que l'on recherchait à Ocean Grove ? lui demanda Joel.

— Vaguement, répondit Diane en prenant place sur un canapé en cuir, mais je suppose que tu vas tout me raconter.

Si Joel perçut le moindre sarcasme dans la réponse de son interlocutrice, il choisit de l'ignorer et reprit :

— Elle a réapparu hier soir, trois jours après avoir disparu. Un prétendu enlèvement, mais Matthew a appris par une fuite que la police locale la soupçonne d'avoir tout manigancé pour faire parler d'elle. Apparemment, elle souffrirait de troubles psychiques...

Diane sentit son pouls s'accélérer. C'est maintenant qu'il allait dévoiler ses plans, pensa-t-elle. Elle savait que deux journalistes de « Hourglass » travaillaient déjà sur des affaires similaires. Dans le Michigan, une collégienne avait disparu pendant six jours, prétendant avoir suivi un homme qui la menaçait d'un couteau. Dans l'Oregon, la mère de deux adolescentes avait donné l'alerte après avoir retrouvé une couverture ensanglantée et la vitre de la chambre de ses filles cassée. Depuis, on recherchait activement les deux adolescentes, même si la police ne croyait pas à la thèse de l'enlèvement.

Joel Malcolm était insatiable, et Diane suspectait le producteur exécutif de vouloir épingler une nouvelle âme égarée qui raconterait au public son histoire tordue. Un sujet fort qui donnerait le ton et le coup d'envoi de la nouvelle saison, début septembre.

— C'est un sujet en or pour toi, Diane, reprit Joel. C'est le troisième cas similaire en peu de temps. Encore une fille qui crie au loup. Je veux que tu fasses ce sujet.

— Joel, je pars en vacances demain, lui répondit Diane en essayant de rester calme.

Elle espérait intérieurement qu'il avait oublié ses congés. Mais elle ne se laissa pas longtemps bercer d'illusions. Joel Malcolm n'oubliait jamais rien.

— C'est un sujet important, Diane, et tes vacances peuvent bien attendre, n'est-ce pas ?

— Non, Joel, il est hors de question que je ne parte pas.

— Tu n'as pas pris d'assurance annulation ? lui demanda-t-il.

Elle fut un instant tentée de lui mentir. Mais un mensonge en entraînait toujours un autre et, tôt ou tard, la vérité finissait toujours par éclater. C'étaient du reste les mensonges qui avaient précipité la chute de Philip.

— Si, lui répondit-elle, mais je n'ai en aucune manière l'intention de m'en servir. Je l'avais juste souscrite par précaution, au cas où l'un des enfants aurait eu un souci de santé, ou quelque chose de ce genre. Je n'ai sûrement pas pris cette assurance pour annuler mes vacances au dernier moment pour raisons professionnelles...

Joel fronça les sourcils – une expression qui avait intimidé des générations de journalistes avant Diane. Le créateur et actuel producteur exécutif de « Hourglass », une émission d'information récompensée par plusieurs prix, était une légende vivante de la télévision. Plus de quarante ans d'expérience, et toujours aussi affûté : un esprit vif et rapide, un très bon sens de la mise en scène et le refus de jamais capituler ou abandonner. Ces qualités qui lui avaient permis de se hisser au sommet étaient toujours au nombre de ses atouts. Et, même si les technologies avaient considérablement évolué depuis ses débuts dans la profession, il n'avait, lui, guère changé. Il exerçait un contrôle sur tout et ne se laissait jamais dicter sa conduite. C'est toujours lui qui imposait son point de vue.

— Changeons de sujet, Diane, dit-il en prenant un stylo et en commençant à griffonner quelques chiffres sur un bloc-notes jaune posé sur son bureau. Je crois que ton contrat arrive à échéance dans quelques mois...

— En janvier, lui répondit-elle du bout des lèvres.

C'était injuste, Joel faussait les règles du jeu. Il connaissait les déboires de Diane et en tirait parti à son avantage. Tout le monde à Key News savait ce qui était arrivé à Philip. Tous les médias new-yorkais s'en étaient fait l'écho – y compris les propres journaux et magazines de la chaîne. Que Joel se serve de la situation n'aurait pas dû la surprendre. Elle fut pourtant sidérée par son aplomb.

Joel savait que, depuis le départ de Philip, Diane ne pouvait compter que sur son seul salaire pour faire vivre sa famille. Le fait qu'il lui fasse miroiter un renouvellement de contrat – l'assurance de revenus réguliers – pour la faire plier et lui faire accepter la mission qu'il voulait lui confier la mettait hors d'elle.

— Tu sais comment ça se passe, Diane. La direction va bientôt venir me consulter. Elle viendra à la pêche aux informations, voudra connaître mon opinion pour savoir que répondre à tes agents, qui essaieront sans doute de négocier à la hausse le salaire de la star que tu es...

Joel joua avec son stylo qui retomba sur le bloc-notes.

— ... évidemment, j'aimerais pouvoir répondre qu'il faut à tout prix te garder, que tu es indispensable à Key News, que grâce à toi les scores d'audience de « Hourglass » sont ce qu'ils sont, que c'est une chance d'avoir une aussi jolie journaliste au sein de sa rédaction... Mais j'aimerais surtout qu'ils veuillent te conserver parce que tu as vraiment l'esprit d'équipe...

— Écoute, Joel, est-ce que tu ne pourrais pas essayer de te mettre à ma place... Les enfants et moi avons traversé ces derniers mois une terrible épreuve. On a vraiment besoin de se changer les idées...

Un instant, en voyant le producteur de « Hourglass » s'enfoncer dans son fauteuil et observer le plafond de son bureau, elle crut que son argument avait porté.

— Tu sais, reprit-il, si tu veux tu peux emmener tes enfants, ça ne me dérange pas. Je m'arrangerai même pour débloquer un budget spécial et couvrir tous tes frais...

— Tu plaisantes, j'espère ! lui répondit-elle aussitôt. Michelle et Anthony comptent tellement sur ces vacances. Seule cette perspective arrive à leur arracher un sourire ou un semblant d'enthousiasme. Partir à Ocean Grove ne serait pas du tout la même chose. Et comment pourrais-je avoir la tête à ce reportage sachant les enfants livrés à eux-mêmes ? Je n'aurais qu'une idée en tête : les retrouver.

Joel baissa la tête et la fixa intensément.

— Diane, je ne plaisante pas. Et c'est là ma dernière offre. Vu les bons résultats financiers de la saison passée, on ne me refusera pas deux billets d'avion et une chambre supplémentaire. Te concernant, je connais suffisamment ton professionnalisme pour savoir que tu sauras faire la part des choses et mener à bien cette mission... Encore faut-il que tu en aies envie !

Elle savait que Joel se moquait pertinemment du fait qu'elle en ait envie ou non... Seul lui importait ce qu'il avait décidé – en l'occurrence la réalisation du reportage et les bons scores d'audience qui en découleraient. Lesquels serviraient ensuite à fixer le montant des spots de publicité diffusés pendant « Hourglass ». Voilà ce qu'il attendait d'un point de vue commercial. D'un point de vue plus personnel, son ego ne souffrirait pas que l'émission d'information la plus regardée du pays ne demeure pas la référence. Et son ego ne reculait devant rien.

Diane se leva du sofa, résignée. Elle avait perdu. Elle repoussa l'idée d'avoir à annoncer la nouvelle aux enfants. Une autre désillusion. Elle aurait aimé pouvoir les préserver plus longtemps des terribles blessures de la vie mais elle se raccrochait à l'idée que, selon des études, les enfants ayant souffert très jeunes devenaient plus rapidement que les autres des adultes responsables. Et que représentait un changement de dernière minute au vu de ce qu'ils avaient déjà enduré ? Elle espérait qu'ils sortiraient grandi de ces épreuves. Elle espérait que l'exemple d'une mère essayant de combattre sur tous les fronts leur servirait d'exemple.

De toute façon, elle n'avait pas le choix. Avec leur père en prison, les enfants n'avaient personne d'autre qu'elle sur qui compter. Personne sur qui prendre modèle.

4

Helen Richey se tenait devant la porte de sa tente, débarrassant la petite terrasse du sable qui s'y était accumulé durant la nuit. Elle trouvait apaisant le bruit régulier du balai sur les planches en bois. Cela lui rappelait son enfance, quand ses parents les emmenaient, elle et ses trois sœurs, passer ici leurs vacances d'été. Du premier week-end après la fin de l'école au Labor Day[1], Helen et sa famille vivaient dans l'une de ces tentes, sur les terres de la Camp Meeting Association d'Ocean Grove.

Équipée de manière sommaire, chaque tente possédait quand même aujourd'hui l'électricité, l'eau courante, et était munie d'une petite cuisine et d'une salle d'eau, ce qui n'était pas le cas autrefois. Les « Tenters », comme on les appelait, devaient en revanche venir avec le reste, du linge de maison aux rideaux, en passant par la vaisselle ou de mini centrales d'air conditionné, que certains apportaient désormais. D'autres encore ne pouvaient se passer d'une radio ou d'un poste de télévision... Les parents d'Helen, eux, laissaient ces appareils à la maison. L'été était la bonne saison pour se désintoxiquer du « petit tube », comme disait son père.

---

1. Le Labor Day, fête du travail américaine, est fixé chaque premier lundi de septembre et marque, en quelque sorte, la fin de l'été.

Pas de télévision. La journée des filles était rythmée par des cours d'instruction religieuse, le matin, un rapide déjeuner à la tente, le midi, puis par un après-midi au bord de l'océan. Elles se rendaient à pied à la plage située à moins de deux cents mètres du camp, emportant avec elle pelles, seaux et autres jouets en plastique. Leur mère s'installait sur son fauteuil de plage, auquel elle fixait une ombrelle. Elle lisait magazines et livres de poche, n'interrompant sa lecture que pour adresser des conseils de prudence à ses filles quand ces dernières jouaient près de l'eau. Certains jours, les vagues pouvaient être fortes ; d'autres, au contraire, elles étaient inexistantes. Mais se rabattre alors sur la construction de châteaux de sable était tout sauf une punition. Creuser, ériger murailles, tours et douves était une véritable joie que venait couronner la visite quotidienne rendue au glacier de la plage.

C'était le genre de vacances qu'Helen voulait à présent pour ses filles, Sarah et Hannah. Simples, vivifiantes, des semaines passées au soleil, à respirer le bon air de l'océan tout en apprenant, grâce aux leçons quotidiennes, à devenir un membre à part entière d'une communauté. Helen pensait que de telles vacances étaient bénéfiques pour l'éducation de ses filles. Elles leur assureraient les bases nécessaires pour construire leur vie d'adulte. Si seulement Jonathan arrivait à comprendre cela...

Son mari ne supportait pas Ocean Grove – ou plutôt Oh-c'est-chiant Grove, comme il appelait par cynisme la station balnéaire – tant il était vain d'y chercher la moindre distraction. En fait ce n'était pas tant l'absence de divertissements que la vie sous tente qui le rebutait. Helen savait qu'il détestait ce mode d'hébergement et aurait de loin préféré qu'ils louent un appartement « normal » dans une copropriété « normale », loin de cette atmosphère religieuse qu'il trouvait étouffante.

Depuis le début de l'été, Jonathan était venu rejoindre sa petite famille chaque fin de semaine. Ce vendredi, pourtant, était spécial. Il quitterait bien Paramus, où ils habitaient, et emprunterait l'autoroute encombrée par les départs en week-end, mais, contrairement aux autres fois, il ne repartirait pas le dimanche soir. Il passerait la semaine entière avec sa femme et ses filles dans leur tente de Bath Avenue. À cause de leurs récents accrochages, Helen appréhendait ces jours à venir. Les tentes étaient si proches les unes des autres qu'il était difficile d'avoir une véritable intimité, et il n'était pas rare, quand quelqu'un éternuait, d'entendre un voisin lui répondre : « À vos souhaits ! » Helen craignait que Jonathan s'emporte et que tout le monde profite de ses éclats de voix. À plusieurs reprises, elle et son mari avaient été obligés de s'enfermer dans leur voiture pour régler un différend.

Après avoir fini de balayer la terrasse, Helen alla inspecter les fleurs qu'elle avait plantées avec les filles à leur arrivée, en juin dernier. Au pied de la terrasse, les géraniums rouges, les impatiences blanches et les agératums mauves formaient des plates-bandes aux couleurs patriotiques, qui s'accordaient au drapeau américain accroché à l'un des piliers soutenant l'auvent. Les impatiences souffraient particulièrement de la chaleur. Leurs fleurs étaient flétries ou fermées. Helen s'apprêtait à aller remplir l'arrosoir à l'évier de la cuisine quand elle entendit la porte grillagée de la tente voisine émettre un grincement.

— Bonjour, très chère, lui dit la frêle femme qui se tenait à quelques mètres d'elle.

— Bonjour, madame Wilcox. Comment allez-vous ce matin ?

— Oh, plutôt bien, lui répondit sa voisine d'une voix haut perchée. Je suis juste un peu ankylosée, mais, à part ça, rien à signaler.

— Avez-vous bien dormi ? lui demanda Helen en repoussant derrière ses oreilles des boucles de cheveux couleur miel.

— Oh, non ! s'exclama la vieille femme. Il faisait bien trop chaud.

— Quand allez-vous enfin vous décider à acheter un climatiseur, madame Wilcox ? lui demanda Helen qui, sans attendre sa réponse, poursuivit : Jonathan arrive ce soir, si vous voulez, il pourra vous aider ce week-end à installer un appareil...

Au moment même où elle formulait son offre, Helen eut peur de la réaction de son mari si jamais la vieille dame acceptait sa proposition.

— Je ne sais pas, très chère, Herbert et moi n'aimons pas tellement l'air conditionné. Et puis, si nous sommes ici, c'est pour profiter du bon air marin. Mais il est vrai que cette année est particulière. Depuis trente-neuf ans que nous venons ici, je ne me rappelle pas une telle canicule...

Elle se retourna vers la tente, avant de reprendre, à voix basse :

— En fait, Herbert est à l'intérieur, il se repose. Il n'a pas pu fermer l'œil de la nuit. Au fait, vous ne connaissez sans doute pas la nouvelle... Comme il ne dormait pas, Herbert est allé se promener très tôt ce matin et, au village, on ne parlait que de ça : la fille Patterson a été retrouvée.

En entendant sa voisine prononcer ces mots, Helen sentit sa poitrine se contracter. Redoutant le pire, elle osa pourtant demander si cette dernière était saine et sauve.

— Oh, oui ! Elle va bien, répondit Mme Wilcox en agitant sa chevelure argentée. Elle va même très bien. À tel point que la police pense qu'elle a tout manigancé, qu'elle a simulé son enlèvement pour faire son intéressante...

— Ce serait terrible, enchaîna Helen. Terrible mais surtout très triste...

Tout le monde à Ocean Grove avait bien évidemment été bouleversé par la disparition de la jeune fille. Native d'Ocean Grove, Leslie Patterson vivait encore chez ses parents, qui résidaient toute l'année dans la station. La veille au soir, en signe de solidarité, Helen et ses deux filles s'étaient rendues jusqu'à leur domicile de Webb Avenue pour allumer une bougie devant leur jolie maison de style victorien. En déposant cette marque de soutien sur le trottoir, au milieu de nombreuses autres, Helen en avait profité pour rappeler à Sarah et Hannah qu'il ne fallait pas parler aux inconnus.

Malgré la chaleur, un frisson parcourut les bras nus de la jeune femme. Bien qu'élevée au milieu de ce qu'Helen considérait être le paradis sur terre, Leslie Patterson avait toujours été une fille à problèmes. Qui sait si Sarah et Hannah, âgées de cinq et six ans, ne tourneraient pas mal un jour, malgré les efforts consentis par Helen pour les protéger et leur montrer le bon chemin ? Pourvu que non...

5

Diane quitta le bureau du producteur exécutif en s'attachant à n'afficher aucune émotion, même si, intérieurement, elle bouillonnait de rage. Bien qu'énervée, elle sortit la tête haute. Joel ne lui avait pas laissé le choix, il lui avait imposé sa décision. Et qu'il puisse lui dicter ainsi sa conduite l'humiliait par-dessus tout. Elle se rendrait donc à Ocean Grove contre sa volonté... Un autre journaliste aurait peut-être envoyé promener Joel Malcolm, mais elle ne s'en était pas senti le courage – sans compter que cette attitude eût été des plus stupide.

Elle avait besoin que son contrat soit renouvelé en janvier car, étant donné la conjoncture du marché, les postes comme le sien étaient de plus en plus rares. Elle était révolue l'époque bénie où les journalistes de haut vol pouvaient démissionner le matin et retrouver le soir-même un poste mieux rétribué sur une chaîne concurrente.

Et dire qu'il y a quelques mois de telles questions ne se seraient jamais posées. Philip disposait d'un salaire plus que confortable, celui de Diane permettant à la famille de vivre de manière aisée. Les Mayfield occupaient alors un appartement spacieux au cœur de Manhattan et possédaient une résidence secondaire à Amagansett. Mais c'était avant que Philip soit inculpé. C'était avant que leur monde s'écroule.

Quand elle repensait à la vitesse à laquelle les événements s'étaient enchaînés, Diane en avait le tournis. Il y a seulement quatre ans, Philip décrochait ce poste en or de directeur financier chez BeamStar. Aujourd'hui, il dormait en prison. Entre-temps, à la demande des grands pontes de la société, il avait falsifié les comptes pour présenter au public des bilans bien plus flatteurs que ce qu'ils étaient en réalité. Résultat, l'action s'était envolée avant que l'on s'aperçoive que tout le montage reposait sur du vent. Quand le scandale avait éclaté au grand jour, Diane en avait eu le cœur brisé. Elle s'était sentie trahie par Philip, et elle lui en avait voulu. Elle lui en voulait toujours du reste, ne sachant précisément si c'était sa malhonnêteté, sa bêtise ou le fait d'avoir aveuglément obéi à ses supérieurs – qui l'avaient poussé à ces malversations – qu'elle lui reprochait le plus.

Après la faillite de BeamStar, les petits actionnaires floués avaient intenté une action en justice, et Philip avait été condamné au même titre que les dirigeants de la compagnie pour avoir couvert leur action frauduleuse. Certes moins lourdement, mais il avait tout de même écopé d'une peine de prison ferme d'un an et un jour. Grâce aux remises de peine pour bonne conduite, il sortirait probablement en octobre. Cependant, dans l'intervalle, Diane avait dû faire face aux urgences.

Dans un premier temps, elle avait revendu leur maison au bord de la mer pour couvrir une partie des frais de justice occasionnés par la condamnation de Philip. Et si, pour le moment, elle parvenait encore à rembourser les traites de l'appartement et à assurer les frais de scolarité des enfants, la situation devenait chaque jour plus critique. Combien fallait-il gagner pour pouvoir vivre décemment dans le centre de New York ? Et, pourtant, nombreux étaient ceux qui n'avaient même pas pour vivre le montant qu'elle remboursait chaque mois pour son crédit immobilier...

En entrant dans son bureau, Diane était décidée à prendre les choses du bon côté. Après tout, le fait que leurs vacances sur la côte Ouest soient annulées n'était peut-être pas un mal. Elle avait voulu faire plaisir aux enfants, mais le coût du voyage dépassait leurs moyens actuels. Philip avait pourtant insisté pour qu'ils partent, même sans lui. Il avait bien senti qu'elle et les enfants avaient besoin de se changer les idées, et qu'il ne fallait surtout pas renoncer à ce voyage familial prévu de longue date pour les dix ans d'Anthony.

Diane s'était tout d'abord montrée réticente, puis avait finalement accepté l'idée de ces vacances quand sa sœur cadette, fraîchement titulaire de son baccalauréat, lui avait proposé de passer l'été en sa compagnie. Elle occuperait en quelque sorte la place d'adulte laissée vacante par Philip. Savoir Emily à ses côtés, alors qu'elle-même devrait travailler, la rassurait. Les enfants ne seraient pas livrés à eux-mêmes toute la journée, ou confiés à des inconnus. Ils passeraient de bons moments avec leur tante, qu'ils adoraient.

Diane saisit le combiné du téléphone. Elle voulait parler à sa sœur de ce changement de programme avant d'en avertir les enfants. Comment leur annoncer qu'au lieu de préparer leurs chaussures d'excursion il leur faudrait sortir maillots de bain et serviettes de plage ? Et sans tarder. Joel Malcolm voulait qu'elle soit dès le lendemain à Ocean Grove.

— Toc, toc...

Diane leva les yeux et vit Matthew Voigt qui mimait le geste de taper à sa porte.

— Matthew, quelle bonne surprise ! Entre et referme derrière toi, s'exclama-t-elle. Prends un siège.

Ce dernier s'exécuta et, une fois assis, prit la parole.

— Je suppose que Joel t'a informée des plans... commença-t-il tout en la fixant d'un regard chaleureux.

— Oui, je suis au courant, soupira-t-elle.

— Je suis vraiment navré pour tes vacances, lui dit-il en s'asseyant face à elle.

— Tu n'as pas à être désolé, tu n'y es pour rien. Ce n'est pas ta faute mais celle de notre valeureux chef, qui se révèle être un tyran de la pire espèce.

— La pilule est amère, hein ? lui demanda-t-il après cette tirade.

— N'en parlons plus, j'ai connu pire.

— Oui, j'imagine, ajouta Matthew en se forçant à sourire.

— La seule bonne nouvelle est que tu seras mon producteur. J'ai au moins cette chance-là.

Matthew s'inclina, une main sur le ventre, l'autre tendue vers Diane.

— Madame est trop bonne, lui répondit-il.

Cette réplique arracha un sourire à Diane, qui redevint aussitôt professionnelle.

— Qu'est-ce qu'on sait pour le moment ?

demanda-t-elle, son stylo prêt à entrer en action au-dessus de son bloc-notes.

Matthew ouvrit un dossier et lui tendit une feuille.

— Tiens, je t'ai préparé un résumé de l'affaire. J'ai déjà discuté avec la police de Neptune. La fille, Leslie Patterson, aurait des antécédents psychiatriques et une certaine tendance à se faire remarquer. Déjà, au collège, elle avait simulé une fugue. Finalement, on l'avait retrouvée cachée dans un recoin du gymnase de l'école. La police pense que la vague actuelle de faux enlèvements lui a de nouveau donné l'idée de simuler le sien.

Matthew se tut, laissant à Diane le soin de prendre connaissance du dossier. Les parents de Leslie Patterson, vingt-deux ans, avaient signalé sa disparition mardi matin après avoir découvert son lit intact. La police et bon nombre d'habitants de la station avaient sillonné la ville sans relâche, mais sans succès, jusqu'à ce qu'un garde de sécurité la retrouve trois jours plus tard sur les terres de la Camp Meeting Association d'Ocean Grove, ligotée et bâillonnée.

— C'est quoi cette Camp Meeting Association ? interrogea Diane tout en poursuivant sa lecture.

— C'est une association qui propose entre autres des logements aux gens qui viennent là pour des retraites, précisa Matthew. J'ai fait quelques recherches sur Internet. Les méthodistes ont fondé à Ocean Grove un lieu de culte au lendemain de la Guerre Civile. Et il fallait bien accueillir ces pèlerins. Mais bon, aujourd'hui tu n'as plus besoin d'être méthodiste pour louer une tente. Même si tu es obligé de respecter les règles de vie de la communauté. Ah oui, je ne t'avais pas dit, la particularité de la Camp Meeting Association est de proposer des tentes à ses adhérents.

— Des tentes ? Comme au camping ?

— Un peu améliorées tout de même, mais dans l'esprit c'est ça. En fait, il s'agit de petits cabanons en bois au toit pointu, surmontés d'un auvent en toile rayée. On en dénombre aujourd'hui cent quatorze, contre plus de cinq cents en 1878. Il y a donc des listes d'attente interminables pour obtenir une tente et, souvent, les locations se transmettent de génération en génération.

— Est-ce que les parents de Leslie vivent sous une tente ? demanda Diane.

— Non, ils habitent une maison en dur. Eux résident à l'année. Les tentes sont réservées aux vacanciers qui viennent passer l'été à Ocean Grove.

Diane acheva la lecture du rapport par cette note précisant que Leslie avait été suivie par différents thérapeutes pour anorexie, automutilations et autres comportements impulsifs.

— Pauvre fille, hein ? lança Matthew tandis que Diane reposait la feuille sur son bureau.

— Pauvres parents, rétorqua Diane. Eux aussi

sont à plaindre. Anorexie et automutilations, qu'imaginer de pire pour son enfant ?

— Oui, tu as raison, lui répondit Matthew. Mais, horrible ou pas, cela n'en fera pas moins un excellent sujet pour « Hourglass », du moins selon les critères de Joel...

6

Dès que Matthew eut quitté son bureau, Diane saisit son téléphone et appela chez elle. Sa sœur décrocha à la quatrième sonnerie.

— Allô ! dit la voix d'Emily.

— C'est moi, qu'est-ce que tu étais en train de faire, tu as l'air essoufflée ? lui demanda Diane.

— Juste mes abdos... répondit sa sœur cadette.

Diane eut l'image de sa sœur, pieds nus sur le carrelage de la cuisine, en short et tee-shirt, une bouteille d'eau à la main, ses courts cheveux bruns décoiffés par l'effort.

— Que se passe-t-il ? s'inquiéta Emily.

— J'ai de mauvaises nouvelles, lui annonça Diane sans tergiverser.

— Et quelles sont ces mau...

— On ne part plus en vacances. Il faut que je travaille, une nouvelle mission... enchaîna-t-elle sans laisser à sa sœur la possibilité de terminer sa question.

— Tu plaisantes ? Ça va être une déception pour les enfants...

— J'aimerais être en train de plaisanter, crois-moi, rétorqua Diane.

Elle lui raconta ensuite le marché que Joel lui avait mis en mains, proposant même qu'elle se rende sur place avec Anthony et Michelle...

— Enfin, marché... poursuivit Diane. Façon de parler. Sa proposition ressemblait plus à un ordre qu'à autre chose. À part « Hourglass », rien ne compte pour lui.

— Les enfants vont vraiment être déçus, reprit Emily.

— Ne m'en parle pas, je suis malade à l'idée de leur annoncer la nouvelle.

— Tu veux que ce soit moi qui m'en charge ? lui proposa Emily.

— Je n'osais pas te le demander, lui répondit Diane, soulagée. C'est vraiment chic de ta part.

— Ne t'en fais pas, je m'en occupe à leur réveil...

Diane consulta sa montre. Onze heures ! Elle envia la capacité de ses enfants à dormir aussi longtemps. Depuis combien de temps n'avait-elle pas effectué une nuit complète ? Sans cesse, elle se réveillait et devait attendre ensuite des heures à se retourner dans le noir avant de pouvoir s'assoupir de nouveau.

— Merci, Emily, c'est vraiment gentil de ta part. Mais comment vas-tu t'y prendre ?

— Ne t'en fais pas, j'ai mon idée...

Diane n'était pas inquiète. Emily avait toujours été mature. Enfant déjà, elle paraissait bien plus âgée qu'elle ne l'était en réalité. Sans doute parce que sa sœur, de dix-sept ans sa cadette, avait été élevée au milieu d'adultes. Mais il n'y avait pas que cela. Emily possédait un don – quasi surnaturel, selon Diane –, qui lui permettait de comprendre avant tout le monde les situations avec une acuité surprenante.

Les deux sœurs restèrent encore quelques minutes au téléphone à passer en revue ce qu'elles devaient faire avant le départ. Appeler l'agence de voyages pour annuler le périple initialement prévu, défaire les bagages et choisir des tenues plus adaptées à leur nouvelle destination...

La présence d'Emily à Ocean Grove adoucissait sa peine. Diane pourrait travailler l'esprit plus léger, sachant que sa sœur s'occuperait des enfants. Et, à vrai dire, Diane savait qu'en ce moment Michelle et Anthony passaient de meilleurs moments en compagnie de leur tante qu'avec elle.

7

Shawn Ostrander s'assit sur un tabouret de bar du Nagel's et commanda à la charmante serveuse deux cafés à emporter. Les pales du ventilateur brassaient doucement l'air de cette ancienne pharmacie reconvertie en café, créant une atmosphère début de siècle. Bien que l'air conditionné fonctionnât à plein, on sentait la chaleur s'engouffrer dès que la porte s'ouvrait.

En attendant d'être servi, Shawn observa les rosettes noires dessinées au sol sur le carrelage blanc. Il se concentra sur les tâches qui l'attendaient. Peu importe ce qui était arrivé à Leslie, il avait du travail et ne devait pas se laisser déconcentrer. Ses recherches primaient. Mais avant de s'y atteler, il voulait être sûr que Carly Neath l'accompagnerait ce soir à Asbury Park, la cité balnéaire voisine, où il travaillait lui aussi en tant que barman.

Tandis que la serveuse posait les couvercles en plastique sur les tasses en carton, il se lança :

— Tu sais, Carly, c'est « guitarbecue » ce soir, au Stone Pony. Guitare et barbecue. Ça te dit de venir ?

Carly cala les deux tasses dans un sac en papier qu'elle lui tendit.

— Ça a l'air sympa, lui répondit-elle. Mais j'ai un baby-sitting...

— Chez qui ? lui demanda Shawn.

— Les Richey... Des Tenters, précisa Carly.

— Et tu penses qu'ils vont rentrer tard ?

— Non, sans doute aux alentours de onze heures.

— Pourquoi ne viendrais-tu pas après ? lui proposa-t-il aussitôt.

Carly regarda autour d'elle avant de poursuivre.

— Pour être franche avec toi, je suis surprise que tu veuilles t'afficher avec quelqu'un dès ce soir... lui dit-elle à voix basse.

— Tu fais sans doute allusion à ce qui est arrivé à Leslie ?

La queue-de-cheval blonde de la jeune femme s'agita tandis qu'elle opinait.

— Écoute, Carly, poursuivit-il avec douceur. J'ai de la peine pour Leslie, vraiment. Mais je ne peux plus rien pour elle. Je ne peux vraiment pas l'aider. J'ai ma vie désormais, elle a la sienne. Et tant pis si certaines personnes n'arrivent pas à le comprendre... Ce qu'elles pensent m'est égal. J'ai tourné la page.

Carly eut de la peine pour Shawn quand elle vit son air abattu. Il lui avait un peu parlé de son ancienne petite amie. Tout sauf un modèle de stabilité. Mais Carly éprouvait pourtant un sentiment de culpabilité, qui serait renforcé si les rumeurs insinuant que Leslie avait monté de toutes pièces son enlèvement étaient fondées. Elle savait que Shawn avait dit à Leslie, peu de temps avant sa disparition, qu'il avait une autre femme dans sa vie...

— C'est d'accord, lui répondit-elle. Je te retrouve là-bas après mon baby-sitting...

Le sourire qui éclaira le visage de Shawn fut pour la jeune femme une véritable récompense.

— Alors, à ce soir au Stone Pony, lança-t-il en descendant du tabouret. Il faut que j'aille retrouver Arthur.

— J'aimerais bien pouvoir t'accompagner, lui dit Carly en consultant sa montre. Mais il me reste encore deux heures avant la fin de mon service.

— Ne t'en fais pas, je dirai à Arthur que tu aurais bien voulu le voir. Je suis sûr que ça lui fera plaisir.

— Tu pourras aussi lui dire que j'ai vraiment été contente de faire sa connaissance l'autre jour. En fait, Shawn, je voulais que tu saches que j'admire ce que tu fais pour lui.

Shawn balaya le compliment.

— Tu sais, ce n'est pas grand-chose... En plus, j'ai l'impression de tirer plus de bénéfices de l'expérience que lui, ajouta-t-il gêné.

Shawn régla ses consommations, sortit du café et prit à gauche dans Main Avenue. Plissant les yeux à cause du soleil, il scruta l'océan Atlantique tandis qu'il couvrait les deux blocs le séparant de la promenade en front de mer.

Il marchait péniblement à cause de la chaleur et son esprit ne pouvait se détacher de Leslie. Shawn se sentait coupable d'avoir rompu alors qu'elle était si fragile. Il se sentait également un peu honteux de n'avoir pas participé aux recherches organisées pour la retrouver. Il était aussi réellement navré de ce qui lui était arrivé, mais il était par-dessus tout soulagé d'avoir définitivement rompu avec elle. Tel était le sentiment qui prédominait.

Si on lui avait dit – le jour où, en quête d'un nouvel appartement, il avait franchi le seuil de l'Agence du Littoral – que la frêle jeune femme de l'accueil allait lui causer les pires ennuis, il n'aurait certainement pas écouté l'avertissement. Il avait d'emblée été attiré par Leslie. Elle n'était pourtant pas particulièrement jolie – elle n'avait en rien la beauté d'une Carly –, mais ses yeux marron avaient agi sur Shawn comme des aimants. Et tout son être dégageait une mélancolie telle qu'on n'avait qu'une envie : voler à son secours.

Alors qu'il atteignait Ocean Avenue, Shawn s'arrêta et laissa passer quelques voitures avant de traverser. Leslie devait appartenir au passé. Il n'était déjà resté que trop longtemps avec elle. Par pitié et à cause d'un certain sens des responsabilités, il n'avait pas osé rompre plus tôt. Il avait même longtemps cru qu'il serait à même de l'aider. Que son attention, sa patience et son affection viendraient à bout de ses troubles... Comment avait-il pu nourrir de telles chimères ?

Shawn en était finalement arrivé à ce triste constat : ni lui ni personne ne pourrait jamais aider Leslie à se sentir mieux. Ses problèmes étaient trop profonds. Bien plus profonds que les entailles qu'elle s'infligeait à l'intérieur des cuisses.

8

Owen Messinger poussa un long soupir en reposant le combiné sur son support. Sa conversation téléphonique avec la police l'avait profondément troublé. À en croire les enquêteurs, Leslie Patterson avait orchestré son enlèvement. Si tel était le cas, cela équivalait à un appel au secours. Mais cela signifiait également que toutes ses séances avec la jeune femme n'avaient servi à rien.

Le docteur Messinger se leva et se dirigea vers son armoire, d'où il sortit un classeur jaune vif. Le jaune était la couleur de Leslie. Les autres classeurs, rouge, vert, bleu, orange ou encore violet, contenaient le dossier médical des patientes qu'Owen suivait, principalement pour des troubles de l'alimentation ou du comportement. Dans chacun, le praticien notait l'évolution des pathologies de ses clientes, les traitements prescrits et les améliorations constatées.

Assis sur le divan où Leslie avait si souvent pris place, il commença à feuilleter l'épais dossier ouvert pour la première fois huit ans auparavant. Leslie entamait sa deuxième année de lycée quand sa mère avait remarqué ces traces de rasoir sur les jambes de sa fille. Ce n'étaient pas les petites coupures qu'une adolescente inexpérimentée aurait pu se faire en se rasant, mais de véritables entailles exécutées par une lame effilée.

Owen Messinger relut les notes manuscrites qu'il avait prises à l'époque.

- LP déclare manger 3 × par jour. Les analyses montrent que l'ingestion d'aliments est très faible.
- Troubles de l'alimentation de LP = importante perte de poids.
- LP s'impose un combat épuisant pour ne pas grossir.
- LP est obsédée par l'image de son corps. Se trouve bien trop grosse alors qu'elle est d'une maigreur inquiétante.
- LP essaie de combattre le stress en s'automutilant. Signe d'une colère inexprimée ou non résolue.

Owen remarqua que le diagnostic établi alors ne différait guère de celui qu'il aurait posé aujourd'hui. Seule différence, il savait que, dans l'intervalle, Leslie avait testé contre elle-même tout un arsenal de nouvelles armes, des lames de rasoir en passant par les épingles de sûreté ou les tessons de bouteille... Preuve que sa thérapie ne donnait pas les résultats escomptés.

L'interphone de son bureau émit un bip et la voix de son assistante se fit entendre.

— Anna Caprie vient d'arriver, docteur.

— Merci, Christine. Je la reçois dans une minute.

Owen Messinger referma l'épais classeur jaune et le remit à sa place sur l'étagère de son armoire. En prenant le dossier d'Anna Caprie, il s'interrogea sur l'efficacité de ses nouvelles méthodes qu'il testait sur ses patientes. Peut-être devrait-il modifier ses plans ? Mais il balaya aussitôt ce doute passager et sortit du tiroir de son bureau un paquet de lames de rasoir.

9

— Je n'ai pas faim, geignit Leslie en voyant sa mère déposer une assiette devant elle. Pourquoi faut-il toujours que tu m'obliges à manger des choses dont je n'ai pas envie ?

— Je ne te force pas, Leslie, lui répondit patiemment sa mère. Je t'apportais juste ce sandwich... Tu n'as rien avalé depuis hier. Il faut quand même que tu penses à t'alimenter...

Audrey Patterson veilla à ne pas laisser transparaître son agacement. Au cours des derniers jours, elle avait passé un marché avec Dieu. Si jamais on retrouvait Leslie saine et sauve, Audrey avait fait la promesse de se montrer plus patiente envers elle. Elle arrêterait de l'accabler, serait une meilleure mère, essaierait même d'être une amie pour sa fille unique... Mais les bonnes résolutions avaient fait leur temps et, déjà, elle sentait sa volonté s'émousser à mesure que le vieux schéma se remettait en place. Ces trois jours passés on ne sait où n'avaient rien changé. Leslie se comportait comme avant.

— Regarde, chérie, c'est de la dinde, une viande blanche, reprit Mme Patterson en soulevant la tranche de pain complet.

— Oh, s'il te plaît, maman, n'insiste pas. Laisse l'assiette ici, j'y toucherai plus tard...

Estimant avoir mis un point final à la conversation, Leslie attrapa la télécommande et la pointa vers le téléviseur. Sa mère vint aussitôt prendre place à ses côtés sur le canapé en entendant le générique du journal télévisé de la mi-journée. Après avoir salué les téléspectateurs, Cindy Hsu, la présentatrice de WCBS, lança le sujet principal. La canicule qui sévissait depuis plusieurs jours sur le nord-est du pays causait chaque jour des dommages plus importants. On courait à la catastrophe. Les hôpitaux ne désemplissaient pas et, bientôt, ils ne pourraient plus faire face. À New York, les usagers défaillaient dans le métro. Le goudron des rues fondait sous l'effet de la chaleur. Les autorités craignaient une coupure générale d'électricité du fait de la surconsommation occasionnée par les climatiseurs, tandis que les pompiers redoutaient le moindre départ de feu, les bouches d'incendie étant ouvertes à tort et à travers par ceux qui, à défaut de fraîcheur, cherchaient l'humidité...

Audrey observa du coin de l'œil sa fille qui

posait sur ses maigres jambes une couverture au crochet. Par rapport à la température extérieure, il faisait frais à l'intérieur de la maison, mais de là à se couvrir... Leslie avait toujours froid, pensa sa mère. Après tout, elle n'avait que la peau sur les os...

Comme Audrey le redoutait, Cindy Hsu, une fois la première pause publicitaire passée, enchaîna sur « l'affaire de la fille qui avait organisé de A à Z son enlèvement pour faire parler d'elle et obligé la ville entière à partir à sa recherche ».

Leslie haussa les épaules.

— La ville entière ! siffla-t-elle entre ses dents. Alors vous pouvez peut-être me dire où se trouvait Shawn Ostrander ?

Mme Patterson, pour tenter de calmer sa fille, essaya de lui prendre la main.

— Lâche-moi, tu veux, lui répliqua violemment Leslie.

Audrey eut un geste de recul et toutes deux continuèrent à regarder le journal en silence jusqu'à ce que le téléphone sonne.

— Sans doute encore un de ces journalistes, pesta Mme Patterson.

— J'y vais, répliqua Leslie, d'un ton que sa mère trouva trop enjoué.

— Non, laisse-moi répondre, lui intima-t-elle. Il vaut mieux que ce soit moi qui réponde.

Et elle décrocha.

— Bonjour, Diane Mayfield de Key News... Vous devez être madame Patterson...

— Oui, répondit la mère de Leslie, déstabilisée. Elle avait prévu de raccrocher au nez de l'importun. Mais il ne s'agissait pas d'un quelconque reporter local. Au bout du fil se trouvait Diane Mayfield, l'une des journalistes de « Hourglass », qu'Audrey, fidèle téléspectatrice de l'émission, admirait tout particulièrement.

10

Matthew Voigt était assis dans le bureau de Diane. Il écoutait sa conversation téléphonique et, à l'occasion, lui émettait à voix basse quelques suggestions.

— Alors ? lui demanda-t-il une fois qu'elle eut raccroché.

— Eh bien, elle n'a pas dit non.

— C'est déjà ça... Et puis ?

— Elle suit régulièrement « Hourglass ». Et elle a dit qu'elle m'aimait bien...

— Ça c'est un bon point. Tu penses bien qu'on n'est sûrement pas les seuls journalistes à vouloir interviewer Leslie Patterson. Le fait que sa mère t'apprécie jouera en notre faveur, tu verras...

— Bon, dit Diane en se levant, je suppose qu'on a fait tout ce qu'on pouvait avant de partir pour Ocean Grove.

— Oui, lui répondit Matthew. Je passe chez moi boucler mon sac. Je viendrai juste faire un saut cet après-midi au cas où il y aurait du nouveau. Ensuite, je file. On se retrouve là-bas demain matin.

— Au fait, quelle équipe technique nous accompagne ? lui demanda Diane alors qu'il était déjà dans le couloir.

— Gates et Bing, lui répondit-il.

— Tu plaisantes, j'espère ? lui lança-t-elle froidement.

— Hélas, non. J'ai bien demandé Cohen et Doyle, crois-moi, mais ils sont en vacances. On va vraiment se coltiner Sammy...

— Quelle plaie ! La dernière fois que Sammy Gates m'a filmée, j'avais l'air d'une vieille harpie. Il n'a même pas pris la peine de me dire que ma coiffure ne ressemblait à rien et c'est comme s'il avait pris un malin plaisir à accentuer les cernes sous mes yeux... Ce type ne fait de plus aucun effort pour soigner les lumières et les contrastes.

— Je sais, approuva Matthew. Mais ne t'inquiète pas, je mettrai dès le début les choses au point avec lui. Et il aura intérêt à filer droit...

Heureusement, parmi tous les producteurs de « Hourglass », Matthew Voigt était le préféré de Diane. C'était quelqu'un de parole en qui l'on pouvait avoir toute confiance. C'était également un grand professionnel du petit écran, qui préparait ses dossiers avec soin, savait s'adapter rapidement aux réalités changeantes de leur profession et travaillait toujours dans l'unique but d'obtenir le meilleur résultat possible.

— Merci, lui répondit Diane, je sais que je peux compter sur toi. Je finis de classer quelques papiers et je rentre affronter mes monstres...

11

Shawn aurait volontiers chaussé ses lunettes de soleil, mais l'expérience lui avait appris qu'Arthur ne faisait pas confiance aux personnes dont il ne pouvait voir le regard.

Son job de serveur au Stone Pony était purement alimentaire. Sa principale occupation consistait à travailler à son mémoire de fin d'études. Et Ocean Grove était le lieu idéal. Durant la période estivale, nombre d'hôpitaux psychiatriques du New Jersey confiaient certains de leurs patients à la cité balnéaire, les vieux hôtels en bois et les maisons en bord de mer se prêtant particulièrement bien à l'accueil des déficients mentaux.

Shawn avait grandi au milieu de ces pauvres âmes qui erraient sans but toute la journée. Heureusement, les choses avaient évolué depuis son enfance, et des structures avaient été mises en place pour ne pas laisser ces personnes livrées à elles-mêmes. En cherchant Arthur du regard, Shawn se souvint de ce jour qui avait, à n'en point douter, décidé de son avenir. À dix ans, voir un handicapé mental se suicider en se jetant du toit d'un hôtel est une expérience traumatisante, certes, mais également enrichissante, qui l'avait aidé à mûrir. Elle l'avait forcé à se poser très tôt des questions. Pourquoi certaines personnes étaient-elles différentes ? Comment faire pour les aider ? N'était-ce pas notre devoir à tous d'essayer ?

Son père n'avait pas été transporté de joie quand Shawn avait annoncé à ses parents qu'il voulait devenir éducateur spécialisé ou travailleur social. Heureusement, sa mère l'avait félicité et soutenu. Elle lui avait dit combien elle était fière que son fils voulût contribuer à rendre le monde meilleur en aidant les plus défavorisés.

Avec l'âge, sa détermination n'avait pas faibli. Le mois prochain, Shawn entamerait sa dernière année à Rutgers, une université du New Brunswick. Mais, à présent, il était à la recherche d'Arthur Tomkins, un homme hanté par la guerre du Golfe.

Shawn scruta le bord de mer à la recherche de son « patient ». Des vagues de chaleur s'élevaient de sous les planches, rendant flou l'horizon. Après la promenade, un sentier longeant la côte s'étirait jusqu'aux limites de la ville avant de rejoindre Asbury Park, la station voisine, où le casino de style Art déco, splendeur des temps passés, tombait lentement en ruine.

Arthur était introuvable. Shawn prit la direction du vieux casino sans toutefois pouvoir détacher son regard de l'océan. L'eau bleu foncé l'attirait. Il aurait bien volontiers laissé Arthur de côté pour aller se baigner, mais il résista à la tentation. Shawn savait que le vétéran de la guerre du Golfe appréciait les moments qu'ils passaient ensemble chaque jour. Il avait également remarqué que son comportement était différent quand il était accompagné de Leslie, ou plus récemment de Carly. Même si Arthur appréciait les jeunes femmes – ce que Shawn avait constaté –, leur présence altérait son comportement. Il alternait entre des phases d'euphorie et des moments de repli sur soi. Il restait alors hagard, comme plongé en lui-même, à scruter la mer. Shawn, qui connaissait également son passé, se doutait qu'il repensait alors à son ancienne petite amie, qui l'avait plaqué pendant qu'il était au front...

Alors qu'il s'apprêtait à rebrousser chemin, Shawn aperçut Arthur vêtu de son éternel pantalon de treillis. Ce dernier, comme à son habitude, faisait trois fois le tour d'un banc avant de s'y asseoir. Shawn le rejoignit et prit place à côté de lui. Il remarqua qu'Arthur ne s'était pas rasé, et qu'il aurait également bien eu besoin d'aller chez le coiffeur.

— Comment ça va, Arthur ? lui demanda Shawn. Je t'ai cherché pendant des heures, t'étais passé où ?

— Oh, par-ci, par-là...

— Et tu as bien pensé à prendre tes médicaments ? interrogea Shawn en passant une main sur son épaule.

— Bien sûr, répéta Arthur à trois reprises. Tu sais bien que je fais toujours ce que tu me demandes de faire, Shawn...

12

En raccompagnant ce couple et son bébé à leur voiture, Larry Belcaro se sentit navré pour eux. Il n'avait rien à leur proposer qui entrât dans leur budget. Comment les jeunes étaient-ils supposés s'offrir un logement en bord de mer depuis que les prix de l'immobilier s'étaient récemment envolés ? Bien que cette donnée fût bonne pour les affaires de l'Agence du Littoral, et donc bonne pour lui, Larry déplorait cet état de fait. Pour lui, la côte du New Jersey devait rester accessible à tous, et même les personnes aux revenus les plus modestes devaient pouvoir profiter des joies de l'océan, pas uniquement celles disposant de salaires confortables.

Alors que sa voiture de couleur beige débouchait sur Webb Avenue, Larry eut un flash – il en avait parfois de manière inopinée – quand il avait par exemple croisé comme aujourd'hui une famille heureuse, une famille qui lui rappelait la sienne...

Larry se gara devant une maison victorienne à tourelles dont la façade était peinte en rose. Il ferma les yeux, secoua la tête et essaya de chasser la vision de cette petite fille aux cheveux bruns et bouclés, au nez retroussé et aux épaules rosies par le soleil qui lui demandait de venir admirer son château de sable...

Ces réminiscences n'avaient rien à voir avec la mélancolie qu'il pouvait éprouver lors de réunions de famille, au cours desquelles il prenait pleinement conscience que jamais Jenna ne se marierait, que jamais il n'assisterait au baptême de ses petits-enfants... Non, ces flashs l'anéantissaient, le laissaient sans ressort, à ruminer sans cesse les sempiternelles questions. Comment l'engrenage fatal s'était-il enclenché ? À quel moment aurait-il pu intervenir ? Qu'aurait-il dû faire ? Car il n'y avait aucun doute à ses yeux : il était responsable de la mort de Jenna, tout était sa faute...

Sa fille était décédée depuis deux années déjà, précédant d'un an la disparition de sa mère. L'épouse de Larry n'avait pas réussi à surmonter la mort de leur fille unique et s'était laissée sombrer.

Il aurait dû obliger Jenna à consulter d'autres spécialistes et ne pas faire confiance qu'à ce seul charlatan. Il aurait dû insister pour que Jenna cesse de voir ce soi-disant thérapeute quand, au lieu de s'améliorer, son état avait semblé empirer. Mais Jenna avait insisté pour continuer ses séances avec Owen Messinger. Elle était convaincue qu'il était le seul à pouvoir l'aider, et, de guerre lasse, ses parents avaient cédé. Ils n'avaient pas insisté, n'ayant pas d'autre solution.

Mais ce n'était pas une excuse, et Larry s'en rendait bien compte à présent. Même s'ils ne connaissaient pas d'autre médecin, ils auraient dû faire confiance à leur instinct, qui leur commandait d'éloigner Jenna de cet homme malfaisant. Ils auraient pu déménager, refuser de payer les séances, enfermer leur fille... N'importe quoi pour l'empêcher de voir ce foutu toubib qui lui faisait plus de mal que de bien. Mais ils n'avaient rien fait. Et Larry se sentait responsable de sa mort. Deux fois par semaine, sa femme et lui accompagnaient leur fille à ses rendez-vous. Il ne se le pardonnerait jamais.

Sa femme Marie n'avait pas réussi à surmonter la mort de leur fille. Elle aussi s'était sentie coupable, un sentiment qu'elle noyait dans l'alcool. Et, quelques mois après que sa fille se fut ouvert les veines, elle avait pris la voiture en état d'ivresse et était allée s'encastrer dans une cabine téléphonique.

Larry était seul à présent. Avec sa douleur.

Alors qu'il fixait les géraniums roses et blancs qui débordaient des jardinières fixées de part et d'autre de la porte d'entrée de la maison victorienne, Larry se répéta une nouvelle fois qu'il ne pouvait pas revenir en arrière. Il pouvait en revanche faire ce qui était en son pouvoir pour éviter que de tels drames se reproduisent. Il avait du reste déjà commencé à œuvrer en ce sens. Aux alentours de Pâques, il s'était posté non loin du cabinet d'Owen Messinger et avait suivi jusqu'à la maison devant laquelle il se trouvait à présent la maigre jeune femme qui était sortie de chez ce charlatan.

Au cours des semaines suivantes, il était venu rôder dans les parages à plusieurs reprises sans oser l'aborder, jusqu'au jour où il l'avait vue pénétrer chez Lavender & Lace. Il était alors entré à l'intérieur de la boutique, comme n'importe quel client, et avait entamé une discussion. Peu de temps après, il lui confiait qu'il cherchait quelqu'un pour l'aider à l'agence. Depuis, Leslie travaillait pour lui – et il pouvait ainsi veiller sur elle.

Audrey Patterson vint ouvrir la porte.

— Oh, Larry, comme c'est gentil d'être venu, s'exclama-t-elle en accueillant le visiteur. Suivez-moi.

En se dirigeant vers le salon, elle haussa le ton afin d'être entendue de sa fille.

— Leslie, c'est ton patron et ami, dit-elle en insistant bien sur ce dernier qualificatif.

Audrey se retira ensuite dans la cuisine pour préparer des rafraîchissements, laissant Leslie et Larry en tête à tête.

— Leslie, comme je suis content que tu te portes bien, lui dit-il avec chaleur. Je me suis fait tellement de souci...

— Tu dois bien être un des rares... lui répondit-elle. Pourquoi personne ne veut-il croire que j'ai été enlevée ?

— Peu importe ce que les autres pensent. L'essentiel est que tu te sentes bien, lui assena-t-il avec conviction. Rien n'est plus important !

Leslie sentit les larmes monter et se précipita vers lui.

— Est-ce que tu me crois, Larry ? S'il te plaît, dis-moi que toi, au moins, tu me fais confiance... l'implora-t-elle.

— Mais oui, je te crois, lui confirma-t-il en lui caressant les cheveux. Je pense aussi que tu as traversé une rude épreuve et que le plus important est que tu te changes les idées. En fait, je suis persuadé que le mieux serait que tu reviennes travailler. Ta place t'attend, tu sais... Réfléchis-y et crois-en mon expérience : le travail est la meilleure des thérapies.

13

Il mit deux heures et demie à parcourir le trajet qui en temps ordinaire en prenait à peine une. Mais on était un vendredi après-midi d'août, et l'autoroute menant à la côte était saturée. Jonathan, une fois arrivé à Ocean Grove, tourna une demi-heure supplémentaire avant de trouver une place où stationner. Autant dire qu'il était épuisé, tant physiquement que nerveusement, lorsqu'il poussa la porte de la tente.

Il n'y avait personne à l'intérieur, et il ne sut dire s'il s'en trouvait peiné ou soulagé... D'un côté, après ces heures passées dans les embouteillages, il aurait aimé que sa petite famille soit là pour l'accueillir mais, de l'autre, il n'était pas fâché de profiter d'un peu de calme, sachant que la semaine à venir ne lui laisserait pas le moindre moment de tranquillité. Sans parler d'intimité. Il savait qu'à cause de la configuration des lieux et de la proximité des voisins Helen refuserait ses avances, de peur que les enfants ou quelqu'un d'autre entende. C'était une autre raison qui lui faisait détester les tentes ! Mais Helen aimait ce type de vacances, les filles aussi, et elles semblaient en pleine santé. Quelle sorte de père et de mari aurait-il été s'il leur avait refusé ces étés inoubliables ?

En deux pas, il se retrouva dans la kitchenette. Il ouvrit le minuscule réfrigérateur et en sortit une cannette de Coca. Ce n'était pas la bière glacée à laquelle il rêvait, mais il devrait s'en contenter, la vente d'alcool étant interdite à Ocean Grove. Jonathan aurait certes pu en apporter un ou deux packs, mais il savait qu'Helen réprouvait la présence de boissons alcoolisées sous leur toit. Cela aussi faisait partie du charme des tentes...

Au moins avait-il obtenu qu'elle fasse appel à une baby-sitter afin qu'ils passent une soirée tous les deux. Ailleurs qu'à Ocean Grove, espérait-il... L'année passée, ils avaient trouvé un coin sympa du côté de Bradley Beach. Comme leur dixième anniversaire de mariage approchait, il était temps qu'ils essaient de recoller les morceaux. Avant qu'il ne soit trop tard... Avant qu'il ne jette son dévolu sur l'une de ces beautés qui hantaient les couloirs de son bureau...

14

À table, la conversation ressemblait à une guerre de tranchées. D'un côté Diane et Emily tentaient de mettre en avant les avantages de ce changement de dernière minute, brossant du séjour à Ocean Grove un portrait idyllique. De l'autre, Anthony exprimait bruyamment son mécontentement tandis que Michelle, le nez dans son assiette, boudait en silence en jouant du bout de sa fourchette avec ses spaghettis.

— Écoutez, ce n'est quand même pas un drame. Et ce n'est pas non plus comme si je vous expédiais en colonie de vacances. Certes, on ne part plus où on avait prévu, mais on va quand même dans un endroit de rêve, argumenta Diane. Je ne sais pas si vous savez combien d'enfants de votre âge aimeraient être à votre place et partir à la mer.

— Oh, maman, arrête, tu veux bien... lâcha Anthony. La mer, c'est bien, mais on y va tous les étés, c'est pas comme le Grand Canyon. Et puis j'ai déjà prévenu tous mes copains qu'on allait là-bas... De quoi je vais avoir l'air, maintenant ?

Diane était sur le point de perdre patience.

— Crois bien, Anthony, que je suis la première contrariée par ce changement de dernière minute. Mais je n'ai pas le choix ; si je veux conserver mon poste à Key News, il me faut accepter cette mission...

Diane aurait pu s'arrêter là, mais elle décida de dire à son fils ce qu'elle avait sur le cœur. Ce n'est pas parce que son père était en prison qu'il fallait perdre de vue tout principe d'éducation.

— Et laisse-moi également te dire, Anthony, que je n'apprécie pas beaucoup tes discours d'enfant gâté !

Ce dernier adopta l'attitude de sa sœur, il baissa la tête et regarda fixement son assiette.

— Qui veut du pain à l'ail ? demanda Emily pour faire diversion et rompre ce silence devenu pesant.

Pendant que la corbeille faisait le tour de la table, Diane nota que tout le monde, à l'exception de Michelle, s'était resservi.

— Le pain qu'a fait Emily est délicieux, chérie. Tu n'en veux pas un autre morceau ? lui proposa-t-elle en lui tendant la corbeille.

— J'en ai déjà pris deux... lui rétorqua Michelle sans chercher à masquer son exaspération.

Diane faillit tancer sa fille, mais se retint. Elle savait qu'à la moindre remarque appuyée elle exploserait avant de se refermer sur elle-même pour ne plus rien avaler du repas. Depuis peu, l'adolescente de quatorze ans avait les nerfs à fleur de peau et se mettait souvent en colère.

Diane mettait le comportement de Michelle sur le compte des récents déboires de son père. Elle avait bien essayé d'en discuter à plusieurs reprises avec sa fille mais la situation ne s'était pas améliorée. Aussi décida-t-elle de changer de sujet et d'insister sur les points positifs de leur nouvelle destination.

— Vous irez à la plage tous les jours et, le soir, vous pourrez aller au cinéma ou bien jouer au golf miniature. Et puis je suis sûre qu'il y a plein de balades à faire en bord de mer. Et, qui sait, il y aura peut-être même un concert ou deux que vous aurez envie de voir... Anthony, pourquoi n'irais-tu pas, après dîner, chercher des informations sur Internet ?

Sans lui répondre, Anthony brandit à deux mains son appareil photo numérique, cadra le visage de sa mère dans l'écran et pressa le déclencheur. Le flash éblouit Diane.

— Anthony ! cria-t-elle, exaspérée. Je t'ai déjà

répété un millier de fois de ne pas l'apporter à table. Papa et moi t'avons offert cet appareil pour te faire plaisir mais tu commences à m'agacer avec ça ! Si tu continues, je te le confisque !

La fin du dîner fut heureusement plus calme, et Diane et Emily purent passer en revue les dernières choses à effectuer avant leur départ, le lendemain matin.

— Puis-je sortir de table ? demanda Michelle avec douceur.

Dieu merci, pensa Diane en constatant que subsistaient chez sa fille des traces de politesse, tout n'est pas perdu.

— Oui, vas-y, lui répondit sa mère.

— Moi aussi ? demanda aussitôt Anthony.

— Oui, toi aussi tu peux y aller.

Le frère et la sœur se levèrent de concert et débarrassèrent leur place. Michelle prit la peine de vider son assiette dans la poubelle de la cuisine tandis qu'Anthony se contenta de laisser la sienne près de l'évier.

Un peu plus tard, Diane se leva et annonça à Emily :

— Tu as préparé le repas, je m'occupe de la vaisselle.

— Pas de refus, lui répondit sa sœur. D'autant qu'il faut que je file à la pharmacie chercher de la crème solaire et un stick pour les lèvres. Tu as besoin de quelque chose pendant que j'y suis ?

— Prends de l'aspirine, on ne sait jamais.

— Bonne idée.

Diane entendit la porte de l'appartement se refermer et s'activa dans la cuisine. Elle ouvrit la poubelle pour y jeter les restes de l'assiette d'Anthony et vit les deux morceaux de pain auxquels Michelle n'avait pas touché.

15

— Diane Mayfield de Key News a appelé aujourd'hui, Lou. Elle voudrait interviewer Leslie...

Leslie se tenait dans la salle à manger, près de la porte entrouverte de la cuisine. Le dos appuyé contre le mur, elle écoutait la conversation à voix basse de ses parents.

Audrey et Lou Patterson, assis à table autour d'une tasse de thé déthéiné, envisageaient le cas de leur fille.

— Je ne pense pas que nous puissions faire quoi que ce soit avant d'avoir vu un avocat, dit Lou de sa voix caverneuse. Il faut très vite que l'on en rencontre un, et qu'il nous dise la peine qu'encourt Leslie si la police parvenait à prouver qu'elle a réellement orchestré son enlèvement. Je me suis renseigné. On m'a conseillé un avocat d'ici, et deux autres de gros cabinets du comté d'Hudson... Quelle solution préfères-tu ? demanda-t-il à sa femme. Quelqu'un qui connaît bien le coin et la police locale, ou bien une pointure qui connaît parfaitement tous les rouages de la justice ?

— Les deux, répondit-elle.

— Tu veux dire engager deux avocats ? demanda Lou.

Leslie supposa que sa mère avait acquiescé car elle entendit son père reprendre.

— Malheureusement, sauf à gagner à la loterie, nous n'avons pas les moyens, ma chérie, tu le sais bien...

En entendant les pleurs de sa mère, Leslie imagina la scène. Son père se levant pour venir caresser le bras de sa mère et tenter de la rassurer.

— Tout va bien se passer, Audrey. Je te le promets.

— Non, Lou, répliqua sa mère d'une voix plus forte. Rien ne va se dérouler comme nous l'espérons. Rien ne se passe comme nous le voulons depuis des années, je ne vois pas pourquoi les choses iraient soudainement en s'améliorant. Tout ce que je sais, c'est que je ne permettrai pas que l'on condamne notre fille unique sous prétexte qu'elle ne va pas bien. Leslie est psychologiquement instable, et c'est pour ça qu'elle a monté toute cette affaire. N'importe quel avocat digne de ce nom pourra balayer l'accusation. Du reste, on peut prouver qu'elle suit une sorte de thérapie depuis des années...

— Je ne suis pas sûr que la police partage ton

point de vue, ma chérie, lui répondit son mari. Pas plus que la plupart des habitants de la ville. Et si certains éprouvent de la compassion pour Leslie, je ne pense pas qu'ils se montreront cléments à son égard. Tu te rends compte du coût des recherches, du nombre de personnes mobilisées pour la retrouver, sans parler de la mauvaise publicité pour la communauté... Non, je pense au contraire qu'ils voudront créer un précédent et ne la laisseront pas s'en sortir sans une lourde condamnation... Sinon, n'importe qui pourrait chercher à attirer l'attention sur lui en toute impunité. Non, crois-moi, ils vont faire un exemple avec notre fille !

Leslie sentit son pouls s'accélérer et ses joues chauffer. Il lui avait bien semblé que la police n'avait pas gobé son histoire, mais elle n'aurait jamais imaginé que ses propres parents, eux non plus, ne la croiraient pas. Elle n'avait pas davantage songé qu'elle pourrait encourir une peine de prison. La prison ! Rien que ce mot la terrifiait. Elle avait entendu tant d'histoires de détenues qu'elle en eut un frisson.

Leslie dut se cogner au mur ou émettre un bruit sans s'en rendre compte car sa mère l'appela.

— Leslie, c'est toi, chérie ? Tu es là ?

Audrey, qui s'était levée de table, trouva sa fille accroupie, prostrée dans le noir.

— Oh, Leslie ! Viens ma chérie, lui dit Audrey en l'aidant à se relever avant de la prendre dans ses bras. Tout va bien se passer, tu verras. Viens avec moi, nous allons en parler avec papa

— Je ne veux pas en parler, gémit Leslie. Je n'ai rien à dire. Je ne veux pas aller en prison. Je n'ai rien fait de mal, je le jure...

— Ne t'inquiète pas, personne ne parle de prison, ma chérie, dit-elle pour réconforter sa fille en larmes. N'est-ce pas, Lou ? demanda-t-elle à son mari qui entrait dans la salle à manger.

Il alluma la lumière.

— Nous allons en tout cas prendre le meilleur avocat, sois-en persuadée, répondit-il, incapable de se montrer catégorique alors que lui-même doutait fortement. Lui au moins saura prendre les choses en main...

Leslie, inconsolable, pleurait dans les bras de sa mère. Elle pleurait moins à cause des sanctions encourues qu'à cause de la tension accumulée ces dernières heures, qui refluait à présent. Elle pensait aussi à Shawn. Il n'avait pas participé aux recherches pour la retrouver. Il n'avait pas non plus daigné passer la voir ou l'appeler pour lui dire combien il était heureux qu'on l'ait retrouvée saine et sauve.

16

Heureusement, Helen avait accepté qu'ils passent la soirée ailleurs qu'à Ocean Grove. Ils avaient pris la voiture et avaient roulé quelques kilomètres en direction du sud, jusqu'à Bradley Beach, la station balnéaire voisine où l'on pouvait prendre du bon temps.

Après un demi-homard et deux bières, Jonathan se sentait bien plus détendu qu'à son arrivée. En dansant ensuite avec Helen, il se fit la réflexion qu'il passait vraiment un excellent moment. C'est ainsi qu'il concevait les vacances au bord de la mer, et c'est ainsi qu'il aurait aimé passer toutes ses soirées. Un repas agréable, quelques verres, de la musique, du bon temps...

Mais Jonathan s'assombrit quand il vit son épouse consulter sa montre.

— Allons, Helen, il est encore tôt. On n'est pas pressés, lui dit-il.

— Il est bientôt dix heures et demie, lui répondit-elle. Le temps de rentrer et il ne sera pas loin de onze heures... Il ne faut pas qu'on tarde.

— Tu plaisantes, j'espère ? lui demanda-t-il, grinçant.

— Jonathan, tu sais que les filles se lèvent de bonne heure...

— Eh bien, pour une fois, elles regarderont les dessins animés et nous les laisserons dormir un peu...

— Mais tu sais bien que nous n'avons pas la télévision, lui répondit Helen avec une certaine condescendance.

— Eh si ! répliqua Jonathan, un sourire sous cape. J'ai apporté une télé portable. Elle est dans le coffre de la voiture.

Helen se tut. Elle savait qu'il était parfois inutile de répliquer. Il fallait savoir accepter une défaite pour ensuite remporter la victoire finale. Elle accorda donc à Jonathan deux danses supplémentaires, jurant en son for intérieur que jamais un poste de télévision ne franchirait les portes de la tente.

17

Alors qu'elle s'apprêtait à gagner sa chambre, Diane entendit le bruit de la douche. Sans doute Michelle, qui avait laissé la porte de sa chambre entrouverte. Diane la poussa et entra. Le sac de voyage de sa fille trônait au milieu de la pièce. Il contenait plus d'affaires que Michelle ne pourrait en mettre au cours de la quinzaine à venir. À côté se trouvait le lecteur de DVD portable qu'elle avait eu à Noël ainsi qu'une pile de films. Un autre sac en toile contenait une console de jeux, un discman et une profusion de CD.

Diane soupira. Et dire qu'elle avait demandé à Michelle de n'emporter que le strict minimum ! Le jour n'était pas encore venu où elle déciderait de voyager léger.

Diane prit le magazine qui traînait sur le lit de sa fille et commença à le feuilleter. Les articles sur l'acné ou la meilleure façon de garder son petit copain étaient entrecoupés de publicités pour des vêtements ou du maquillage. Toutes les filles utilisées par les agences de pub étaient minces, certaines à la limite de la maigreur.

Au même moment, sa fille fit son apparition dans l'encadrement de la porte, une serviette blanche nouée sur la tête, une autre autour de la taille. Était-ce une impression ou Michelle avait-elle maigri ? On voyait ses omoplates, ce qui n'avait pas frappé Diane la dernière fois qu'elle l'avait vue torse nu. Elle essaya de faire un effort de mémoire. Il y avait un moment qu'elles n'étaient pas allées à la plage ou à la piscine ensemble et, le soir, quand elle rentrait, Michelle portait un informe tee-shirt de coton. Le plus souvent à manches longues, pensa-t-elle soudain. Michelle se plaignait, prétendant que l'air conditionné ne lui convenait pas... Autant de détails auxquels Diane n'avait prêté aucune attention jusqu'à maintenant.

18

Quelle plaie que les Richey ne possèdent pas de téléviseur ! Mais, comme elle était déjà venue garder leurs filles, Carly avait cette fois pris ses précautions. Elle avait apporté son walkman et quelques magazines.

Hannah et Sarah, fatiguées par leur journée au grand air, s'étaient couchées moins d'une heure après le départ de leurs parents. À présent, elles dormaient bien profondément dans leurs lits superposés calés contre un coin.

Carly se leva de sa chaise en osier et se dirigea vers la cuisine. Elle régla au passage l'air conditionné. Si elle pouvait passer une soirée sans télévision, elle n'aurait pas en revanche accepté de venir si la tente n'avait été équipée d'un climatiseur. Malgré tout, il faisait si chaud que l'appareil peinait à rendre l'atmosphère vraiment agréable.

Carly ouvrit la porte du petit réfrigérateur et observa son contenu. Elle vit des esquimaux dans le freezer et en prit un à l'orange. Rien de bon pour la lutte contre les calories... pensa-t-elle en enlevant l'emballage de papier. Après l'avoir jeté, elle posa une main sur son ventre, pour s'assurer qu'il était aussi plat que la dernière fois qu'elle avait vérifié... à peine une heure auparavant !

Elle voulait être belle pour Shawn, quand elle

le retrouverait en fin de soirée au Stone Pony. Shawn n'était pas le petit ami le plus mignon qu'elle ait jamais eu, mais il lui plaisait vraiment. Il était doux et attentionné. Il l'écoutait, par exemple quand elle lui racontait sa vie, ses espoirs ou ses désillusions, à l'inverse de nombreux autres garçons qui ne se souciaient guère de ce qu'elle avait en tête. Carly appréciait Shawn de plus en plus, et elle savait que la réciproque était vraie. Elle aimait également chez lui sa discrétion. Jamais il ne la mettait mal à l'aise par un regard insistant. Jamais il ne l'aurait dévorée des pieds à la tête comme l'avait fait ce soir M. Richey... Un seul détail gênait Carly. Shawn n'avait pas pris part aux recherches pour retrouver Leslie. Certes, ils avaient rompu, mais elle n'aurait pas imaginé qu'il se montre aussi indifférent au sort réservé à son ancienne petite amie.

De retour dans la pièce principale, Carly s'assit sur la chaise en osier et prit le dernier numéro de *InStyle*. Elle feuilleta le magazine et tomba sur des photos de Cameron Diaz. Elle ne pouvait détacher son regard des jambes étiques de l'actrice quand elle entendit la porte d'entrée.

— C'est moi, dit Helen Richey. Nous sommes de retour.

La mère alla directement voir ses filles endormies.

— Comment ça s'est passé ? demanda-t-elle doucement en enlevant le pouce de la bouche de sa fille cadette.

— Très bien, répondit Carly. Elles ont été très gentilles. On a joué un moment et puis elles sont allées se coucher sans difficulté.

Helen esquissa un sourire.

— Monsieur Richey n'est pas avec vous ? demanda Carly en regardant derrière elle.

— Il est en train de chercher une place, répondit Helen en remontant la couverture sur les épaules de Sarah. Il m'a déposée en passant.

— Bien, dans ce cas, je crois que je vais vous laisser, lui dit Carly en commençant à rassembler ses affaires. Vous n'avez plus besoin de moi...

Helen ouvrit son porte-monnaie et lui tendit trois billets.

— Merci, madame Richey, lui dit-elle en les empochant.

— Attendez, Carly, lui répondit-elle alors que la baby-sitter se dirigeait vers la sortie. Jonathan ne va pas tarder, il va vous raccompagner.

— Oh, ce n'est pas la peine, vraiment, j'habite à deux pas, répondit-elle précipitamment, n'ayant aucune envie de marcher dans le noir avec M. Richey. À bientôt...

Helen n'eut pas le temps d'ajouter un mot. Carly avait déjà filé.

Jonathan trouva rapidement une place non loin de chez eux. Pourtant, il demeura un long moment à l'intérieur de la voiture, incapable d'en sortir. L'idée même de rejoindre la tente lui était insupportable.

Demain, il annoncerait sa décision à Helen. C'était le dernier été qu'il passait dans ces conditions et, si elle voulait qu'ils reviennent ensemble l'année prochaine à Ocean Grove, elle devrait mettre à profit la semaine à venir pour trouver un véritable logement, digne de ce nom.

Il sortit enfin de la voiture, ouvrit le coffre mais se ravisa. Inutile de provoquer une crise ce soir. Il laissa donc le téléviseur portable où il se trouvait et ferma la voiture à clé.

Alors qu'il allait tourner dans Bath Avenue, Jonathan vit une silhouette familière se découper sous la lumière de la lune. Carly traversa rapidement la rue et Jonathan se souvint qu'ils étaient convenus de la raccompagner chez elle. Cela aurait pu être agréable de faire un bout de chemin avec elle...

Jonathan hésita un instant puis fit demi-tour et décida de la suivre.

19

Le bain pas plus que la tisane qu'elle s'était ensuite préparée n'avaient eu les effets escomptés. Diane n'arrivait pas à s'endormir. Jamais l'absence de Philip ne s'était jamais fait aussi cruellement ressentir.

Elle se retourna une nouvelle fois dans le lit et saisit un oreiller. De sombres pensées vinrent de nouveau l'assaillir. Des détails auxquels elle n'avait pas prêté attention. Michelle, qui depuis peu s'imposait un jogging quotidien, ou encore ses cassettes de fitness qui traînaient à côté du magnétoscope. Avant, ce n'étaient pour Diane que les signes d'une adolescente prenant conscience de son corps, soucieuse de sa silhouette.

Il y avait aussi les pots de glace non entamés qui dormaient dans le congélateur depuis des lustres – les parfums préférés de Michelle, qui il y a peu suppliait sa mère de ne pas oublier son péché mignon quand elle allait faire les courses. Encore un détail qui ne l'avait pas alertée ; Diane savait cependant que les goûts d'une adolescente ne sont plus les mêmes que ceux d'une enfant...

Diane serra l'oreiller entre ses bras en repensant aux deux morceaux de pain à l'ail qu'elle avait retrouvés ce soir dans la poubelle de la cuisine. Michelle n'avait quasiment rien avalé. Depuis combien de temps cela durait-il ?

Depuis l'incarcération de Philip, les repas pris en commun étaient si rares que Diane n'aurait su répondre. Elle se sentit coupable car elle était en partie responsable de cet état de fait. Quand elle rentrait tard du bureau, Emily et les enfants avaient déjà dîné. En réalité, elle dut s'avouer que cette situation l'arrangeait. Elle préférait avaler dans son coin un bol de céréales ou une omelette rapidement préparée en feuilletant un magazine plutôt que d'avoir à soutenir une conversation autour de la table familiale. Les soucis liés aux problèmes de Philip et le stress croissant au bureau la laissaient sans énergie.

Et pourtant, elle s'était fait un devoir de repousser toutes les sollicitations afin d'être présente chaque soir. Mais elle se rendit compte qu'être là physiquement ne signifiait pas forcément qu'elle était disponible. En fait, elle n'avait prêté qu'une attention distraite à son entourage au cours des dernières semaines et n'avait même pas remarqué le changement de sa fille.

Mais les choses n'allaient pas rester en l'état ! se dit-elle en repoussant l'oreiller. Dorénavant, elle serait plus attentive et veillerait en particulier à ce que les troubles de Michelle se dissipent le plus rapidement possible. Elle repensa à Leslie Patterson. Refuser de s'alimenter était une chose, s'automutiler en était une autre. Et Diane pria pour que Michelle n'en arrive jamais à de telles extrémités.

20

Carly scruta du regard la pièce faiblement éclairée. Ayant aperçu Shawn derrière le bar, elle se faufila au milieu de la foule et prit place sur un tabouret. Le visage de Shawn s'éclaira quand il la vit.

— Je pensais que tu ne viendrais plus, lui dit-il en se penchant vers elle pour couvrir les bruits de la salle.

— Moi aussi, j'ai cru que ça n'en finirait jamais, lui répondit-elle.

— Tu veux boire quelque chose ?

— Bof, un Coca, répondit-elle sans enthousiasme. À moins que tu n'aies mieux à me proposer... poursuivit-elle, une pointe de malice dans la voix.

Shawn savait que Carly n'avait pas atteint l'âge légal pour boire de l'alcool. Elle était majeure, elle avait le droit de vote, celui de conduire une voiture, mais les lois du New Jersey étaient ainsi faites que la consommation de boissons alcoolisées lui était encore interdite.

Shawn remplit aux trois quarts un verre de Coca et y ajouta discrètement deux rasades de rhum. Si jamais son patron le surprenait, il serait congédié sur-le-champ. Mais personne n'était dans les parages et ce n'était pas un verre ou deux qui allaient la rendre malade.

— Eh ! vas-y mollo, lui dit-il quand même en la voyant siffler à la paille la moitié de son verre.

— Ne t'inquiète pas pour moi, Shawn, j'ai l'habitude, lui répondit-elle en souriant, avant d'enchaîner : Quand est-ce que tu fais une pause, qu'on danse tous les deux ?

Malgré la foule, on ne voit qu'elle.

Elle est si jolie, si vivante et semble si heureuse.

Quelle danseuse !

Elle tourne au son de la musique, à croire qu'elle a le rythme dans la peau.

Elle prend du plaisir, elle s'amuse, ça se sent...

Heureusement, elle n'est pas très grande.

Ce qui facilitera la tâche...

La musique s'arrêta. Carly et Shawn regagnèrent le bar tandis que les musiciens de l'orchestre posaient leurs instruments.

— Ça s'est passé comment ton baby-sitting ? lui demanda-t-il maintenant qu'ils n'avaient plus à crier pour se faire entendre.

— Oh, bien... Pas de souci, tu sais. Les filles sont vraiment gentilles et Mme Richey me paie correctement. Il y a juste...

— Quoi ? demanda Shawn pour inciter Carly à poursuivre.

— Oh, rien... J'ai juste l'impression que M. Richey n'est pas heureux d'être là.

Carly, après une courte hésitation, n'en dit pas plus et décida de passer sous silence le fait qu'il l'avait reluquée de manière lubrique. Elle ne connaissait pas suffisamment Shawn pour savoir s'il était ou non jaloux. Aussi changea-t-elle de sujet.

— As-tu eu des nouvelles de Leslie ? lui demanda-t-elle.

— Oh, Carly, s'il te plaît ! Tu veux gâcher la soirée, ou quoi ? Ne parlons pas d'elle, répondit Shawn, agacé.

— Vous êtes restés un bon moment ensemble, poursuivit la jeune fille. Je pensais que tu...

— Écoute, Carly, l'interrompit-il, Leslie appartient au passé. C'est fini entre nous... *Finished, finito.* Je ne veux plus en entendre parler ! Je pensais pourtant que tu avais compris.

L'alcool ayant à présent fait son effet, Carly poursuivit au lieu de se taire. Le ton péremptoire de Shawn ne lui avait pas plu, et elle avait bien l'intention de lui livrer le fond de sa pensée.

— Eh bien, si l'on était sortis pendant longtemps ensemble et que je m'étais fait enlever, j'aurais aimé que tu t'inquiètes un peu de mon sort !

— Et moi j'espère surtout que tu ne simuleras jamais un enlèvement pour attirer l'attention sur toi, lui répliqua Shawn sèchement avant de tourner les talons en direction d'un client qui attendait à l'autre bout du bar.

Un nuage vient d'assombrir son ciel. Elle fait la tête à présent. Qui aurait pu prévoir que la situation évoluerait ainsi ? Il y a une heure encore, elle était si radieuse. Maintenant qu'elle partait, il allait falloir improviser.

Carly entendit le bruit sourd de l'océan en traversant la rue. Elle tourna à droite, en direction d'Ocean Grove. Il y avait moins de dix minutes de marche du Stone Pony à chez elle.

Le grand air lui fit du bien et la dégrisa. Mais bien vite surgirent les questions... Comment la situation avait-elle pu dégénérer aussi vite ? S'était-elle emportée trop rapidement ou bien Shawn n'était-il pas le gentil garçon qu'elle avait imaginé ?

Elle tentait de se forger une opinion en évitant les morceaux de verre qui auraient pu transpercer ses fines semelles. Les rues d'Asbury Park n'étaient pas aussi propres que celles d'Ocean Grove, la commune limitrophe. En fait, malgré leur proximité géographique, les stations balnéaires n'avaient rien en commun.

Alors qu'elle s'approchait de la carcasse du vieux casino qui délimitait la frontière entre les deux villes, Carly marqua une pause. Sous la lumière blafarde d'un réverbère isolé, elle aperçut la pancarte mettant le public en garde contre les éboulements de vieilles pierres.

Elle s'arrêta un instant avant de décider de son

itinéraire. Allait-elle rentrer en longeant la côte ou couper au plus court pour rejoindre sa maison, qui se trouvait à moins de cinq cents mètres d'ici ? Rien ne pressait. Aussi opta-t-elle pour le bord de mer, ce chemin où, enfant, elle était passée de si nombreuses fois.

Elle allait franchir un petit muret quand une main gantée abattit une brique sur son crâne.

Samedi 20 août

21

Le bleu nuit laissait place à une palette plus nuancée. Déjà l'horizon rosissait, signe que le soleil se lèverait bientôt sur l'océan. Arthur marchait sur la promenade. Il connaissait chacune de ces variations quotidiennes qui dessineraient bientôt un ciel couleur azur au-dessus d'une mer marine.

Comme il dormait mal, il assistait presque chaque jour au lever du soleil. Dès quatre heures, il arpentait les planches. C'était son heure préférée. Les derniers noctambules étaient couchés. Les joggers n'étaient pas levés et les pêcheurs n'avaient pas encore installé leurs lignes sur la plage. À l'aube, le bord de mer lui appartenait.

Depuis qu'il avait quitté l'hôpital, Arthur résidait à Ocean Grove, et il n'était pas un jour sans qu'il repense à Bonnie. Ses promenades matinales étaient les moments les plus propices à ces réminiscences. La solitude, le bruit incessant de l'océan, le cri des mouettes faisaient resurgir le visage de son ancienne petite amie.

Aujourd'hui ne dérogeait pas à la règle...

Une douce brise océane vint lui fouetter le visage et s'engouffra soudain dans sa chemise de camouflage entrouverte sur son torse. Il était si rare d'avoir un brin d'air, ces derniers temps, qu'Arthur en profita. D'autant que la chaleur accablante ne manquerait pas d'écraser de nouveau la ville dès le lever du soleil.

Une Dodge Durango bleu et blanc ralentit et s'arrêta à son niveau.

— Comment va, Art ? lui demanda le policier par la fenêtre.

— Je vais bien, et vous ? lui répondit-il sans laisser percer son désappointement – combien de fois lui avait-il répété que son prénom était Arthur, et non Art, diminutif dont il n'aimait pas qu'on l'affuble.

— Ça va pas mal, Art... Merci de poser la question. Tu es debout depuis longtemps ? s'enquit l'officier.

— Non, je viens juste de sortir.

— Et tu n'as rien vu d'extraordinaire ?

— Comme quoi ? demanda Arthur, sur la défensive.

— Eh bien, une fille n'est pas rentrée de son baby-sitting. On a reçu un coup de fil affolé de ses parents.

Arthur sentit la nervosité le gagner.

— Je n'ai pas vu de fille. Non, je n'ai pas vu de fille. Il faut me croire, ajouta-t-il précipitamment avant de tousser à trois reprises.

— Personne ne dit le contraire, Art. C'est juste au cas où tu apercevrais quoi que ce soit, histoire que tu nous préviennes aussitôt. On est à la recherche d'une fille blonde. Un mètre cinquante-cinq environ, menue, mignonne. En fait, c'est l'une des serveuses du Nagel's. Carly Neath... Tu la connais peut-être ?

Arthur sentit la panique le gagner. Que répondre ? Oui, il connaissait Carly. Shawn la lui avait présentée il y a peu. Mais si la police apprenait ce détail, elle le harcèlerait, pensa-t-il aussitôt. Les personnes comme lui faisaient toujours partie des premières à être suspectées dès que quelque chose tournait de travers.

— Non, ça ne me dit rien, répondit-il avant de reprendre sa marche.

La voiture de patrouille redémarra, roula un instant à ses côtés, puis prit de la vitesse et s'éloigna. En se dirigeant vers son endroit favori, Arthur repensa à la fille charmante qui accompagnait Shawn l'autre jour. Elle lui avait rappelé Bonnie. Après avoir tourné trois fois autour d'un banc, il s'assit.

Insensiblement, ses pensées avaient dérivé de la petite amie de Shawn à Bonnie. Malgré le temps écoulé et les médicaments dont on le gavait pour surmonter sa douleur, son souvenir demeurait toujours aussi vivant. Pourtant, le traitement donnait quelques résultats. Il était moins agité que par le passé quand il pensait à Bonnie. Rien cependant ne pourrait l'effacer de sa mémoire. Et même s'il éprouvait toujours de la colère à son égard, pour ce qu'elle lui avait fait, pour ce qu'elle leur avait fait, cela ne signifiait pas qu'il voulait l'oublier.

Bonnie resterait à jamais son premier amour,

son seul amour. Arthur savait qu'il ne serait jamais capable d'aimer quelqu'un comme il avait aimé Bonnie. Et il savait aussi que jamais Bonnie ne reviendrait. Du moins pas tant qu'il vivrait de la sorte. Qui pourrait avoir envie de partager la vie d'un marginal comme lui, d'un sans-emploi subsistant grâce à diverses allocations, d'un homme qui passait le début de ses nuits sur le matelas bosselé d'une pension de famille miteuse et le reste de ses journées à errer sans but ?

Arthur sortit un paquet de cigarettes de la poche de sa chemise et en alluma une. Il inhala profondément la première bouffée et porta son regard jusqu'au vieux casino, dont la silhouette se découpait à présent dans le ciel. Il laissa la fumée s'échapper par ses narines tandis que ses pensées empruntaient le douloureux chemin du souvenir.

Quels bons moments ils avaient passés ensemble ! Il revit sa frêle silhouette danser en rythme sur la piste tandis que son doux visage lui souriait. Il se rappela aussi le fou rire qu'ils avaient piqué le soir où ils avaient imaginé les prénoms des enfants qu'ils auraient, après leur mariage, une fois qu'Arthur en aurait terminé avec l'armée...

Arthur se leva et, d'une pichenette énergique, envoya son mégot sur la plage. Bonnie avait promis qu'elle l'attendrait, qu'elle serait là à son retour de l'opération « Tempête du désert ».

Bonnie avait menti.

22

— Maman, c'est quoi cette plaisanterie ? s'exclama Anthony alors qu'ils arrivaient à l'Auberge des Dunes. On est où, là ?

Diane eut également un mouvement de recul en observant le hall. Sur un austère banc de bois, seul mobilier de l'entrée, dormait un chat famélique. Aux murs, un papier peint délavé, sans doute bleu par le passé, représentait des mouettes et des goélands. Quant aux rideaux, jadis beige, ils étaient quasiment transparents à force d'avoir été lavés. Seule consolation, pensa Diane en observant le parquet, l'endroit semble propre...

— Je suis d'accord avec toi, Anthony, répondit-elle à son fils, on n'est pas au Ritz. Mais ne commence pas à te plaindre, s'il te plaît...

Au moment où Diane échangeait un regard désespéré avec Emily, une voix se fit entendre derrière le comptoir. Un jeune Latino d'une trentaine d'années, vêtu d'une chemise oxford vert pâle aux manches soigneusement retroussées, laissant apparaître des avant-bras bronzés et musclés, lui demanda s'il pouvait leur venir en aide.

— Oui, avec plaisir. Je suis Diane Mayfield, j'ai plusieurs réservations...

— Mais oui, bien sûr, lui répondit le jeune homme en lui adressant son plus beau sourire

– une rangée impeccable de dents bien blanches. Vous êtes Diane Mayfield de Key News, c'est bien ça ?

— Effectivement, acquiesça-t-elle.

— Oh, je suis navré de ne pas avoir été là pour vous accueillir, mais j'étais à mon bureau, je préparais les nouvelles brochures de l'hôtel... À ce sujet, poursuivit-il comme s'il avait lu dans leurs pensées, veuillez excuser la décoration... ou plutôt l'absence de décoration. Mon associé et moi venons tout juste de reprendre l'hôtel et nous n'avons pas encore pu mener à bien tous les travaux de rénovation et d'embellissement. Nous attendons l'arrière-saison pour transformer complètement le lieu.

— Je suis sûre que ce sera très joli... une fois terminé, ajouta Diane avec tact.

— Je sais que nos prestations actuelles ne sont sûrement pas à la hauteur de celles auxquelles vous êtes habituée, madame Mayfield, répondit l'hôtelier. Mais s'il y a quoi que ce soit que je puisse faire pour rendre votre séjour agréable, n'hésitez surtout pas à me le demander. Je m'appelle Carlos. Carlos Hernandez, précisa-t-il en se dirigeant vers Diane pour lui serrer la main.

— Ravie de faire votre connaissance, Carlos. Voici ma sœur, Emily Abbott, et mon fils, Anthony. Ma fille, Michelle, est en train de sortir ses affaires de la voiture.

Carlos, après avoir salué tout ce petit monde, jeta un œil sur son registre et décrocha des clefs du panneau mural.

— Trois chambres, c'est bien cela ?

— En fait, non... le reprit Diane. Il devait y en avoir quatre.

Carlos fronça les sourcils et consulta son listing de réservations.

— Effectivement, vous avez raison, j'ai bien quatre chambres réservées pour Key News, mais l'une est déjà occupée par un certain M. Gates.

— Sammy Gates ? s'exclama Diane.

— Oui, c'est bien cela, répondit Carlos. Samuel Gates...

— Et avez-vous une réservation au nom de Matthew Voigt ? lui demanda-t-elle.

Carlos consulta de nouveau son registre.

— Non, aucune chambre à ce nom.

Diane haussa les épaules.

— Peu importe, après tout, mais cela n'explique pas pourquoi nous n'avons pas une quatrième chambre pour nous...

— Je suis vraiment navré, madame Mayfield. J'aurais vraiment aimé pouvoir vous être agréable, mais l'hôtel est complet à cette époque de l'année. J'ai même dû, pour vous loger, ouvrir les chambres du dernier étage qui sont en train d'être refaites et que nous ne comptions pas utiliser avant l'automne...

Comme Diane le dévisageait bizarrement, il s'empressa d'ajouter :

— Oh, mais ne vous inquiétez surtout pas, madame Mayfield, Kip et moi avons veillé à ce qu'elles soient prêtes à temps. Vous savez, nous comptons sur la clientèle de New York, et nous espérons que vous nous ferez une bonne publicité.

Diane fut d'emblée séduite par le décor de la première chambre dans laquelle ils pénétrèrent. Les murs jaune pâle donnaient à la pièce une très belle luminosité. Les lits jumeaux à une place étaient recouverts d'un dessus-de-lit blanc au crochet, fait main. Un tapis à dominante bleue, constellé de fleurs d'été de couleur jaune, trônait sur le parquet de pin clair. Les murs étaient ornés de lithographies joliment encadrées représentant des plantes. Des bougies étaient dressées sur la commode de style victorien et des magazines étaient disposés sur la table de nuit située entre les lits.

— Je veux cette chambre !

Diane se retourna et observa Michelle dans l'encadrement de la porte.

— Tu sais, nous sommes quatre pour trois chambres, il va bien falloir que nous en partagions une, lui fit-elle remarquer.

— Oh, pas moi, s'il te plaît. J'ai pas envie de partager, je veux ma chambre ! Oh, allez, maman, s'il te plaît, dit-elle en se dirigeant vers la fenêtre.

Michelle écarta les rideaux et s'exclama :

— Oh, regardez la vue ! On voit la mer...

Depuis combien de temps Michelle n'avait-elle pas fait preuve d'un tel enthousiasme ? songea sa mère. Le ton de sa voix était si gai, elle semblait si heureuse que Diane n'eut pas le cœur de la décevoir. Déjà, elle pensait aux différentes configurations possibles. Anthony, unique garçon, devait disposer d'une chambre pour lui. Mais était-il alors raisonnable de laisser Michelle seule ?

— Qu'en penses-tu, Emily ?

— Pourquoi ne partagerions-nous pas une chambre ? lui proposa aussitôt sa cadette. Moi je n'y vois aucune objection...

— Alors c'est d'accord, conclut Diane. Tu prends cette chambre, Michelle. Après tout, pour le temps que nous allons y passer...

— Eh bien voilà qui simplifie considérablement la suite des opérations, intervint Carlos. Il y a des lits jumeaux dans la chambre Poséidon et un lit double dans la chambre Neptune. Anthony, voilà ton royaume... poursuivit Carlos en ouvrant la porte en grande pompe.

De nouveau, Diane apprécia la décoration.

— Ouais, pas mal, lâcha Anthony après avoir jeté un bref regard à la pièce.

Carlos ne releva pas la remarque et les entraîna rapidement vers la troisième chambre. Au passage, dans le couloir, il leur indiqua la salle de bains.

— Comment ! s'exclama Michelle d'une voix alarmée. Il n'y a qu'une seule salle de bains pour tout l'étage ?

— Et alors, ce n'est pas la fin du monde ! lui répondit Diane après que Carlos eut acquiescé.

On peut quand même partager une salle de bains, poursuivit-elle en essayant de conserver un ton égal.

— Et oui... se justifia Carlos. Les travaux ne sont pas encore terminés. Et la seconde que nous avons prévue n'est pas encore opérationnelle. Mais, rassurez-vous, les serviettes seront changées chaque jour et...

Diane se retint de fusiller sa fille du regard.

— Ne vous inquiétez surtout pas, le coupa-t-elle. Tout se passera très bien.

Quelques instants plus tard, les deux sœurs défaisaient leurs valises dans la chambre Poséidon. Diane ouvrit l'armoire et en sortit un petit sachet de soie contenant de la lavande.

— Ils ont vraiment pensé au moindre détail, s'enthousiasma-t-elle, de vraies petites femmes d'intérieur...

— Tu ne crois pas si bien dire, s'esclaffa Emily.

— Que sous-entends-tu par là ? lui demanda Diane.

— Tu n'as pas remarqué que Carlos et son compagnon étaient gays.

— Et alors, je ne vois pas le rapport ? Homosexuels ou non, ils s'y connaissent en tout cas en matière de décoration.

23

Après avoir rangé la chambre et fait les lits, Helen s'activait dans la cuisine. Elle lavait la vaisselle du petit déjeuner quand elle entendit frapper trois coups à la porte d'entrée. Elle saisit un torchon et s'essuya les mains. Se pourrait-il que Jonathan et les filles soient déjà de retour de leur promenade matinale jusqu'au marchand de journaux ? Mais, dans ce cas, pourquoi n'entraient-ils pas et s'amusaient-ils à frapper ? Helen ouvrit la porte et tomba nez à nez avec deux policiers en uniforme.

— Madame Richey ? demanda l'un d'eux.

— Oui, en quoi puis-je vous être utile ?

— Nous aimerions vous poser quelques questions.

— Que se passe-t-il ? interrogea-t-elle avant d'ajouter, en remarquant que l'un des deux policiers transpirait abondamment : Mais peut-être préférez-vous que nous discutions à l'intérieur. Il y fait bien plus frais.

— Ce n'est pas de refus, madame.

Helen les précéda à l'intérieur. L'un des policiers dépassait son collègue d'une dizaine de centimètres, mais tous deux étaient grands et bien bâtis. À tel point qu'ils semblaient occuper tout l'espace de la petite pièce principale.

— Asseyez-vous, leur proposa-t-elle en désignant les chaises en osier. Voulez-vous boire quelque chose ? Je viens juste de préparer de la citronnade...

— Non, merci, madame. Nous ne voulons pas vous déranger.

— Bien, je vous écoute, alors, répondit Helen.

Le plus grand des deux sortit son calepin et commença.

— Madame Richey, vous avez bien fait appel, hier au soir, aux services d'une baby-sitter ?

— Oui, c'est exact. Carly, Carly Neath est bien venue garder les filles... Pourquoi ?

Sans répondre à sa question, ils poursuivirent.

— La mère de Carly nous a dit que ce n'était pas la première fois que vous faisiez appel aux services de sa fille...

— Oui, c'est encore exact, confirma Helen. Carly est venue à plusieurs reprises au cours de l'été. Mes filles sont folles d'elle.

— Combien de temps est-elle restée chez vous ? demanda le plus petit des deux policiers.

— Eh bien, elle est arrivée à sept heures, comme convenu, et elle est repartie vers onze heures. En fait, non, il était plus près de la demie quand nous sommes rentrés.

Helen tripotait machinalement son torchon quand la porte d'entrée s'ouvrit. Son mari et ses filles firent leur apparition dans la tente. Jonathan s'arrêta en voyant les deux policiers et analysa rapidement la scène. Il se dirigea vers eux, leur serra la main et éloigna les filles.

— Pourquoi n'iriez-vous pas arroser les fleurs,

pendant que maman et moi bavardons avec ces messieurs ? leur proposa-t-il.

Dès qu'elles se furent éloignées, Helen lui expliqua qu'il s'agissait de Carly.

— Donc, vous êtes rentrés à onze heures trente... reprit le policier qui tenait le calepin. Et ensuite, que s'est-il passé ?

— Eh bien, je voulais raccompagner Carly chez elle, répondit Jonathan, mais Carly a insisté pour que je n'en fasse rien. Nous l'avons payée et elle a filé aussitôt après avoir empoché les billets. Elle avait l'air pressé...

Helen se mordit la lèvre inférieure mais s'abstint de contredire Jonathan.

— Dites-moi, lui est-il arrivé quelque chose ? demanda-t-elle effrayée.

— Nous espérons que non, lui répondirent-ils en se levant. Mais les parents de Carly nous ont appelés pour nous signaler qu'elle n'était pas rentrée de la nuit. À cet âge-là, cela n'a rien d'étonnant. Elle fera sûrement sa réapparition en milieu de matinée mais, avec ce qui est arrivé à Leslie Patterson, on préfère être prudents et prendre les devants, au cas où...

— J'avais pourtant cru comprendre que Leslie Patterson avait manigancé son enlèvement, intervint Helen. C'est en tout cas ce que tout le monde dit en ville...

— L'enquête est en cours, nous n'avons pas le droit d'en parler, madame...

— Oh, bien sûr, je comprends tout à fait, répondit Helen. Seulement, je voulais dire que si... Enfin si Carly a elle aussi été enlevée, il se pourrait alors qu'un dangereux criminel sévisse dans la région...

Les policiers ne firent aucun commentaire et Jonathan s'empressa de rassurer sa femme.

— Ne t'en fais pas, chérie, lui dit-il en passant un bras protecteur autour de ses épaules.

En regardant les policiers s'éloigner, Helen repensa aux événements de la veille. En fait, il s'était bien écoulé une bonne demi-heure entre le départ de Carly et le retour de Jonathan. Helen avait pensé que son mari ne trouvait pas de place. Pour être honnête, elle avait même espéré qu'il tournerait le plus longtemps possible. Helen n'avait aucune envie de remplir ses devoirs conjugaux. La tente était le dernier endroit où elle aimait faire l'amour. Les filles étaient si proches ! Quant aux voisins, ils pouvaient entendre le moindre bruit. Aussi s'était-elle mise au lit rapidement. Elle avait fait semblant de dormir quand elle avait entendu la porte d'entrée grincer, redoutant le moment où Jonathan viendrait se frotter contre elle. Mais il n'en avait rien fait. Il s'était déshabillé dans le noir et s'était allongé à côté d'elle sans même chercher à la toucher.

Ce matin, le soulagement éprouvé la veille au soir s'était mué en inquiétude. Qu'avait bien pu faire Jonathan au cours de cette demi-heure ? D'autant qu'il venait de mentir délibérément aux représentants de l'ordre.

Helen attendit que Sarah et Hannah aient revêtu leurs tenues de bain pour aborder le sujet qui la minait avec Jonathan. Elle l'attira dans la cuisine et le pressa aussitôt de questions.

— Pourquoi as-tu dit à la police que *tu* voulais raccompagner Carly ? Pourquoi as-tu déclaré que *nous* l'avions payée ? Tu n'étais pas là, Jonathan. Pourquoi as-tu menti ? lui demanda-t-elle à voix basse.

— Qu'est-ce que j'aurais gagné à dire que je n'étais pas avec toi ? Tu veux me le dire ? Au village, tout à l'heure, tout le monde parlait de la disparition de Carly. Crois bien que je n'ai aucune envie de figurer sur la liste des suspects ! J'espère que toi non plus...

24

— Diane, c'est Matthew, je t'attends dans le hall.

— Laisse-moi une minute, je te rejoins.

Diane referma son téléphone portable et s'adressa à sa sœur :

— Je suis désolée, Emily, mais je dois déjà te laisser. Dis-moi s'il te plaît que tout va bien se passer...

— Arrête de te ronger les sangs, tu veux !

Combien de fois faudra-t-il te répéter que les enfants et moi n'aurons pas le temps de nous ennuyer ? Il y a tellement de choses à faire, ici, poursuivit-elle en glissant sa valise vide sous le lit. À commencer par la plage...

— Je ne sais pas ce que je ferais sans toi, lui répondit Diane en l'embrassant.

— Eh bien, disons que tu feras la même chose pour moi le jour où j'aurai des enfants... Enfin, si tu n'es pas trop vieille pour t'en occuper !

— Très drôle, Emily. Très drôle ! lui répondit Diane, qui malgré la pique appréciait l'humour de sa sœur.

Elle attrapa ensuite un tube de crème solaire, ses lunettes de soleil et son téléphone portable, qu'elle glissa dans son sac. Elle sortit de son portefeuille plusieurs billets de vingt dollars qu'elle tendit à Emily, fit un crochet par la chambre des enfants pour les embrasser et leur souhaiter une bonne journée, puis dévala l'escalier de bois.

Matthew l'attendait dans le hall, vêtu d'un tee-shirt rouge floqué du logo de Key News, d'un bermuda kaki et de sandalettes beiges.

— Veinard, comme j'aimerais pouvoir être habillée de manière aussi décontractée ! lui lança Diane.

— L'un des privilèges de ceux qui travaillent derrière la caméra, lui répondit-il du tac au tac, avant de poursuivre, désignant de la tête une porte ouverte : Allons nous asseoir un instant, veux-tu. Autant élaborer un plan d'action avant de mettre le nez dehors.

Le petit salon était désert. Sur une table basse, une carafe contenant du thé glacé et des verres étaient posés sur un plateau argenté. Un joli bouquet de marguerites ornait le manteau de la cheminée. Bien que défraîchie, la pièce ne manquait pas de charme. Quelques coups de pinceau, une touche de décoration et elle retrouverait bien vite son lustre d'antan.

Ils se servirent un verre de thé et prirent chacun place à une extrémité du canapé. Matthew commença à lui exposer son plan.

— Le plus important est d'obtenir une interview de Leslie Patterson. C'est ce sur quoi nous devons d'abord axer nos efforts. Sans son témoignage, notre reportage prend du plomb dans l'aile.

Diane approuva.

— Tu as raison, j'appelle sa mère juste après.

— Oui bien sûr, lui répondit Matthew en tournant les pages de son petit carnet à spirale, tu pourrais décrocher ton téléphone... Mais je pense qu'il y a plus efficace... Pourquoi n'irais-tu pas la voir en personne ?

Diane n'était pas très chaude à cette idée.

— Tu sais bien que je n'aime pas aller chez les gens et sonner à l'improviste, m'immiscer dans leur vie privée...

— Qui te parle d'aller chez elle ? répondit Matthew d'un ton malicieux. Tu pourrais par exemple aller la voir dans sa boutique. Elle tient un magasin de souvenirs, qui s'appelle, si ma mémoire est bonne, Lavender & Lace. Oui, c'est bien ça, conclut-il en consultant ses notes. Le magasin servait de quartier général quand on recherchait Leslie, tous les volontaires s'y donnaient rendez-vous.

— Oui, vu sous cet angle, cela semble plus facile, en effet, admit Diane en buvant une gorgée de thé. Mais j'y vais seule, sans équipe technique. Je n'ai pas envie d'affoler cette pauvre femme.

Diane nota dans son calepin l'adresse que lui dicta Matthew.

— Quoi d'autre ? demanda-t-elle.

— La police tient une conférence de presse à midi.

— Au sujet des charges retenues contre Leslie ? précisa Diane.

— Non, je ne pense pas. C'est plutôt le bureau du procureur qui s'en chargera. En fait, je n'ai aucune idée du contenu de cette conférence. Mais j'y vais, avec les techniciens. Comme ça...

— À ce propos, l'interrompit Diane, que fait Sammy Gates dans l'une des chambres qui m'était réservée ?

— Navré, lui répondit Matthew. Je n'avais pas d'autre solution. Quand Gates est entré dans celle qui lui avait été réservée, à l'hôtel où je loge, il a menacé de rentrer sur-le-champ à New York. Pour le calmer, je n'avais d'autre choix que de le mettre ici. Navré que ce soit à tes dépens...

— Tu veux dire que l'hôtel où vous êtes est pire qu'ici ? lui demanda Diane, incrédule.

— Pire ? pouffa Matthew. Mais l'Auberge des

Dunes est un palace comparé au taudis où nous sommes hébergés. Tu sais, ici, tout est réservé depuis des mois. Il est quasiment impossible de louer quoi que ce soit. C'est déjà une chance d'avoir trouvé ces chambres...

— Cela signifie que Gary Bing et toi êtes vraiment laissés pour compte, j'en suis désolée Matthew.

— Oh, ne t'inquiète surtout pas ! Tu sais, pour le temps que nous allons y passer...

Matthew ne s'appesantit pas sur le sujet et se leva.

— Il faut que j'aille retrouver Bing et Gates au commissariat. Tu veux que je te dépose ?

— Avec plaisir, lui répondit Diane.

25

Un léger carillon se fit entendre quand Diane poussa la porte de Lavender & Lace. Un air frais l'accueillit, agrémenté d'une douce odeur florale émanant d'un pot-pourri et de bougies aromatisées disséminés un peu partout dans la boutique.

Du linge de maison, des serviettes brodées et une multitude de savons colorés étaient disposés sur les étagères courant le long des murs. Un pot en porcelaine blanche, contenant d'antiques épingles à chapeau, était posé près de la caisse, non loin de présentoirs regorgeant de cartes postales et d'éventails en plume. Des parasols multicolores et des ombrelles occupaient un coin entier de la boutique. Des sacs de soirée en perles pendaient à des crochets, le long des étagères.

En observant ce capharnaüm, Diane se demanda comment la boutique avait bien pu servir de quartier général lors des recherches organisées pour retrouver Leslie. Difficile d'imaginer ici une armée de volontaires alors qu'on pouvait à peine circuler. Son regard se posa sur une famille d'ours assis sur les barreaux d'une vieille échelle en bois. Chaque peluche portait une robe de taffetas couleur lavande, un chapeau orné d'un ruban de dentelle et un rang de perles autour du cou. Toutes tenaient dans l'une de leurs pattes un éventail en plumes.

Une femme entre deux âges, d'apparence soignée, écarta le rideau de perles qui masquait la porte menant à l'arrière-boutique et pénétra dans le magasin. Son visage était empreint d'un sourire triste tandis qu'elle contournait les tables pour se diriger vers sa cliente.

— En quoi puis-je vous être utile ? demanda-t-elle à Diane de manière machinale, en repoussant une boucle de cheveux gris derrière son oreille.

— Ils sont adorables, fit remarquer la journaliste en prenant l'une des peluches.

— Merci. Cela fait des années que je les vends.

En réalité, depuis que ma fille en est tombée amoureuse...

— Vous êtes bien madame Patterson ? lui demanda Diane en reposant l'ours sur l'échelle.

— Oui, acquiesça-t-elle, un soupçon de méfiance dans la voix.

Diane ôta ses lunettes de soleil et lui tendit la main.

— Je suis Diane Mayfield, bonjour.

— Oh ! s'exclama Audrey Patterson, visiblement troublée. Pardonnez-moi, je ne vous avais pas reconnue. Oh, veuillez m'excuser, je suis confuse. J'ai tant de choses à l'esprit en ce moment...

— Je vous en prie, lui répondit Diane. Ne vous excusez pas. C'est ma faute. Je n'aurais pas dû garder mes lunettes.

Diane sentit le regard d'Audrey parcourir le moindre centimètre de son visage, enregistrant là une ride, là une rougeur. La plupart des personnes travaillant à la télévision étaient habituées à ces examens détaillés. Leur interlocuteur voulait par la suite être capable de raconter à ses proches que la personnalité qu'il avait rencontrée était plus jolie ou plus laide, plus fine ou plus grosse, plus jeune ou plus vieille dans la vraie vie qu'à l'écran.

— J'espérais que nous pourrions discuter plus longuement, reprit Diane.

— Au sujet de la présence de Leslie dans votre émission ? lui demanda Mme Patterson.

— À propos du fait que je souhaite effectivement l'interviewer, répondit Diane sans détour.

Le carillon de la porte se fit entendre et deux femmes d'un certain âge entrèrent dans la boutique.

— Allons derrière, suggéra Audrey en écartant le rideau de perles.

— Occupez-vous de vos clientes, lui proposa Diane. Je vais attendre, je ne suis pas à quelques minutes...

— Non, non, allons-y, poursuivit Audrey Patterson en baissant la voix. Ces deux pies sont sans cesse là mais elles n'achètent jamais rien, conclut-elle dans un murmure.

Les cartons d'emballage avaient été empilés le long des murs de la réserve, jusqu'au plafond, ménageant ainsi un espace central où avaient été montées des tables sur tréteaux. Celles-ci étaient couvertes de gobelets de café usagés et de boîtes de biscuits vides. Une carte d'Ocean Grove et des communes avoisinantes était dressée sur un chevalet. Des traits horizontaux et verticaux y avaient été dessinés au feutre rouge, quadrillant le terrain pour l'organisation des recherches.

— Asseyez-vous, la pria Audrey Patterson en désignant une chaise métallique.

— Merci, répondit Diane, qui s'exécuta.

Mme Patterson s'assit sur un coin de table et reprit :

— Nous en avons longuement discuté hier soir avec mon mari. Il pense que nous ne devons accepter aucune interview avant d'avoir pris les conseils d'un avocat. Ce dernier nous dira alors s'il pense que c'est une bonne idée que Leslie se confie...

— Et quand serez-vous fixé ?

— Mon mari doit passer plusieurs coups de fil aujourd'hui. Il faut que l'on trouve quelqu'un de bien. Mais ce n'est pas facile... Et puis aucune charge n'a pour le moment été retenue contre notre fille.

— Espérons qu'il n'en sera rien, s'exclama Diane avec sincérité. Ce serait une terrible épreuve pour Leslie. Je compatis... J'ai une fille, moi aussi, et croyez que je comprends votre détresse, lui assura-t-elle avec empathie.

— Quel âge a-t-elle ? lui demanda Audrey Patterson, des sanglots dans la voix.

— Quatorze ans, répondit Diane.

— Quatorze... répéta Audrey Patterson, songeuse. L'âge qu'avait Leslie quand ses problèmes ont commencé.

Diane sentit une boule lui nouer l'estomac. L'idée même que Michelle puisse suivre les traces de Leslie la rendait malade. Mais la journaliste reprit aussitôt le dessus. Audrey Patterson avait entrouvert une brèche. Il fallait profiter de l'avantage.

— Quelle sorte de problèmes ? s'enquit-elle avec douceur.

— Des troubles de l'alimentation, avoua Mme Patterson en baissant la tête comme si elle se sentait honteuse. Elle faisait de plus en plus d'exercice et devenait chaque jour plus maigre.

Au début, je n'y ai pas vraiment prêté attention. Oh ! Comme je m'en veux... Quand j'ai enfin compris qu'elle avait de sérieux problèmes, le médecin chez qui je l'ai emmenée a aussitôt diagnostiqué une crise d'anorexie.

— A-t-il été en mesure de lui venir en aide ? demanda Diane avec le secret espoir que la réponse serait positive.

— Hélas ! Dieu sait pourtant qu'il aura essayé, répondit Mme Patterson en secouant la tête. Pour moi, Owen Messinger est un saint. Il a suivi Leslie pendant toutes ces années, se montrant toujours d'une patience exemplaire quand je...

Sa voix se brisa et une larme roula le long de sa joue.

— Il faut toujours que les mères culpabilisent... compatit Diane, qui ne posa pas à Mme Patterson la question qui lui brûlait les lèvres : Si Owen Messinger était un si bon médecin, comment se faisait-il que Leslie n'aille pas mieux, huit ans après avoir commencé sa thérapie ?

26

Matthew et les deux techniciens avaient pris place devant l'immeuble en béton jaune de Central Avenue. Gary Bing s'affairait autour du pupitre pour y fixer un micro orné du logo de Key News. De son côté, Sammy Gates cherchait le meilleur angle pour poser sa caméra et ne rien manquer de la conférence de presse.

À l'ombre d'un arbre, Matthew observait l'effervescence qui précède toujours ce genre d'intervention publique. Il n'y avait pourtant pas foule ce matin, et nulle trace d'une autre chaîne nationale. Seules quelques stations locales, dont WCBS, avaient dépêché sur place une équipe de tournage. Il observa une poignée de journalistes de la presse écrite, le bloc-notes à la main.

Matthew n'était pas surpris par cette désaffection relative des médias. En termes journalistiques, « l'affaire Patterson » était déjà de l'histoire ancienne. Leslie Patterson avait disparu, on l'avait retrouvée saine et sauve, et la police pensait qu'elle avait manigancé son enlèvement. Les rédacteurs en chef des grandes chaînes avaient fait le pari qu'aucune révélation ne ponctuerait cette conférence de presse, couverte, comme d'habitude, par un journaliste de l'Associated Press. Les rédactions n'auraient qu'à consulter les dépêches de l'agence pour rédiger leur brève, qui n'occuperait guère plus de vingt secondes d'antenne dans les journaux de la mi-journée. La seule raison justifiant la présence d'une équipe de « Hourglass » sur place était l'idée de reportage que Joel Malcolm avait derrière la tête.

La porte du commissariat s'ouvrit, un officier

s'avança vers les journalistes. Il prit place derrière le pupitre et s'approcha des micros.

— Est-ce que tout le monde m'entend correctement ? demanda-t-il à l'intention des techniciens.

— C'est bon, lui confirma l'un d'entre eux après avoir vérifié ses appareils de mesure.

— Je suis le lieutenant Jared Albert, du Neptune Police Department.

— Pouvez-vous épeler votre nom ? lui demanda le journaliste de l'Associated Press.

— J. A. R. E. D... A. L. B. E. R. T...

L'officier marqua une pause avant de débuter la lecture du communiqué préalablement rédigé.

— Tôt ce matin, le NPD a reçu l'appel inquiet des parents d'une jeune femme résidant à Ocean Grove. Âgée de vingt ans, elle n'a pas reparu depuis son baby-sitting d'hier soir. Comme cette disparition intervient juste après celle de Leslie Patterson, la semaine dernière, le NPD a décidé de réagir sans plus attendre et de demander son concours à la presse et au public.

Matthew s'écarta du tronc contre lequel il était appuyé et se rapprocha du pupitre. Le lieutenant Albert montrait aux journalistes la photo d'une jeune femme blonde, souriante.

— Voici Carly Rachel Neath, poursuivit-il. Elle mesure un mètre cinquante-cinq pour environ cinquante kilos. Elle est blonde, comme vous pouvez le constater, aux yeux bleus, et possède une marque de naissance à l'intérieur de son poignet gauche. Quand on l'a vue hier soir, pour la dernière fois, elle était vêtue d'un pantalon blanc moulant, d'un dos-nu à rayures marine et blanc, et de sandales en cuir blanc. Quiconque détiendrait la moindre information à son sujet est prié de se mettre immédiatement en contact avec nos services.

Matthew chercha du regard Sammy Gates. Ce dernier était en train de zoomer sur la photo en papier glacé que tenait toujours le lieutenant. Comme celui-ci avait terminé la lecture de son communiqué, Matthew lui posa la première question :

— Et qu'en est-il de Leslie Patterson ? demanda-t-il. Est-ce que vous pensez toujours qu'elle a simulé son propre enlèvement ? Ou bien est-il envisageable que la personne qui l'aurait effectivement kidnappée ait pu s'en prendre à Carly Neath ? Allez-vous inculper Leslie, comme vous en aviez l'intention ?

— À ce stade de l'enquête, nous n'écartons aucune hypothèse. La seule chose que je peux vous dire est qu'à l'heure actuelle aucune charge n'est retenue contre Mlle Patterson, conclut le lieutenant.

27

Carly tenta d'ouvrir les yeux mais ne vit rien. Elle comprit alors qu'un bandeau les recouvrait. Elle avait si mal au crâne qu'en un sens elle préférait demeurer dans l'obscurité. Mais où pouvait-elle bien se trouver ? Elle entendait l'égouttement régulier d'un filet d'eau, non loin d'elle, plus distinctement que la clameur de l'océan, dans le lointain. Au-dessus d'elle, elle percevait des battements d'ailes et des roucoulements de pigeons ou de colombes...

Allongée sur un sol humide, tremblant de peur, Carly tenta de se remémorer les événements de la veille. Elle rentrait chez elle, oui, c'est bien cela. Elle avait quitté le Stone Pony et regagnait sa maison. Oui, elle s'en souvenait à présent. Shawn et elle avaient eu des mots et elle l'avait laissé en plan. Et ensuite ? Carly tenta de se concentrer malgré son mal de tête. Peu à peu, la mémoire lui revint. Elle était sortie du club et avait traversé la rue. Puis elle avait opté pour le raccourci et choisi d'emprunter le chemin longeant le vieux casino. Et c'est là qu'elle avait été frappée par-derrière et avait perdu connaissance.

Son mal de crâne était-il consécutif au choc ou dû à l'une de ces migraines dont elle était coutumière ? Qu'elle qu'en fût la cause, la douleur était intolérable. À tel point qu'elle aurait aimé pouvoir s'endormir afin de l'oublier. Il ne fallait pourtant pas qu'elle sombre dans l'inconscience. Elle avait besoin de toute sa lucidité pour se sortir d'affaire.

Carly fit un effort pour se redresser, mais retomba lourdement sur le sol. Elle prit conscience qu'elle était pieds et poings liés. Elle voulut appeler à l'aide, mais le bâillon qui lui entravait la bouche lui entailla la commissure des lèvres.

28

Après être sortie de Lavender & Lace, Diane s'assit à l'ombre sur un banc de Main Avenue. Elle sortit son téléphone portable de son sac et, bien que l'on fût samedi, s'apprêtait à composer le numéro du cabinet du docteur Owen Messinger quand la sonnerie retentit.

Avant de répondre, elle regarda l'écran où elle lut le nom de son correspondant.

— Oui, Matthew, je t'écoute, lui dit-elle après avoir décroché.

— Diane, une autre fille a disparu ! lança-t-il à toute vitesse.

— Quoi ? Répète-moi ça...

— Tu m'as bien entendu. Une autre fille a disparu cette nuit. Elle n'est pas rentrée chez ses parents après son baby-sitting. Elle s'appelle Carly Neath. À peu près le même âge que Leslie.

— Et la police a établi un lien entre les deux affaires ? lui demanda Diane.

— À ce stade, pas encore, mais, comme l'a souligné leur porte-parole, aucune hypothèse n'est écartée.

— C'est Joel qui va avoir une attaque s'il est prouvé que les deux jeunes femmes ont bien été enlevées. Leslie ne serait alors pas l'affabulatrice que tout le monde imaginait...

Adieu la belle idée de reportage pour « Hourglass », pensa-t-elle aussitôt. Mais, du coup, l'on avait affaire à deux enlèvements, ce qui ne pouvait laisser insensible une chaîne nationale du calibre de Key News.

— « Week-end Evening Headlines » a besoin d'un sujet pour son édition de ce soir, reprit Matthew comme s'il avait lu dans ses pensées.

— Et laisse-moi deviner... l'interrompit Diane. C'est moi qui suis chargée de le réaliser.

— Dans le mille, confirma-t-il. Ils n'ont personne d'autre sous la main. Les rares journalistes à ne pas être en vacances sont soit déjà occupés soit trop loin pour venir rapidement, et comme nous sommes déjà sur place...

— Oui, au lieu d'être en vacances comme tout le monde, ironisa Diane. Bon, je meurs de faim, retrouvons-nous quelque part et décidons de la suite des opérations. Ah, au fait, je n'ai pas encore obtenu le feu vert pour interviewer Leslie Patterson. Je ne sais pas si son histoire intéresse encore Joel, mais je serais curieuse d'entendre les réactions de Leslie après la disparition de Carly Neath. Ce serait un réel plus pour le reportage.

Dix minutes plus tard, Diane et Matthew étaient conduits à une table dans le jardin du Starving Artist.

— Vous n'avez plus de table à l'intérieur ? s'enquit Matthew auprès du serveur.

— Malheureusement, non. Avec le temps qu'il fait, les places au frais ont été prises d'assaut...

Ils commandèrent sans plus attendre deux thés glacés et examinèrent le menu.

— Il y a des plats alléchants, commenta Diane. Mais j'ai vraiment trop chaud, je crois que je vais me contenter de cette salade de thon.

— Pour moi, ce sera un double hot dog à l'italienne et des frites... Ce n'est pas la chaleur qui va me couper l'appétit ! dit-il gaiement en refermant la carte.

Après avoir commandé, ils firent le point.

— Bon, on a des images de la conférence de presse et une photo de la fille qui a disparu, dit Matthew. On a aussi des photos de Leslie Patterson et plusieurs des images des recherches de la semaine dernière...

— Comment t'es-tu débrouillé pour les obtenir ? lui demanda Diane. Nous n'étions pas encore arrivés...

— En fait, je ne les ai pas encore, mais c'est tout comme... J'ai appelé le bureau de WKEY, une chaîne locale, et ils vont nous passer ce qu'ils ont. Comme on n'a pas ici de matériel de montage, on enverra leurs archives et nos propres documents à Key News. « Week-end Evening Headlines » s'occupera de tout.

— À quelle heure arrive le camion satellite ? interrogea Diane.

— Vers quatre heures.

— Ce qui nous laisse un peu moins de cinq heures pour trouver de nouveaux éléments et rédiger le script, conclut Diane après avoir consulté sa montre. L'idéal serait bien sûr d'obtenir une interview de Leslie Patterson...

— Sa mère ne t'a pas envoyée promener ? lui demanda-t-il.

— Non, pas du tout, répondit Diane. Et puis c'était avant que l'on apprenne la disparition de Carly Neath. Cela change considérablement la donne. Il se pourrait à présent que Leslie ait dit la vérité !

29

Shawn fit son entrée au Nagel's et prit sa place habituelle au comptoir. Il était trop tard pour un petit déjeuner, aussi commanda-t-il quelque chose d'approchant pour son premier repas de la journée.

Shawn connaissait bien évidemment Anna, la serveuse brune qui officiait ce midi derrière le comptoir. Ne serait-ce que la semaine passée, Carly et lui l'avaient accompagnée un soir chez le médecin car sa voiture refusait de démarrer.

Anna l'observait comme si elle avait quelque chose à lui dire mais ne savait pas par où commencer. Shawn l'incita du regard à se lancer.

— Tu as appris pour Carly ? lui demanda-t-elle.

— Appris quoi ? répondit Shawn.

— Eh bien, elle n'est pas retournée chez elle hier soir. Ses parents sont fous d'inquiétude et la police la recherche. Elle était censée rentrer directement après son baby-sitting, mais elle ne l'a pas fait. Personne ne l'a revue depuis... Du coup, il va falloir que je la remplace au pied levé, poursuivit la jeune fille.

Mais Shawn ne l'écoutait déjà plus.

— Annule ma commande, tu veux bien ? lui lança-t-il avant de sortir en trombe.

Une fois dehors, Shawn, insensible à la chaleur accablante de la mi-journée, se mit à réfléchir à toute allure. Il fallait qu'il aille trouver la police avant qu'elle vienne l'interroger. Ce n'était qu'une question de temps avant que les enquêteurs découvrent que Carly était venue le rejoindre au Stone Pony. Les nombreux clients du club se souviendraient forcément d'elle.

Alors autant prendre les devants...

Mais s'il disait la vérité à la police, il se retrouverait dans de beaux draps. Hier, il s'était disputé avec Carly, tout comme il s'était disputé avec Leslie juste avant qu'elle disparaisse. La police ferait le rapprochement. Il était le dénominateur commun entre les deux jeunes femmes. De plus, il avait en mémoire l'interrogatoire qu'il avait subi récemment. Il avait vite compris, à leurs questions, qu'ils le considéraient comme le principal suspect. Et il avait aussi appris, au cours de sa formation, que les femmes sont plus souvent victimes de leurs proches que d'inconnus.

Shawn ferma les yeux et passa une main dans ses cheveux. Il fallait qu'il adopte une ligne de défense, et vite. Bientôt, la police le considérerait comme responsable de la disparition de Carly. Bientôt, elle lui ferait également endosser l'enlèvement de Leslie.

30

— Alors, tu me crois maintenant ?

Audrey Patterson sursauta en entendant la voix de sa fille dans son dos.

— Tu m'as fait peur, ma chérie, lui dit-elle. Je n'ai pas entendu le carillon de la porte d'entrée, poursuivit-elle distraitement tout en continuant de ranger des paquets de bougies parfumées. J'ai l'esprit ailleurs en ce moment…

En observant l'air résigné de sa mère, Leslie reprit :

— Tu n'as donc pas encore appris la nouvelle ?

— La nouvelle ? Quelle nouvelle ?

— Une autre fille a disparu ! claironna Leslie, ses yeux marron brillant d'excitation.

Audrey posa les bougies sur un comptoir et s'y adossa.

— Maman, tu m'écoutes ? Une autre fille a disparu ! Maintenant, la police va me croire. Tout le monde va me croire…

— Leslie ! intervint Mme Patterson. Parle moins fort, s'il te plaît.

Le visage de Leslie s'assombrit.

— Je pensais que tu serais heureuse pour moi. Tu ne comprends donc pas que c'est la preuve éclatante que je dis la vérité depuis le début ?

— Bien sûr que je suis heureuse pour toi ma chérie, confirma-t-elle en s'approchant de sa fille. Audrey l'enlaça et lui caressa les cheveux, notant au passage qu'ils avaient perdu de leur lustre. Puis elle reprit : Mais, honnêtement, je trouve indécent de se réjouir d'une telle nouvelle. Pauvre fille ! Comment s'appelle-t-elle ? Est-ce que je la connais ?

— Ça m'étonnerait, répondit Leslie. C'est une

des serveuses du Nagel's. Et aussi l'une des conquêtes du beau Shawn... persifla-t-elle.

— Une autre petite amie de Shawn qui disparaît... Voilà qui va certainement intéresser les policiers. C'est une piste qu'ils vont devoir examiner sérieusement...

Songeuse, Audrey Patterson repensa à l'épreuve qu'elle et son mari venaient de traverser.

— Oh, mon Dieu ! Pauvre fille. Pauvres parents, reprit-elle. Il va falloir nous mobiliser pour leur venir en aide. Je vais leur proposer de mettre le magasin à leur disposition. De là, nous pourrons organiser les recherches, former des groupes de volontaires et sillonner la ville...

— Je me joindrai à vous, reprit Leslie après quelques instants de pause. Ainsi, tous ceux qui ont pu douter de moi verront combien ils se sont trompés !

31

Sa lourde caméra à l'épaule, Sammy Gates traînait des pieds en remontant Main Avenue.

— Bon Dieu, quelle chaleur ! grommela-t-il. Vous pouvez me rappeler ce qu'on est venus faire ici...

Quand cesserait-il donc de se plaindre ou de

râler continuellement ? se dit Diane. C'est son job, après tout !

— Essayez d'obtenir une interview de Leslie Patterson, lui suggéra-t-elle en tentant de conserver son calme. Ou, à défaut, quelques mots de sa mère que nous pourrons glisser dans le reportage ! Si l'une ou l'autre est d'accord, nous pourrons ainsi filmer aussitôt, avant qu'elles ne changent d'avis.

— Ouais, ça tient pas la route cette idée, encore un plan foireux, commenta le cameraman. T'en penses quoi, Gary ?

— Je ne sais pas trop. De toute façon, ce n'est pas moi qui décide. Et, tant que je suis payé, je m'exécute, répondit le preneur de son.

L'un était aussi arrangeant que l'autre était désagréable, pensa Diane. Comment Gary Bing pouvait-il supporter ce mauvais coucheur avec lequel il faisait équipe la plupart du temps, les autres techniciens l'évitant avec soin ?

Au lieu de changer de sujet après la repartie de son collègue, Sammy Gates poursuivit sa litanie de récriminations.

— Et puis, il faut voir les chambres, poursuivit-il. Pas de télévision et une salle de bains au fond du couloir.

— Pourtant, Matthew m'a assuré que l'Auberge des Dunes était bien plus agréable que l'endroit où tu étais précédemment logé, l'interrompit Diane, encore amère d'avoir dû lui abandonner une chambre pour calmer ses velléités. Certes l'hôtel n'est pas de première fraîcheur, mais il est propre, et c'est un endroit vraiment plein de charme...

— Plein de charme, charmant... marmonna le technicien. Moi, il me file le cafard. Moi, c'est d'une chambre au Marriott dont j'ai envie. Spacieuse, moderne, avec un minibar...

Diane interrompit d'un geste ses jérémiades.

— Regardez, on dirait Leslie Patterson.

Sur le trottoir opposé, une frêle silhouette sortait de Lavender & Lace.

— Tenez-vous prêts, leur intima la journaliste en observant le trafic pour traverser.

Diane prit une longue inspiration avant d'aborder la jeune fille. Bien que cette dernière ait huit ans de plus que Michelle, Leslie ne faisait pas son âge. On la prenait toujours pour une adolescente. Les jambes étiques qui dépassaient de son short en jean ne possédaient pas de galbe harmonieux ; quant à sa poitrine, elle était quasi inexistante.

— Eh, je vous connais ! lui dit fièrement Leslie. Vous êtes Diane Mayfield, de Key News.

Diane lui tendit la main.

— Bonjour, Leslie, ravie de faire votre connaissance.

— Ma mère m'a dit que vous aviez appelé hier soir pour m'interviewer.

— C'est exact, lui répondit Diane. Et je comprends tout à fait qu'elle ait refusé. J'ai également compris sa réticence ce matin, quand je suis passée la voir à sa boutique... Mais, maintenant, avec cette nouvelle disparition, j'espérais qu'elle serait prête à revoir sa position.

— Oh, vous savez, je n'ai pas besoin de sa permission pour vous parler, répondit fièrement Leslie. Je suis adulte !

— À n'en point douter. Mais, vu les circonstances, il serait peut-être préférable d'obtenir l'autorisation de votre mère, lui suggéra Diane, à l'écoute de son instinct maternel.

Si Michelle était jamais confrontée à une telle situation – que Dieu l'en préserve ! –, Diane aurait aimé que sa fille vienne lui demander conseil avant d'agir.

— Je n'ai pas besoin de la consulter, assena Leslie avec force, tout en jetant un œil curieux à la caméra.

Que faire ? La jeune femme semblait si déterminée. Après tout, Leslie était majeure. Elle n'avait plus besoin d'une quelconque autorisation parentale. Et Diane, en professionnelle, ne pouvait laisser passer une telle occasion.

— C'est d'accord, allons-y, conclut-elle avant de se retourner vers les deux techniciens. Vous vous préparez, on va tourner ici, avec la boutique en arrière-plan.

C'est alors que Leslie lui fit cette suggestion :

— Et pourquoi n'irions-nous pas au Puits de Bersabée, à l'endroit où le gardien m'a retrouvée ? C'est à deux pas d'ici. On pourrait faire l'interview là-bas.

Diane trouva cette suggestion on ne peut plus

intéressante. Voilà qui donnerait une dimension supplémentaire à cette interview.

Sammy posa la caméra sur son trépied. Gary accrocha un petit micro au col du corsage sans manches de Leslie et lui tendit une petite boîte noire rectangulaire.

— Faites glisser le fil sous votre chemisier et mettez la batterie dans la poche arrière de votre short, lui expliqua-t-il.

Leslie s'exécuta.

— Je n'ai pas droit à une maquilleuse ? demanda-t-elle.

— Désolée, lui répondit Diane. Nous ne sommes pas à New York, en studio. En extérieur, il faut se débrouiller sans, chacun paraît tel qu'il est... Mais je vais voir ce que je peux faire, poursuivit-elle en fouillant son sac.

Diane en sortit une petite trousse de maquillage.

— Un léger rafraîchissement, mademoiselle ? lui proposa-t-elle en plaisantant.

Leslie acquiesça et Diane sélectionna les tons qui iraient le mieux à sa carnation et à sa teinte de cheveux : un rouge à lèvres et un fard à joues de couleur pêche, ainsi qu'un mascara marron.

Pendant qu'elle-même se remaquillait et redonnait un peu de volume à sa coiffure, Diane demanda à Leslie ce qu'elle comptait faire, à présent qu'elle était de nouveau libre.

— Oh, rien d'exceptionnel, lui répondit-elle. Dès lundi, je vais reprendre mon travail à l'Agence du Littoral. Mais cette expérience m'aura ouvert les yeux. Je veux faire autre chose de ma vie...

— Et en quoi consiste votre emploi actuel ? lui demanda Diane.

— Oh, rien de palpitant, vous savez... Le téléphone, les fax. Actualiser les annonces sur Internet, et puis commander les fournitures de bureau, enfin ce genre de choses...

Voyant que l'équipe était prête, Diane suggéra à Leslie qu'elles prennent place à côté du kiosque de bois qui abritait le Puits de Bersabée.

— Ça me fait bizarre de me retrouver là, juste à l'endroit où on m'a retrouvée il y a deux nuits.

Diane lui tapota le bras pour la rassurer.

— Tout va bien se passer, ne vous en faites pas. Puis, se tournant vers l'équipe technique : Vous êtes prêts les gars ?

— Allons-y, lança Sammy.

— Prête, Leslie ?

Cette dernière répondit par l'affirmative, et Diane commença en se tournant vers elle.

— Nous nous trouvons toutes deux à l'endroit où l'on vous a retrouvée vendredi matin, alors que vous aviez disparu depuis trois jours. Leslie, racontez-nous ce qui vous est arrivé.

Leslie prit une longue inspiration avant de répondre.

— Je me promenais sur la jetée, lundi soir, lorsque, soudain, quelqu'un m'a assommée par-derrière, se lança-t-elle enfin. Quand je me suis réveillée, j'avais les chevilles et les poignets attachés, un bandeau sur les yeux et un bâillon qui m'empêchait d'appeler au secours. Et je ne savais pas où j'étais... conclut-elle en se frottant les bras comme si elle essayait de se réchauffer.

— Ça a dû être une expérience terrible ? ponctua Diane.

Leslie hocha la tête mais ne dit rien.

— Et que s'est-il passé ensuite ? la relança Diane.

— Eh bien, il – je dis *il* parce que je pense qu'il s'agissait d'un homme, mais je n'en suis pas sûre car jamais je n'ai entendu le son de sa voix... –, il m'a abandonnée dans un endroit inconnu. Il est revenu une fois pour m'apporter de la nourriture – mais je n'y ai pas vraiment touché – et d'autres fois où il m'a obligée à danser pour lui.

— Danser pour lui ? Je ne comprends pas, intervint Diane.

— Eh bien, c'est vrai qu'il n'y avait pas de musique ou rien, mais je pense qu'on peut appeler ça de la danse. Il m'aidait à me relever et pressait mon corps contre le sien. Ensuite, il bougeait d'avant en arrière en suivant plus ou moins le rythme des vagues qui déferlaient sur la grève. On ne devait pas être très loin de l'océan, car j'entendais son souffle...

Plus Leslie parlait, plus Diane était convaincue que le sujet diffusé quelques heures plus tard par « Week-end Evening Headlines » casserait la baraque.

— C'était horrible, poursuivit Leslie. La seule manière pour moi de ne pas sombrer était d'imaginer que je dansais avec Shawn, mon ancien petit ami... Mais le pire, continua-t-elle, la voix brisée, c'est que personne n'a semblé me croire.

— Mais maintenant, la situation n'est plus la même, une autre jeune femme a disparu... La vérité va enfin éclater !

— Je l'espère vraiment, conclut Leslie. Je tiens aussi à ajouter que je suis de tout cœur avec Carly et sa famille.

32

Bien que les parents de Carly aient refusé de parler aux médias, Matthew se dirigeait vers leur domicile. Il savait d'expérience qu'un refus au téléphone n'avait rien de définitif. Souvent, les gens changeaient d'avis quand ils se retrouvaient face à leur interlocuteur. Et il espérait bien que, sans la présence intimidante des caméras, M. et Mme Neath accepteraient de lui accorder un entretien.

La maison se trouvait à mi-chemin de Surf Avenue. Sans doute restaurée par un architecte un peu trop avant-gardiste, la demeure de style victorien du XVIIIe siècle avait perdu tout son charme.

Matthew frappa. Aucune réponse. Il frappa de nouveau puis colla ses mains contre la vitre de la porte d'entrée pour essayer de voir à l'intérieur. Impossible de déterminer si quelqu'un s'y trouvait.

— Ils sont là, entendit-il dans son dos.

Matthew se retourna en direction de la voix émanant du porche de la maison voisine, d'où un vieil homme le regardait.

— Oui, je me doute bien qu'ils sont là, lui répondit Matthew. Ils ne voudraient pour rien au monde manquer un appel de leur fille, ou de la police dont ils attendent sans aucun doute des nouvelles...

Matthew s'éloigna du perron des Neath, descendit la volée de marches et se dirigea vers la maison de leur voisin. Il pressentait que le vieil homme voûté, aux épaules saillantes dépassant de son tricot de corps sans manches, pourrait lui fournir des informations. Il décida de lancer la conversation.

— Alors, je suppose que vous connaissez bien Carly ? lui demanda Matthew.

— Ouais, je la connais depuis qu'elle est haute comme ça, dit-il en mettant la main à plat à hauteur de son genou. Une sacrée gamine, toujours à faire les quatre cents coups... Mais là, on dirait bien qu'il lui est arrivé quelque chose de sérieux...

— Ah bon ? l'encouragea Matthew. Vous avez une théorie sur ce qui a bien pu se passer ?

— Bah, j'ai peut-être bien une idée ou deux... répondit le vieillard en haussant les épaules.

Matthew attendit qu'il poursuive.

— Vous savez, c'est pas beau de vieillir, enchaîna-t-il sans logique apparente. Mais je suis sûr que vous n'y pensez pas encore. N'est-ce pas fiston ?

— Effectivement, non, admit Matthew en observant le visage de l'homme.

La peau autour de ses tempes était distendue et il lui manquait deux dents.

— Moi non plus, je n'y pensais pas à votre âge... Mais ça arrive si vite qu'on n'a même pas le temps de s'en rendre compte. Le pire, c'est tous les tracas qui viennent avec... Moi, c'est le sommeil. Je ne me souviens pas de la dernière nuit correcte que j'ai pu faire...

— C'est pas de chance, compatit vaguement Matthew, qui se demandait si le vieillard allait cesser de tergiverser.

Au lieu de cela, l'homme prit place sur son rocking-chair.

— Qu'est-ce qu'il faisait chaud la nuit dernière ! reprit-il. Trop chaud. Vous savez, j'ai pas l'air conditionné. D'habitude, on n'en a pas besoin. Même l'été. Et puis c'est que ça coûte cher ! J'ai pas les moyens, moi !

Matthew sentit l'impatience le gagner, mais il acquiesça, comme s'il compatissait aux malheurs du vieil homme.

— Alors, comme il faisait chaud, poursuivit-il, je suis venu m'installer dehors, sur mon fauteuil, là, au frais... Enfin, au frais ! Façon de parler... L'air était tout aussi étouffant qu'à l'intérieur...

— Et donc, assis sous votre porche, vous avez vu quelque chose la nuit dernière ? récapitula Matthew pour en venir au but.

— Ouais, fiston.

— Et qu'avez-vous vu ? lui demanda Matthew avec empressement.

— Eh bien j'ai vu la petite Carly qui remontait la rue, lâcha le vieillard, savourant son effet.

— Quelle heure était-il ? interrogea Matthew.

— Oh, il devait être onze heures et demie, minuit moins le quart.

— Et lui avez-vous parlé ?

— Non. Je crois bien qu'elle ne m'a même pas vu. De toute façon, je n'avais rien à lui dire. Vous savez, les jeunes de maintenant, c'est plus ce que c'était... À mon époque, jamais une fille convenable qui avait le respect d'elle-même n'aurait traîné dehors à des heures indues...

Le vieil homme se balança quelques instants sur son rocking-chair avant de reprendre :

— Ah, il faut aussi que je vous raconte ce que j'ai déjà dit à la police, tout à l'heure, quand elle est venue m'interroger...

— Oui ? ponctua Matthew pour l'inciter à poursuivre.

— Eh bien, si j'ai vu Carly Neath, hier soir, elle n'est pas rentrée chez elle, non ! Elle est passée devant la maison de ses parents, mais elle ne s'est pas arrêtée, elle a continué son chemin... Ah les jeunes !

— Et vous disiez donc que vous aviez peut-être une idée ou deux sur ce qui a pu lui arriver ? l'interrompit Matthew pour le détourner de son couplet sur la jeunesse actuelle.

— Oui, comme je le confiais à la police tout à l'heure, pour moi ça ne fait aucun doute, c'est le gars qui la suivait qui a fait le coup !

33

Une petite foule de curieux s'était massée sur la pelouse autour du kiosque de bois qui abritait le Puits de Bersabée pour regarder l'équipe de télévision en pleine action. Diane était habituée à toute cette agitation qui, visiblement, troublait Leslie. Se confier à une caméra, même si l'on s'adressait ainsi à des millions de téléspectateurs, était bien plus facile que d'avoir à parler devant une vingtaine de badauds avides du moindre commentaire.

— Je pense que c'est tout ce que j'ai à dire pour le moment, conclut Leslie en ôtant le micro.

Diane n'insista pas. Elle pourrait toujours interviewer Leslie plus longuement pour « Hourglass », si Joel Malcolm le jugeait utile. Dans l'immédiat, ce qu'ils venaient d'enregistrer était amplement suffisant pour « Week-end Evening Headlines ».

— À quelle heure ça va être diffusé ? demanda Leslie en se levant.

— Je ne sais pas exactement quand le sujet sera programmé, mais l'émission débute à dix-huit heures trente. Et merci encore, Leslie...

Diane regarda la jeune femme s'éloigner vers le centre-ville. Pendant que Sammy et Gary rangeaient leur matériel, Diane s'assit sur les marches menant au puits et sortit un calepin de son sac. Elle commençait à prendre des notes en vue de la rédaction du script quand son portable sonna.

— Ceci est un appel en provenance d'une prison fédérale, annonça la voix préenregistrée.

Diane connaissait la marche à suivre. Quand on le lui demanda, elle pressa la touche 5 de son clavier pour accepter l'appel.

— C'est moi.

Malgré la distance et les événements récents, sa voix l'électrisa, comme d'habitude. Dès leur première rencontre, à l'université, elle était tombée sous le charme de ses intonations traînantes, typiques de l'accent de Virginie.

— C'est moi, lui répondit-elle avec douceur en s'éloignant des deux techniciens.

— Ça va ? Le vol s'est bien passé ? Et le tour operator ? Pas de problèmes ?

Des questions rapides, nombreuses... Diane se mordit l'intérieur des joues.

— Diane, tu m'entends ?

— Oui, Philip, je suis là, répondit-elle à son mari.

— Alors, c'est beau ? Et les enfants, ils sont heureux ? Raconte-moi...

Il y avait un tel enthousiasme dans sa voix que Diane redoutait de le décevoir. Elle savait qu'il avait besoin de bonnes nouvelles, auxquelles il pouvait repenser le soir, quand il ne parvenait pas à trouver le sommeil.

— En fait, Philip, nous avons dû changer nos plans à la dernière...

Ils furent interrompus par le même message préenregistré : « Ceci est un appel en provenance d'une prison fédérale. » Comme s'ils avaient pu l'oublier ! pensa Diane.

— Quels changements ? reprit aussitôt Philip avec circonspection. Que s'est-il passé ? Une mauvaise nouvelle ? Comment vont les enfants ?

Il y avait à présent de l'inquiétude dans sa voix.

— Non, Michelle et Anthony vont bien, le rassura-t-elle aussitôt.

Ce n'était vraiment pas le moment d'évoquer les craintes que lui inspirait la santé de Michelle. Philip ne pouvait lui être d'aucune aide et aborder le sujet ne pouvait que lui donner matière à ressasser.

— Et toi, ma chérie, tu vas bien ?

En entendant cette marque d'affection, Diane frissonna. Elle espérait par-dessus tout qu'elle serait capable de lui pardonner le mal qu'il leur avait fait. Ce qu'ils avaient vécu ensemble était si fort, qu'elle ne voulait – qu'elle ne pouvait –

s'empêcher de l'aimer. Ils avaient passé de longues années ensemble, partagé de si bons moments, eu deux enfants dont ils étaient fiers. Et ils s'entendaient si bien, tant sur le plan physique qu'émotionnel... Oh, faites que tout redevienne comme avant !

— Je vais bien, Philip. La seule chose, c'est que j'ai été obligée d'annuler les vacances. Joel m'a quasiment forcé la main pour que je parte en reportage...

— Tu plaisantes, j'espère ? lui demanda-t-il d'une voix où perçait la déception.

— Hélas, j'aimerais bien... Mais je me trouve à Ocean Grove, charmante station balnéaire du New Jersey où les jeunes femmes ont une fâcheuse tendance à disparaître...

— Et les enfants, où sont-ils ? Ils ont dû être déçus ?

— Oui, c'est rien de le dire... Surtout Anthony, il m'a fait tout une histoire... Mais bon, à l'heure actuelle, ils doivent être à la plage avec Emily. Car la seule chose positive dans tout ça, c'est que Joel a proposé que je parte avec eux... « Ceci est un appel en provenance d'une prison fédérale ».

Encore ce fichu message.

— Je vais devoir regagner ma chambre pour la fouille de seize heures, lui dit-il d'une voix soudain redevenue froide.

Diane frissonna. Le fait que Philip soit traité comme n'importe quel criminel lui faisait froid dans le dos. Et encore, lui disait-il tout ce qu'il endurait ? Ses silences étaient parfois terrifiants... Mais il avait commis un délit, et s'il voulait de nouveau avoir la chance de vivre en homme libre, il lui fallait payer pour ses erreurs.

34

Le chauffeur du camion satellite de Key News gara son semi-remorque à l'endroit prévu pour le rendez-vous, dans un cul-de-sac à l'extrémité d'Ocean Avenue. Scott Huffman laissa le moteur tourner et s'installa confortablement sur son siège en attendant Diane Mayfield, Matthew Voigt et les techniciens chargés de préparer le sujet pour « Week-end Evening Headlines ». La vision qui s'offrait à lui depuis la vitre de sa cabine lui fit se souvenir qu'on était bien en plein mois d'août, et qu'il travaillait encore un week-end... La plage était noire de monde. De nombreux badauds en short ou en maillot de bain se promenaient sur la jetée en planches. Le restaurant en bois qui mordait sur la plage ne désemplissait pas tandis que la file s'allongeait du côté des ventes à emporter.

L'estomac de Scott lui rappela qu'il n'avait rien avalé depuis le petit déjeuner. En ouvrant la porte de la cabine, une chape d'air chaud s'abattit sur ses épaules. Il fut un instant tenté de rester à l'intérieur, mais la faim l'emporta et il gagna la file d'attente. Quand vint son tour, Scott commanda deux hot dogs, une portion de frites et un soda. Afin de ne pas empuantir le camion, il alla s'installer sur un banc, le long de la promenade et avala son repas en observant l'océan.

Les vagues le rendaient pensif. Depuis combien de temps n'avait-il passé un week-end à la maison, avec les siens ? Le mois dernier, il s'était même absenté huit jours durant quand il avait accompagné une équipe de « Key to America » à Newport, Rhode Island. Certes les heures supplémentaires lui assuraient un complément de revenus substantiel, mais il ne voulait pas devenir l'un de ces individus qui ne regardent que la dernière ligne de leur bulletin de paie ; il avait une femme et des enfants, il avait une vie en dehors de Key News. Il allait falloir qu'il apprenne à dire non ! Il n'était pas le seul, après tout, à pouvoir conduire un camion satellite et assurer les transmissions jusqu'au siège de la chaîne. À chacun son lot d'heures supplémentaires !

Après avoir jeté les restes de son repas dans une poubelle, Scott aperçut un homme dans ses âges qui remontait la jetée à grandes enjambées. Malgré la chaleur, celui-ci portait un pantalon de camouflage et une chemise à manches longues de l'armée. Il semblait perdu dans ses pensées et se parlait à lui-même. On n'est vraiment pas tous égaux à la grande loterie de la vie, songea Scott. Mais il oublia vite ce pauvre hère en apercevant Diane Mayfield qui patientait près du camion.

35

Diane, assise à l'intérieur du camion satellite, apportait les dernières touches à son script quand son téléphone portable sonna. Après avoir décroché, elle écouta Matthew lui résumer son entretien avec le voisin des Neath.

— Quelle nouvelle ! Est-ce que tu penses qu'il faut modifier le reportage en conséquence ? lui demanda-t-elle.

— Attends peut-être que nous ayons un communiqué officiel de la police, à la place de ce vague témoignage... J'ai laissé un message au commissariat, mais personne ne m'a rappelé.

— Dommage que les techniciens n'aient pas été avec toi, ils auraient pu filmer la rencontre... Crois-tu que le vieil homme accepterait de répéter ce qu'il a dit devant une caméra ? Si nous pouvions l'avoir en boîte, ce serait excellent !

— Tu as raison, ça vaut le coup d'essayer.

Envoie-moi Sammy et Gary, j'essaierai de le convaincre.

— Au fait, je ne t'ai pas dit, reprit Diane. J'ai obtenu une interview de Leslie Patterson. Elle a bien voulu se confier !

— Formidable, Diane ! Et ce qu'elle dit est intéressant ?

— Nous avons assez de matière pour ce soir, lui répondit Diane. Ensuite, en fonction de la manière dont évolue cette affaire, il sera toujours temps d'aller l'interviewer de nouveau.

Après avoir demandé aux deux techniciens d'aller rejoindre Matthew, Diane apporta quelques retouches à son script et prépara deux fins différentes, l'une d'elles incluant la possibilité qu'ils obtiennent des images du voisin des Neath affirmant qu'il avait vu, la veille au soir, un homme suivre Carly dans le noir. Elle relut une dernière fois l'ensemble et appuya sur la touche « envoyer » de l'ordinateur. Il ne lui restait plus qu'à attendre le feu vert ou les modifications du producteur exécutif de « Week-end Evening Headlines ».

36

Dès les premières questions des officiers de police, Shawn regretta de ne pas être venu accompagné d'un avocat. Il avait aussitôt refusé de répondre et attendait à présent l'arrivée d'un commis d'office.

Ce dernier fit son entrée vêtu d'une chemise de golf et d'un bermuda, comme s'il avait été interrompu en pleine partie ou au beau milieu d'un barbecue familial. Après avoir écouté Shawn lui raconter sa version des faits, il fit signe aux policiers qu'ils pouvaient regagner la petite salle d'interrogatoire.

— Mon client est venu vous trouver de son plein gré, commença l'avocat. Il a spontanément admis que Carly Neath était venue le rejoindre hier soir au Stone Pony, et qu'il ne l'a pas revue depuis. À moins que vous n'ayez une charge précise à retenir contre lui, je vous somme de le laisser partir.

— Donc, d'après vous, le fait que les petites amies de monsieur disparaissent les unes après les autres ne serait qu'une coïncidence ? demanda l'un des policiers.

— Que voulez-vous que ce soit d'autre ! rétorqua l'avocat, le visage impassible.

Le second policier secoua la tête de dépit. Il savait qu'ils n'avaient pas suffisamment de preuves pour retenir le jeune homme.

— Allez Ostrander, c'est bon, tu peux dégager. Mais reste dans le secteur. Ne t'avise pas de quitter la région sans nous prévenir.

37

— Le voisin n'a aucune envie de répéter ce qu'il m'a dit face à une caméra, on va devoir se passer de sa jolie frimousse...

— Bien noté, lui répondit Diane. Plan B, comme prévu. Merci, Matthew.

Diane referma le clapet de son téléphone et s'empara du petit micro portatif, qu'elle porta à ses lèvres pour commencer l'enregistrement.

— Piste n° 1 : Pour la seconde fois en moins d'une semaine, Ocean Grove, une charmante station balnéaire du New Jersey, déplore la disparition de l'un des siens. Âgée de vingt ans, Carly Neath n'est pas rentrée chez elle depuis hier soir.

Diane s'interrompit. Elle reprit l'enregistrement pour donner à la personne qui s'occuperait du montage, à New York, les instructions suivantes :

— Il va maintenant falloir insérer des images de la conférence de presse du lieutenant Jared Albert, du Neptune Police Department, le passage où il montre la photo de la disparue et demande l'aide du public et de la presse.

Elle s'éclaircit ensuite la voix et poursuivit sa narration :

— Piste n° 2 : Les forces de l'ordre et de très nombreux volontaires ont déjà commencé à quadriller cette charmante station balnéaire située à une heure de New York, comme ils l'avaient déjà fait la semaine passée après la disparition de Leslie Patterson. Âgée de vingt-deux ans, cette dernière a été retrouvée ligotée et bâillonnée sur les terres de la Camp Meeting Association après trois jours de recherches. La rumeur a longtemps couru que Leslie avait manigancé son enlèvement pour attirer l'attention sur elle, mais cette nouvelle disparition relance le débat. En exclusivité pour Key News, Leslie nous a accordé un entretien à l'endroit même où elle a été retrouvée dans la nuit de jeudi à vendredi.

Diane marqua une pause pour consulter ses notes, puis reprit à l'intention du technicien qui effectuerait le montage :

— Il faudra intercaler ici l'extrait de l'interview où l'on entend Leslie préciser les circonstances de son enlèvement : « Je me promenais sur la jetée, lundi soir, quand, soudain, quelqu'un m'a assommée par-derrière. Quand je me suis réveillée, j'avais les chevilles et les poignets attachés, un bandeau sur les yeux et un bâillon qui m'empêchait d'appeler au secours. Et je ne savais pas où j'étais... » Ensuite, je reprends la parole. Piste n° 3 : Ce soir, les recherches continuent pour retrouver Carly Neath. Vous placerez ensuite l'extrait de la conférence de presse du lieutenant Jared Albert, à partir du moment où il décrit la jeune fille. Et vous montrerez bien évidemment sa photo en gros plan.

À cet instant du sujet, Diane aurait aimé pouvoir placer le témoignage du voisin des Neath. Mais, comme le vieil homme avait refusé de parler à la caméra, elle lut les quelques lignes qu'elle avait préparées :

— En fin d'après-midi, les équipes de Key News ont appris de source sûre qu'un témoin avait signalé à la police que quelqu'un suivait Carly hier soir. Il est encore trop tôt pour savoir si cet homme a un rapport avec l'enlèvement de Carly Neath mais, à ce stade de l'enquête, aucune piste ne doit être écartée. De son côté, Leslie Patterson, repensant au cauchemar qu'elle avait vécu, a tenu à préciser qu'elle était de tout cœur avec Carly et sa famille. Car on peut effectivement parler de cauchemar... Ensuite vous passerez l'extrait de l'interview où Leslie dit ceci : « Il – je dis *il* parce que je pense qu'il s'agissait d'un homme, mais je n'en suis pas sûre car jamais je n'ai entendu le son de sa voix... –, il m'a abandonnée dans un endroit inconnu. Il est revenu une fois pour m'apporter de la nourriture – mais je n'y ai pas vraiment touché – et d'autres fois où il m'a obligée à danser pour lui... » Enfin, en conclusion, vous passerez la piste n° 4 : Une danse macabre à laquelle Carly échappera, espèrent ses proches... C'était Diane Mayfield, envoyée spéciale de Key News à Ocean Grove, New Jersey.

38

À peine rentré chez lui, Larry Belcaro dénoua sa cravate et enleva ses chaussures. La journée avait été longue. Éreintante mais profitable. Il avait fait une vente. Enfin, touchons du bois ! Il savait que rien ne serait définitif avant que tous les papiers n'aient été signés. Tant qu'il n'avait pas encaissé sa commission, tous les scénarios étaient encore imaginables. Pourtant, Larry était confiant. Les futurs acquéreurs avaient déjà une promesse de prêt et s'étaient fait souffler deux propriétés depuis le début de l'été. Ils voulaient plus que tout leur maison au bord de la mer et n'allaient pas changer d'avis au dernier moment.

Il décapsula une bière, traversa le salon et s'affala sur le canapé.

Si seulement il avait pu avoir quelqu'un à qui parler de sa journée, quelqu'un avec qui partager sa joie... C'est dans ces moments-là que sa femme et sa fille lui manquaient le plus. Partir le matin en laissant derrière soi une maison vide était déjà difficile. Rentrer le soir pour ne trouver personne était une épreuve au-dessus de ses forces, qui lui laissait de surcroît bien trop de temps pour ressasser de sombres pensées.

Il posa ses pieds sur la table basse, saisit la télécommande et alluma la télévision. Un tournoi de golf s'achevait et bientôt retentit le générique de l'émission d'information qu'il attendait.

Le premier reportage était consacré à la guerre en Irak. Il se leva au cours du deuxième, qui retraçait la journée présidentielle. Il ouvrit le réfrigérateur et décapsula une deuxième cannette de bière. En entendant le nom d'Ocean Grove, il revint précipitamment dans le salon.

Il regarda le reportage, reconnut bien des endroits familiers, observa en gros plan le visage souriant de Carly et écouta le récit de Diane Mayfield. Mais il fut surtout attentif aux propos de Leslie.

« Il est revenu une fois pour m'apporter de la nourriture – mais je n'y ai pas vraiment touché... »

Ces mots, et la vue de jeune femme, dont les bras maigres faisaient pitié, lui arrachèrent un soupir et ravivèrent sa douleur. Le souvenir de Jenna, qui refusait de s'alimenter et s'était laissée dépérir... Il n'avait rien pu faire, malgré ses efforts, et se sentait coupable.

Leslie représentait en quelque sorte pour lui l'occasion de se racheter. Il fallait qu'il lui vienne en aide. Et ainsi réparer les erreurs qu'il avait commises avec sa propre fille. Il fallait la convaincre que son cas n'était pas désespéré, qu'elle pouvait s'en sortir. Mais qu'il fallait pour cela qu'elle croie en elle et qu'elle cesse d'écouter ce charlatan. Owen Messinger avait ruiné la vie de Jenna, et, de la même manière, il était en train de détruire Leslie à petit feu. Comment Leslie ne s'apercevait-elle pas que ce thérapeute de pacotille ne pouvait lui être d'aucune aide ?

Son trouble de l'alimentation avait une cause bien plus profonde, ancrée en elle ; mais il suffisait qu'elle en prenne conscience et affronte seule ses démons pour marcher sur la voie de la rémission...

Larry espéra que son épreuve récente lui ouvrirait les yeux, qu'elle se rendrait compte qu'il y avait autour d'elle des personnes qui souffraient de maux incurables. Heureusement, dès lundi, quand elle reviendrait travailler à l'agence, il pourrait avoir un œil sur elle...

39

Owen Messinger fixa longtemps l'écran de son poste de télévision après que le générique de fin de « Week-end Evening Headlines » eut retenti. Il avait été surpris d'y voir Leslie. D'autant que sa mère lui avait assuré qu'elle souhaitait rester cloîtrée et refusait de rencontrer quiconque.

Mais Owen supposa que la disparition de Carly Neath avait poussé sa jeune patiente à sortir de son silence. Cela pouvait après tout lui être bénéfique. Sans doute se sentirait-elle mieux si la communauté d'Ocean Grove, après avoir douté d'elle, acceptait de reconnaître qu'elle l'avait mal jugée. Si seulement cela pouvait l'aider à se sentir mieux... Car, pour être honnête avec lui-même, Owen Messinger devait admettre que le cas Leslie était un échec. Ces années de thérapie n'avaient pas débouché sur la rémission de sa patiente. Elle était toujours sujette à ces mêmes troubles de l'alimentation et, surtout, elle s'automutilait encore...

Owen se dirigea vers le placard à alcools de sa salle à manger et se servit un double whisky. En observant le liquide ambré dans son verre, il s'interrogea sur la conduite à tenir au cours des prochains jours. Il était sur le point de publier un article sur cette nouvelle thérapie qu'il expérimentait avec succès auprès de plusieurs patientes. Mais Leslie était l'exception qui risquait de lui valoir la désapprobation de la communauté scientifique. Que faire ?

— Cleo, je suis là. Où te caches-tu ? Viens... dit-il à l'adresse de son chat.

Il s'assit à son bureau et commença à faire le tri dans le courrier qui s'était accumulé au cours de la semaine. Les prospectus et autres publicités partirent directement à la corbeille. Il mit ensuite de côté les factures et les magazines, avec lesquels le chat qui venait de sauter sur le bureau commença à jouer. Une seule enveloppe attira sa curiosité, qu'il examina un instant avant de l'ouvrir.

> Vous êtes un charlatan.
>
> Vos pratiques ont déjà fait trop de victimes à ce jour.

Si la police ou les autorités médicales prenaient connaissance du traitement que vous avez réservé à ces pauvres filles, vous perdriez votre droit d'exercer la médecine. Le mieux serait que vous alliez vous dénoncer vous-même avant que je ne m'en charge. Mais je vous laisse une chance. Je joins ma carte si jamais vous souhaitiez que nous en parlions d'homme à homme.

C'est là mon dernier avertissement.

Arrêtez et allez-vous-en avant qu'il n'y ait une autre victime.

Owen ramassa la carte de visite qui s'était échappée de l'enveloppe au moment où il l'avait ouverte. Larry Belcaro, de l'Agence du Littoral, était l'expéditeur de cette lettre de menaces.

40

Quand Diane rentra enfin à l'Auberge des Dunes, elle trouva Emily et Anthony qui disputaient une partie de Scrabble dans le petit salon.

— Eh bien, je ne vous demande pas ce que vous avez fait aujourd'hui, s'exclama-t-elle en voyant leurs faces écarlates. Vous avez profité du grand air ! Ça ne vous fait pas trop mal ?

— T'inquiète pas, maman, on a mis de la crème.

— Où est Michelle ? interrogea-t-elle après avoir jeté un œil aux alentours.

— Dans sa chambre, répondit Emily sans détourner son regard du plateau de jeu. Quatre. Q.U.A.T.R.E. Avec le Q sur une case, ça compte triple, annonça-t-elle fièrement.

Voyant l'écart insurmontable qui le séparait désormais de sa tante, Anthony se désintéressa du jeu.

— Je meurs de faim, déclara-t-il. Où est-ce qu'on va manger ?

— Qu'est-ce qui vous ferait plaisir ? lui demanda Diane, bien que la dernière des choses dont elle eût envie fût bien de ressortir dîner.

Seule, elle serait montée prendre un bain bien frais avant de s'allonger sur son lit pour se délasser, profitant de l'air climatisé de sa chambre. Mais elle n'avait pas vu les enfants de la journée...

— Une pizza ? suggéra Anthony.

— Emily ? l'interrogea Diane.

— Ça me va.

— Parfait, conclut Diane. Anthony, tu vas prévenir ta sœur, s'il te plaît.

En attendant que les enfants redescendent, Diane sortit son téléphone portable et appela le cabinet du docteur Messinger. Comme elle s'y attendait, elle tomba sur un répondeur et laissa ce message :

— Bonsoir, Diane Mayfield, de Key News.

J'aimerais vous rencontrer afin d'évoquer les thérapies alternatives... Je sais qu'en raison de l'actualité vous craignez peut-être que l'on ne parle que du cas de Leslie Patterson, mais, rassurez-vous, j'ai des questions beaucoup plus générales à vous poser... qui intéresseront tous nos téléspectateurs. Rappelez-moi dès que vous le pourrez.

Moins d'un quart d'heure après avoir demandé conseil à Carlos, ils étaient tous les quatre attablés à la pizzeria que leur avait recommandée le gérant de l'hôtel. Ils optèrent pour deux grandes pizzas, l'une au fromage, l'autre avec un supplément de pepperonis. Anthony coupa chacune des deux pizzas en quatre parts égales, mais Michelle n'en prit qu'une, et encore laissa-t-elle la croûte sur le rebord de son assiette. Diane observait sa fille à la dérobée, et s'en voulait à présent de focaliser son attention sur ce que cette dernière ingurgitait.

41

Maintenant qu'il faisait nuit, le moment était propice pour se glisser au-dehors. Certes la lune rendait le trajet jusqu'au vieux casino un brin risqué, mais il n'y avait pas le choix. Il fallait agir ce soir.

Raser les murs de l'enceinte pour minimiser le risque de se faire remarquer. Au détour d'un tournant, la brise marine se fit enfin sentir. L'immense hippocampe en cuivre se balançait en haut de la bâtisse Art déco, les chaînes qui retenaient l'enseigne menaçant de rompre à tout instant. Une palissade branlante protégeait l'accès du bâtiment, sur laquelle de grosses lettres rouges étaient censées éloigner les éventuels curieux :

PROPRIÉTÉ PRIVÉE

DÉFENSE D'ENTRER

DANGER

Se glisser par une ouverture de la palissade était un jeu d'enfant. Une fois à l'intérieur, on pouvait allumer une lampe de poche sans risque d'être aperçu de l'extérieur. Le rayon jaune balaya le sol en ciment humide, jonché de fientes d'oiseaux et de débris de verre.

Une fois dans la place, un autre trou, plus exigu que le premier, permettait de se faufiler dans l'ancienne salle de spectacle du casino. Il était bien plus aisé d'y passer ce soir que la veille, quand il avait fallu traîner le poids mort que représentait le corps inanimé de Carly. Les excréments d'animaux divers y étaient plus nombreux encore que dans le hall, et le plancher était détrempé. Dominant la salle se trouvait une scène qui, du temps de la splendeur du casino, avait accueilli nombre de spectacles. À l'instar de la bâtisse délabrée, elle était à présent envahie par les ronces et les gravats ; quant aux sièges, ils étaient recouverts d'une mousse verdâtre.

Un trou dans la toiture laissait passer un rayon de lune, qui, de manière surprenante, éclairait le comptoir du vieux bar derrière lequel Carly reposait.

Il était important que les choses soient accomplies selon la règle. Le rituel allait pouvoir commencer. Cela faisait bientôt vingt-quatre heures que Carly était retenue prisonnière. Il était temps à présent de lui délier les pieds. L'heure de sa première danse était venue...

42

Carly ne pouvait toujours rien voir, mais son ouïe était aux aguets. Elle perçut aussitôt un bruit. Quelque chose approchait, un homme ou un animal. Elle ne sut ce qu'elle devait redouter le plus.

Son cœur battait à tout rompre contre sa poitrine. Elle avait toujours ce mal de tête atroce, et ses poignets ligotés la faisaient souffrir. Elle tenta de contrôler sa respiration pour se calmer, mais, à cause du bâillon, elle ne pouvait respirer que par le nez, ce qui lui demandait bien des efforts.

Les bruits de pas s'arrêtèrent à côté d'elle. Malgré le bandeau qui lui couvrait les yeux, elle put discerner une faible lueur. Sans doute une lampe de poche. Il s'agissait donc d'un homme et elle se mit à frémir.

Elle sentit une main s'affairer sur ses chevilles et, peu après, le lien qui les retenaient se détendit. On la prit ensuite par les aisselles pour l'aider à se relever. Peut-être allait-on enfin la libérer...

Une fois debout, Carly fut prise de vertiges et dut lutter pour conserver son équilibre. Mais le maigre espoir se mua aussitôt en terreur quand elle sentit des mains parcourir son corps.

Combien de temps cela avait-il duré ? Elle n'aurait pu le dire. Une minute ? Dix ? Une demi-heure ? Une éternité... Le supplice lui avait semblé interminable. Une matière lisse et douce lui avait d'abord caressé les joues, puis s'était promenée sur ses bras nus avant de nouveau revenir effleurer son visage. Était-ce du cuir ? Des mains gantées ?

Un corps s'était ensuite pressé contre le sien et l'avait obligée à bouger. Carly avait toujours les mains attachées dans le dos, mais elle sentait l'étoffe couvrant les bras qui l'enserraient courir sur les siens. Le bruit du tissu – était-ce du Nylon ? – lui rappela celui que l'on fait lorsque l'on marche, à la montagne, avec une combinaison de ski.

Leurs deux corps se balançaient au rythme des vagues que l'on entendait à l'extérieur, et Carly suivit instinctivement le mouvement. Mais son esprit était ailleurs. Elle avait fui bien loin de ce lieu sordide, et se revit petite fille, quand elle faisait de la luge et des bonshommes de neige.

Dimanche 21 août

43

Elle ouvrit les yeux et saisit sa montre qui se trouvait sur sa table de chevet.

Dix heures ! Diane n'avait pas fait une telle nuit depuis bien longtemps.

Matthew et elle avaient décidé qu'il irait trouver les autorités pour faire un point sur l'enquête et qu'il l'appellerait ensuite, aux alentours de midi, pour arrêter leur plan d'action de la journée. Si jamais un événement survenait plus tôt, Matthew et l'équipe technique s'en chargeraient... Il lui restait donc deux heures pour profiter de ses enfants.

Elle se retourna et observa Emily qui dormait profondément dans le lit jumeau à côté du sien. Encore une fois, elle fut reconnaissante à sa sœur d'avoir accepté de venir avec eux. Qu'aurait-elle fait sans elle ?

Diane se leva et, sans faire de bruit, enfila un léger peignoir d'été. Elle fouilla ensuite dans sa valise à la recherche d'une paire de mules. À pas feutrés, elle traversa la chambre et ouvrit la porte doucement.

En se rendant à la salle de bains, elle remarqua que la porte de la chambre de Michelle était entrouverte. Elle la poussa et passa la tête par l'entrebâillement.

— Michelle, tu es là ? demanda-t-elle à voix basse.

La pièce était vide mais donnait l'impression qu'une tornade l'avait dévastée. La valise de Michelle était ouverte et son contenu éparpillé tout autour. Des vêtements jonchaient le sol, d'autres traînaient sur le lit défait. Ses affaires de toilette étaient étalées sur la commode tandis que des piles instables de CD et de DVD étaient disséminées çà et là. Diane secoua la tête et soupira. Comment Michelle avait-elle pu mettre un tel bazar en un laps de temps aussi court ? Mais, surtout, où était-elle ?

Diane descendit l'escalier, espérant ne croiser personne hormis sa fille. Le hall était désert, de même que le petit salon. En entrant dans la salle à manger, elle vit Carlos et un autre homme s'affairer autour du buffet. L'un remplissait les corbeilles de viennoiseries, l'autre arrangeait un bouquet de fleurs.

— Excusez-moi... leur demanda Diane.

Carlos se retourna et, avec un franc sourire, se dirigea vers elle.

— Bonjour, madame Mayfield, j'espère que vous avez passé une bonne nuit.

— Appelez-moi Diane, lui répondit-elle.

— Très bien, Diane, laissez-moi vous présenter, Kip, mon associé.

— Enchantée, lui répondit-elle en resserrant les pans de son peignoir. Je suis navrée de me promener dans cette tenue aussi légère, poursuivit-elle, mais je suis à la recherche de ma fille.

— Ne vous excusez pas, lui répondit Carlos, c'est tout naturel. En revanche, je suis désolé, mais je n'ai pas vu votre fille ce matin.

— Est-ce que c'est une jeune fille de treize ou quatorze ans, aux cheveux marron, très mince ? demanda Kip.

Diane acquiesça, enregistrant avec déplaisir le dernier qualificatif.

— Elle portait un short et des tennis, reprit Kip. Et elle avait aussi son Walkman... J'imagine qu'elle partait courir.

Quand, après s'être douchée et lavé les dents, Diane revint dans sa chambre, Emily était réveillée.

— Bonjour, marmotte, lui lança Diane en voyant le visage encore tout ensommeillé de sa sœur.

— Quelle nuit, mes amis, lui répondit Emily en s'étirant dans son lit. Si on m'avait dit qu'on dormait si bien ici, je serais venue plus tôt.

Diane enfila un tee-shirt Dona Karan noir et demanda à sa sœur si elle voulait l'accompagner pour le petit déjeuner.

— Les enfants sont déjà réveillés ? interrogea Emily sans montrer le moindre signe de volonté de se lever.

— Anthony dort encore, répondit Diane. Et Michelle serait partie courir...

Elle boutonna son pantalon blanc et, après une hésitation, reprit :

— Emily, je peux te poser une question ?

— Oui, je t'écoute.

— C'est au sujet de Michelle, commença Diane. Crois-tu qu'elle souffre de troubles de l'alimentation ?

Emily se redressa et réfléchit quelques instants avant de répondre.

— Écoute, pour être franche, je n'y ai jamais vraiment prêté attention... Qu'est-ce qui te fait penser ça ?

Diane lui fit alors part de tous les indices qu'elle avait notés au cours des derniers jours : la découverte du pain à l'ail dans la poubelle, la pizza de la veille, les glaces intactes dans le congélateur...

— Sans parler du fait qu'elle s'entraîne comme une folle. Jamais elle n'a fait autant de sport. Et puis j'ai l'impression qu'elle a considérablement maigri... conclut-elle.

Emily pesa de nouveau ses mots avant de répondre – une réponse qui mit à Diane un peu de baume au cœur.

— Effectivement, vu sous cet angle... Mais rappelle-toi quand tu étais adolescente. Toi aussi tu faisais des efforts, voire des sacrifices pour être la plus jolie. Michelle est à un âge charnière, elle devient femme, avec la pression que cela signifie. Dans notre société actuelle, le paraître est primordial. Est-ce que cela signifie pour autant que Michelle souffre d'anorexie ? Franchement, je n'en suis pas persuadée.

— Pourvu que tu aies raison, Emily.

44

Afin de se faire une idée plus précise de la manière dont les habitants d'Ocean Grove appréhendaient l'affaire, Matthew s'arrêta chez le marchand de journaux de Main Avenue et acheta l'édition dominicale du *Asbury Park Press*. Il espérait également y trouver le nom des gens chez qui Carly avait effectué son baby-sitting. Ils n'avaient pas eu le temps, la veille, de s'occuper de ce détail et, ce matin, la police n'avait pas voulu lui communiquer l'information. Avec un peu de chance, un reporter local lui aurait mâché le travail en révélant l'identité de ces personnes.

Bingo ! Matthew, qui s'était arrêté sur le trottoir, devant la devanture du magasin, pour parcourir le journal, trouva le renseignement qu'il souhaitait en page une. Les Richey, dont Carly avait gardé les enfants la veille au soir, étaient un couple de vacanciers ayant élu domicile pour l'été dans une de ces tentes de Bath Avenue. Excellente nouvelle ! D'autant que les tentes faisaient partie du patrimoine de la cité balnéaire, un atout dont ils pourraient se servir pour égayer leur reportage et apporter une touche culturelle aux téléspectateurs.

Matthew poursuivit sa lecture et apprit que Carly travaillait comme serveuse au Nagel's. Hier, en regagnant son hôtel, il avait remarqué ce café sur Main Avenue, non loin de la plage. Ce n'était qu'à quelques pas de là, aussi décida-t-il de s'y rendre. Peut-être parviendrait-il à glaner des informations au sujet de Carly...

Deux minutes plus tard, Matthew avait atteint le café. Des tables étaient alignées sur le trottoir, mais il préféra entrer. Il serait bien plus facile de nouer une conversation à l'intérieur, sans compter que l'air y serait plus respirable. Aucune place n'était libre dans la salle, mais Matthew aperçut un tabouret inoccupé au bout du bar. Il y prit place, à côté d'un homme d'âge mûr à la calvitie naissante.

— Qu'est-ce que je vous sers ? lui demanda la serveuse.

— Je vais commencer par un café, Anna, lui répondit Matthew après avoir lu le prénom inscrit sur le badge qu'elle arborait. Noir et sans sucre, précisa-t-il. Et puis je vais aussi prendre deux œufs et quelques toasts.

— Avec du bacon ? proposa-t-elle.

— Eh bien, pourquoi pas. La vie est si courte...

Son voisin se tourna vers lui et le dévisagea, comme s'il venait de proférer une énormité.

— Bonjour, comment va ? lui demanda Matthew en lui adressant un sourire crispé.

— Bien, lui répondit ce dernier de manière laconique.

Il avala une gorgée de jus d'orange, et reprit :

— Vous êtes ici en vacances ?

— Hélas non, répondit Matthew. Mais j'aimerais, la région est vraiment magnifique.

L'homme approuva en silence et sortit de sa poche une carte de visite, qu'il tendit à Matthew.

— Larry Belcaro, de l'Agence du Littoral. Si jamais vous cherchez un bien immobilier à Ocean Grove ou à Asbury Park, je suis votre homme.

— Merci, Larry, lui répondit Matthew en empochant la carte.

Puis il saisit aussitôt l'occasion d'entamer une conversation avec une personne du cru.

— Vous habitez dans le coin, je suppose ? lui demanda-t-il.

— Oui, ça fait plus de vingt ans que je suis à Ocean Grove.

— Avec votre petite famille ? s'enquit Matthew.

Son interlocuteur détourna le regard et observa son verre de jus d'oranges, avant de reprendre, d'une voix calme :

— Non, plus maintenant...

La serveuse déposa devant Matthew les œufs au bacon et les toasts, créant une diversion bienvenue pour mettre un terme à cette situation embarrassante. Il commença à manger puis plia son journal, qu'il posa sur le comptoir entre son voisin et lui.

— Quelle histoire ! reprit Matthew en pointant sa fourchette en direction de l'article qui faisait les gros titres.

— Oui, en effet, approuva Larry. On a peine à croire que ça ait pu arriver chez nous. Mais il ne faut pas que cela vous inquiète. D'ordinaire, notre petite ville est un modèle de calme et de quiétude...

Matthew comprit que l'agent immobilier ne voulait pas décourager un acquéreur potentiel en insistant sur ces sombres faits-divers.

— Oh, je n'en doute pas un instant, s'empressa-t-il de lui répondre.

La serveuse revint, remplit de nouveau leurs tasses de café et déposa leur note devant chacun. Larry se saisit de la sienne.

— J'ai lu dans le journal que la jeune femme qui a disparu travaillait ici... Vous la connaissiez ? interrogea Matthew avant que l'agent immobilier ne parte.

— Oui, c'était une gentille fille, toujours souriante et avenante. Mais je lui faisais souvent remarquer qu'elle était trop maigre, un peu comme Anna, si vous voyez ce que je veux dire, dit-il en regardant la serveuse qui s'activait derrière le bar.

Larry laissa un pourboire sur le comptoir et descendit du tabouret.

— En tout cas, n'hésitez pas à m'appeler si

vous souhaitez investir dans la région. Vous avez mon numéro.

— Je n'y manquerai pas, lui répondit-il.

En le regardant s'éloigner, Matthew nota que l'agent immobilier n'avait parlé de Carly Neath qu'au passé...

45

Diane s'apprêtait à se rendre dans le hall, quand elle croisa Michelle dans l'escalier. Le visage de sa fille était rouge et quelques mèches de cheveux bruns s'étaient échappées de l'élastique qui les retenait en queue-de-cheval.

— Tu as bien couru ? lui demanda Diane.

— Oui, c'était bon.

— Où es-tu allée ?

— En bord de mer, j'ai fait deux fois la digue.

Diane hocha la tête.

— J'allais prendre mon petit déjeuner, tu m'accompagnes ?

— Non, merci. Là je n'ai qu'une envie, prendre une douche...

Le visage de Diane s'assombrit.

— Qu'est-ce qu'il y a encore, maman ? lui demanda Michelle.

— Eh bien, j'espérais qu'on aurait pu être

ensemble pour le petit déjeuner. Dans une heure, je vais devoir aller travailler et je ne sais pas à quelle heure je vais rentrer... On aurait pu passer un moment toutes les deux...

— Bon, c'est d'accord, lui répondit Michelle en soupirant bruyamment.

Diane décida de ne pas prêter attention au ton résigné de sa fille.

En entrant dans la salle à manger, Diane vit Sammy Gates, assis à une table près de la fenêtre. En d'autres circonstances, elle lui aurait proposé de se joindre à elles mais, ce matin, elle lui adressa un vague salut de la main et prit place à l'autre bout de la pièce.

Carlos vint leur demander ce qu'elles souhaitaient boire et leur indiqua le buffet.

— Servez-vous. Prenez tout ce qui vous fera plaisir. Si vous voulez des toasts, dites-le-moi, j'irai vous en faire griller, mais, à votre place, je goûterais ces petits pains au lait. C'est Kip qui les a préparés, ils sont absolument divins !

— On y va ? demanda Diane à sa fille.

De petits poêlons en argent conservaient au chaud des œufs brouillés, des saucisses et des pommes de terre sautées. Une panière en osier tapissée d'une serviette immaculée contenait une montagne de muffins aux myrtilles et de mini bagels. Un saladier en cristal, rempli de müesli, était posé à côté d'une charmante carafe contenant le lait, non loin des petits pains au lait que leur avait vantés Carlos. Quelle odeur délicieuse !

— Fantastique ! s'écria Diane.

Ne sachant pas quand elle pourrait prendre son prochain repas, elle piocha dans chaque plat et se composa une assiette généreuse.

— C'est tout ce que tu prends ? demanda-t-elle à Michelle en voyant que sa fille n'avait pris qu'une petite portion d'œufs brouillés et un mini bagel.

— Je n'ai pas très faim, lui répondit-elle.

— Il faut pourtant que tu manges plus que ça, la pressa Diane.

— Non, maman, ça me suffit pour le moment, insista-t-elle.

À peine assises, Carlos vint leur apporter le Coca light et le thé glacé qu'elles avaient demandés.

— Ce n'est pas bon de boire un soda à cette heure-là, lui fit remarquer Diane.

Michelle leva les yeux au ciel.

— Arrête de me chercher, tu veux ? dit-elle à sa mère.

Diane sala ses œufs, reposa la salière et précisa avec douceur.

— Je ne te cherche pas, comme tu dis... C'est juste que je m'inquiète à ton sujet.

— T'as pas de soucis à te faire, rétorqua Michelle après avoir bu une gorgée. Je vais bien.

— En es-tu si sûre, chérie ? lui demanda Diane en cherchant à accrocher le regard de sa fille. Es-tu certaine que tout va bien ?

— Tu veux parler de papa ?

— Oui, mais pas seulement...

— Alors, quoi d'autre ?

Diane prit une profonde inspiration avant de se lancer.

— Eh bien, j'ai remarqué que, depuis un certain temps, tu n'avalais presque rien. Et que tu avais perdu du poids...

— Super, toi aussi tu trouves que j'ai maigri ! se réjouit Michelle, dont le visage s'illumina.

— Chérie, tu n'en avais vraiment pas besoin. Tu étais très bien telle que tu étais, avant...

— Ouais, bien sûr, t'es ma mère, c'est normal que tu dises ça !

Diane reposa sa fourchette.

— Tu es très jolie, lui répondit Diane calmement, mais quelques kilos de plus ne te feraient pas de mal.

— Hors de question !

— Écoute-moi, lui dit Diane dans une volonté d'apaisement, je ne te demande pas de reprendre le poids que tu as perdu mais, au moins, arrête de t'infliger un tel régime.

— Mais tu ne comprends rien !

— Oh si, lui rétorqua-t-elle. Perdre du poids n'est pas le plus important. Ce n'est pas ce qui compte...

Michelle repoussa son assiette.

— Qu'est-ce que tu me chantes là ? Je te vois t'examiner chaque jour devant la glace ! Je t'ai entendue des milliers de fois te préoccuper de ta silhouette !

Diane se sentit soudain abattue. Aurait-elle

involontairement contribué au malaise actuel de Michelle ?

— Si je m'en préoccupe autant, lui expliqua-t-elle, c'est que ma fonction l'exige. L'œil d'une caméra ne pardonne rien. Et, crois-moi, si je n'exerçais pas cette profession, je n'aurais pas les mêmes exigences envers moi-même...

— Bien sûr ! ricana Michelle. Tu veux sans doute me faire croire que si tu ne bossais pas à la télé, tu ne te teindrais pas les cheveux et ne t'achèterais plus de fringues à la mode...

— J'ai peur de ne pas bien te suivre, murmura Diane.

— Tout ce que tu fais, c'est pour plaire. Tu as envie d'être belle, point. Ça n'a rien à voir avec la télévision.

Avant de répondre à sa fille, Diane prit soin de peser ses mots.

— Si je veux conserver mon poste, et tu sais bien qu'en ce moment il est vital que je ne le perde pas, je me dois de plaire aux téléspectateurs.

— Eh bien moi, c'est la même chose. Si je veux être populaire au collège, si je veux me faire des amis, si je veux que les garçons me remarquent, il faut que je sois jolie. C'est ainsi ! Et c'est toi-même qui m'as montré l'exemple... conclut Michelle, boudeuse, en croisant les bras sur sa poitrine.

Diane ne pouvait laisser la conversation se terminer de la sorte. Elle se pencha par-dessus la table et caressa l'avant-bras de sa fille.

— Chérie, je crois que tu fais fausse route. Bien sûr, c'est agréable de plaire physiquement, il n'y a aucun mal à ça. Mais ce n'est pas une raison pour être obsédée par ton poids ou ta silhouette. L'essentiel est ailleurs. Ce que tu penses, ce que tu ressens, comment tu te comportes... Voilà qui est bien plus important que ton apparence extérieure...

Quand Michelle leva les yeux au ciel, Diane comprit que la partie n'était pas gagnée.

46

Arthur se tenait immobile à l'extrémité de la promenade, écrasée par les rayons du soleil au zénith. Aucune zone d'ombre. Il observait les nombreux estivants allongés sur la plage, bravant coups de soleil et insolation. Et ce sont *eux* qui prétendent que je suis fou... pensa-t-il.

Il sauta par-dessus le parapet et foula le sable en direction de l'océan, conscient des regards qui se tournaient vers lui. Il ne les connaissait que trop. Quel type étrange, pourvu que je ne lui ressemble jamais, disaient tous ces yeux silencieux braqués sur lui...

Longeant la mer, il se dirigea vers Asbury Park. Bien qu'aucune frontière ne délimitât les deux communes, la séparation était bien visible entre la plage joliment entretenue d'Ocean Grove et celle d'Asbury Park, déserte et laissée à l'abandon. Des cannettes de bière, des boîtes de soda, des paquets d'algues et divers déchets rejetés par les flots jonchaient le sable.

Le bruit des enfants jouant dans les vagues diminua à mesure qu'il s'éloignait de la foule des estivants massés en bord de mer. Il jeta un rapide coup d'œil derrière son épaule et constata que plus personne ne faisait attention à lui. Il continua d'un pas égal vers le vieux casino, donnant l'air de déambuler sans but précis. Mais il savait qu'il lui faudrait agir vite. Rapidité et précision. Il existait un interstice sous la grande dalle de béton. Pas très large. Cinquante centimètres tout au plus.

Soudain, il se mit à quatre pattes puis commença à ramper. La manœuvre lui prit quelques secondes, tout au plus. Arthur était confiant. Personne n'avait pu le voir pénétrer à l'intérieur des entrailles du vieux casino. Personne n'avait jamais rien remarqué. On lui avait appris ces techniques en Irak, lors de l'opération Tempête du Désert. Tel un crabe, il se faufila sans encombre dans les sous-sols de la vieille bâtisse. Il se releva et s'enfonça dans les ténèbres qui y régnaient.

47

Diane et Matthew étaient entrés chez Lavender & Lace afin de demander l'autorisation de filmer le quartier général improvisé qui pilotait les recherches pour retrouver la disparue. Une fois la permission obtenue, Sammy et Gary transportèrent leur matériel à l'intérieur du magasin, veillant à ne renverser aucun bibelot.

L'arrière-boutique ressemblait à une ruche. Plusieurs personnes, une tasse de café à la main, se tenaient autour de la carte des environs, attendant de savoir quelle zone elles seraient chargées de couvrir. La photocopieuse débitait sans discontinuer des tracts représentant le visage souriant de Carly. Assis à l'extrémité de la longue table montée sur tréteaux, un homme âgé d'une cinquantaine d'années téléphonait.

— C'était la police, siffla-t-il en raccrochant. Ils vont envoyer des chiens pour accélérer les recherches. C'est bien plus qu'ils n'en ont fait pour Leslie...

— Ce n'est pas le moment, Lou, murmura Audrey Patterson, un doigt sur les lèvres, comme pour lui intimer de se taire.

Diane, qui avait surpris la conversation, en déduisit que l'homme n'était autre que le père de Leslie. Elle s'apprêtait à aller le saluer quand ce dernier se figea. D'un bond, il se leva et alla à la rencontre du jeune homme qui venait de faire son entrée. Il le toisa méchamment.

— Bonjour, monsieur Patterson, lui dit-il d'une voix mal assurée.

— Qu'est-ce que tu fiches ici ? lui demanda le père de Leslie.

— Eh bien, je suis venu voir si je pouvais apporter mon aide, d'une manière ou d'une autre...

— Oh, je vois, répondit Lou Patterson, d'un ton ironique. On ne t'a jamais vu ici quand il s'agissait de retrouver Leslie, mais, aujourd'hui que Carly a disparu, tu es prêt à venir nous aider... Tu ne crois pas que tu exagères un peu ?

— Je vous en prie, monsieur Patterson, essayez de vous mettre à ma place. Les choses ne sont pas aussi simples. Effectivement, je regrette de ne pas avoir participé aux recherches, mais je ne pouvais pas venir.

— Tu ne pouvais pas ou tu ne voulais pas ? le reprit Lou Patterson qui, sans même attendre de réponse, enchaîna : T'as vraiment un de ces culots de te ramener ici, mon gars. D'abord tu largues ma fille et, le jour où elle a besoin de toi, tu ne daignes même pas te montrer. Mais aujourd'hui, alors que quelqu'un d'autre connaît le même sort, tu accours. Comme par hasard une fille que tu connaissais bien... Je ne suis pas dupe de ton petit manège, Shawn. Tu viens jouer les petits copains éplorés pour éloigner les soupçons !

— C'est faux, monsieur Patterson.

— Ose répéter que j'ai tort ! s'emporta le père de Leslie, dont le visage s'empourpra. Je sais que la police t'a à l'œil. Moi aussi j'ai compris qui tu étais... Ah, si Leslie avait pu s'en rendre compte elle aussi ! Et maintenant fiche le camp d'ici. Dehors !

48

Une forte odeur imprégnait l'atmosphère. Une odeur caractéristique qu'Arthur connaissait bien, un mélange de peur, d'angoisse et de maladie.

Il hésita à poursuivre sa progression. Il était venu là pour échapper un moment au monde extérieur, pour trouver un endroit frais, sombre et calme. Il s'assit sur un vieux siège usé. Il leva les yeux, observa les trous dans le plafond de l'ancienne salle de spectacle et se demanda quelle attitude adopter. Il pouvait faire demi-tour, ou au contraire suivre l'odeur et voir où elle le mènerait.

Arthur se leva. Sa première intuition lui intima de rebrousser chemin. Des morceaux de verre et des gravats crissèrent sous les semelles de ses baskets tandis qu'il progressait entre les rangées de fauteuils pour regagner l'air libre.

Mais l'odeur devint plus forte. Et, instinctivement, il se dirigea vers le vieux bar, d'où elle semblait émaner.

Arthur passa la tête au-dessus du comptoir et se pencha. Grâce à la faible lumière provenant des trous de la toiture, il aperçut une forme humaine allongée. Il resta un instant immobile, la respiration suspendue, guettant le moindre mouvement. Mais le corps ne bougea pas.

Arthur se racla nerveusement la gorge à trois reprises avant de contourner le comptoir. Oubliant toute réticence, il se pencha sur la personne allongée et ôta le foulard qui lui masquait les yeux. Mon Dieu ! Il s'agissait de Carly Neath, la petite amie de Shawn. En desserrant son bâillon, Arthur libéra tout un flot de vomi qui coula sur les joues et les vêtements de la jeune femme. Voilà d'où venait l'odeur.

Mais elle ne bougeait toujours pas, et Arthur la secoua par les épaules, sans plus de résultats. Il lui essuya alors la bouche et se pencha sur elle pour tenter de la réanimer. En vain. Elle ne respirait plus.

Il fallait la sortir de là. Aller cherche de l'aide. Sans plus réfléchir, de manière frénétique, Arthur arracha les liens qui retenaient prisonniers les pieds et les poings de la jeune femme. Il effleura la marque de naissance qui se trouvait à l'intérieur du poignet de Carly, recherchant vainement un pouls...

49

Tandis que Matthew restait dans l'arrière-boutique avec les deux techniciens, Diane se précipita à la suite du jeune homme qui s'était fait mettre à la porte par le père de Leslie.

— Shawn ! appela-t-elle.

Il se retourna et la dévisagea un instant, les yeux rougis.

— Oui ? fit-elle, circonspect.

— Shawn, je suis Diane Mayfield, de Key News, dit-elle en lui tendant la main droite.

Instinctivement, Shawn s'en saisit.

— Accepteriez-vous de me parler quelques instants ? lui demanda-t-elle.

Shawn retira aussitôt sa main et la passa dans ses cheveux auburn. Diane nota au passage que ses ongles étaient rongés.

— Je ne suis pas sûr que ce soit une bonne idée, répondit-il, hésitant. Pas ici en tout cas, poursuivit-il en jetant un regard autour de lui. Peut-être devrions-nous sortir...

À peine sur le trottoir, Diane prit la parole.

— Le père de Leslie a eu des paroles très dures à votre égard, lui dit-elle d'un ton compatissant.

Shawn acquiesça en louchant à cause du soleil.

— Oui, acquiesça-t-il. Je ne m'attendais évidemment pas à ce que M. Patterson m'accueille les bras ouverts. Mais de là à me rejeter comme un pestiféré... Il ne peut pas comprendre ce que j'ai ressenti quand j'ai appris que Leslie avait été enlevée. Je ne pouvais tout simplement pas participer à ses recherches...

— Et pourquoi donc ? lui demanda Diane avec douceur.

— Écoutez, je ne devrais même pas vous parler. Je sais que la police me suspecte. Je suis sorti avec Leslie, et Carly est ma petite amie. Personne ne croit à une coïncidence.

— Effectivement, les apparences ne jouent pas en votre faveur, approuva Diane. Mais vous devriez raconter votre version des faits, cela pourrait vous aider.

— Non, répondit-il fermement en secouant la tête. Je ne dirai rien devant une caméra. Du moins, tant que je n'aurai pas vu mon avocat... conclut-il en portant instinctivement un doigt à sa bouche pour en ronger l'ongle.

— Bien sûr, je comprends, lui répondit Diane. Mais que diriez-vous d'un entretien informel. *Off the records*, comme on dit dans le métier. Sans caméra ni magnétophone. Pour comprendre toute l'affaire, j'ai besoin de savoir qui vous êtes, d'où vous venez...

— *Off*, c'est-à-dire que vous ne répéterez à personne ce que je vous dirai ? lui demanda-t-il.

— Pas un mot à quiconque... Sauf si vous me donnez ensuite votre permission...

Diane le vit qui hésitait. Aussi enchaîna-t-elle avant de lui laisser le loisir de refuser.

— Commençons par des choses très simples.

Quel est votre nom de famille, Shawn ? lui demanda-t-elle.

Elle sortit son calepin et nota le nom que Shawn lui épelait.

— Et que faites-vous dans la vie ? poursuivit-elle.

— Je suis étudiant. Je prépare mon diplôme. Et, à côté, pour me faire de l'argent, je suis barman.

— Que faites-vous comme études ? continua Diane.

— Je voudrais être assistant social.

— C'est formidable, lui répondit Diane. Et quelle spécialité ?

— J'aimerais aider les personnes souffrant de troubles mentaux.

Diane réfléchit à toute vitesse et saisit aussitôt la balle au rebond.

— C'est pour cette raison que vous avez été attiré par Leslie ?

Shawn regarda ses chaussures.

— Peut-être, répondit-il dans un murmure. Oui, peut-être. Je ne m'étais jamais posé la question, mais c'est sans doute vrai.

— Leslie n'est pas un modèle de stabilité... poursuivit Diane.

— Oui, c'est le moins qu'on puisse dire, approuva Shawn en soupirant. Quoi que je fasse, elle n'était jamais satisfaite. Elle avait toujours besoin de plus d'attention. Au début, j'ai cru que je pourrais l'aider, mais je m'en suis bien vite senti incapable. J'ai pourtant essayé de la rassurer, de la valoriser, pour qu'elle se sente en confiance... Ça n'a rien donné, elle présentait toujours les mêmes troubles... Vous devez penser qu'avec mes études j'aurais pu obtenir un meilleur résultat. C'est ce que je me suis dit au début. Mais rien ni personne ne peut aider Leslie. C'est à elle de se prendre en charge.

— Je croyais pourtant qu'elle était suivie pour son anorexie ? enchaîna Diane.

— Oui, bien sûr... Mais pour quels résultats ? Et puis, son thérapeute a du pain sur la planche ! S'il n'y avait que l'anorexie...

Diane, qui ne voulut pas l'interrompre, l'interrogea du regard.

— Elle s'automutilait, reprit Shawn.

— Et c'est pour cette raison que vous avez décidé de rompre ? lui demanda Diane.

— Oui, lui avoua Shawn. Je ne suis pas vraiment fier de cette décision, mais je n'avais pas le choix. Notre relation ne partait pas sur des bases saines... Croyez bien que j'ai culpabilisé. Pourtant, quand Leslie a disparu, j'ai tout de suite su qu'elle se cachait quelque part, pour attirer l'attention... pour attirer mon attention. Et c'est pourquoi je n'ai pas voulu me joindre aux équipes de recherches... Je ne voulais pas encourager sa folie...

— Mais quelle est votre opinion depuis la disparition de Carly ? le questionna Diane dans la foulée. Croyez-vous toujours que Leslie a inventé cette histoire de toutes pièces ?

Shawn prit le temps de la réflexion avant de répondre.

— Non, je ne suis plus sûr de rien. Carly est une fille équilibrée, heureuse de vivre. Je suis certain qu'elle n'a pas pu manigancer son enlèvement. Du coup, je ne sais plus trop quoi penser au sujet de Leslie...

50

Larry était bien trop en colère contre lui-même et contre Dieu pour se rendre encore à l'église. Une habitude qu'il avait abandonnée depuis bien longtemps. Mais cela ne signifiait pas pour autant que ses dimanches fussent dépourvus de tout rituel. Chaque semaine, après un petit déjeuner au Nagel's, il prenait sa voiture et parcourait les huit kilomètres le séparant du cimetière Sainte-Anne.

Larry gara son véhicule et traversa la pelouse jaune et desséchée. Il slaloma entre les stèles en essayant de ne pas poser ses pas à l'endroit où les corps reposaient sous terre. Toutes ces pierres tombales marquaient l'emplacement de la dernière demeure de centaines de personnes. Toutes avaient été aimées et avaient laissé derrière elles des proches affligés.

La stèle de sa femme et de Jenna se distinguait de celles avoisinantes. Plus récente et régulièrement entretenue, elle n'avait pas encore subi les outrages du temps et des éléments. Bien que Larry éprouvât un certain réconfort à savoir les deux femmes qu'il avait aimées côte à côte, si proches de lui en cet instant, un sentiment d'injustice prédominait, annihilant tous les autres.

Il s'agenouilla et, instinctivement, se signa. Un geste machinal qui ne cadrait pas avec la haine qui l'étreignait. Il savait au fond de lui-même qu'il devait oublier cet Owen Messinger. Mais il ne le pouvait tout simplement pas. Cet homme avait brisé plusieurs vies, dont celle de Jenna, et la sienne...

Larry caressa la pierre tombale et passa son doigt sur les lettres du prénom de sa fille. « Je te le jure, ma chérie. Je ne laisserai pas ce charlatan détruire d'autres jeunes femmes. Je t'en fais la promesse. Je lui ai lancé un ultimatum. S'il ne se décide pas à arrêter de lui-même, c'est moi qui l'arrêterai. »

51

Leslie passa la matinée à effectuer des exercices de gymnastique. Elle se lava ensuite les cheveux, prit une douche, s'habilla, puis tua le temps avant de gagner Lavender & Lace. Une fois sur place, elle se mettrait à la disposition des équipes de recherche et ferait tout ce qu'on lui demanderait pour aider à retrouver Carly. Même si cette dernière lui avait volé Shawn...

Elle enfila un pantalon en coton, remarquant au passage qu'il la serrait moins que la dernière fois qu'elle l'avait porté. Elle eut l'impression que cela faisait des siècles. En fait, elle l'avait mis la semaine dernière, quand Shawn l'avait emmenée jouer au mini-golf. Un début de soirée fort agréable, bien que la fin se fût gâtée. Après leur partie, ils étaient sortis dîner. Et la discussion s'était envenimée. De nouveau, ils avaient eu des mots. Shawn insistait pour qu'elle mange quelque chose. Elle s'obstinait et refusait d'avaler quoi que ce soit. Shawn s'était mis en colère et avait dit que c'était la dernière fois qu'ils se voyaient...

Bien qu'elle fût anéantie par leur rupture, Leslie éprouvait tout de même un sentiment de compassion à l'égard de Shawn. Hier soir, elle avait surpris la conversation de ses parents. Elle avait ainsi appris que la police suspectait Shawn d'être lié aux deux disparitions. Son père s'était montré particulièrement virulent à son égard, traitant le jeune homme de tous les noms d'oiseaux. Sa mère avait tenté de l'apaiser, lui répétant qu'il fallait voir le bon côté des choses. Si Carly avait à son tour disparu, c'est que Leslie avait dit la vérité. Elle n'avait pas menti !

Leslie descendit l'escalier et se dirigea vers la cuisine. Elle ouvrit la porte du réfrigérateur et en sortit deux branches de céleri qu'elle grignota en jouant avec son mobile. Le téléphone de la maison sonna et elle décrocha.

— Leslie, comment vas-tu ? lui demanda le docteur Messinger.

— Bien, lui répondit-elle en fermant les yeux.

Il y eut ensuite une pause. Une pause identique à celles, nombreuses, qui ponctuaient leurs séances. Une pause indiquant que le bon docteur Messinger attendait qu'elle poursuive... Mais elle ne lui accorda pas ce plaisir et demeura muette. Au bout d'un moment, le thérapeute rompit le silence.

— Je voulais juste te rappeler notre réunion de groupe de demain, reprit-il.

— Je ne pense pas que je viendrai, lui annonça-t-elle. Demain, je reprends le travail. Et puis, avec tout ce qui s'est passé, je crois préférable de m'abstenir.

— À mon avis, tu commets une erreur, lui répondit-il de sa voix calme et égale. Il est au contraire important que tu assistes à la séance. Tu viens de vivre une expérience traumatisante, il est essentiel que tu puisses la partager avec le groupe. Tout le monde sera là pour t'entourer et te féliciter d'avoir surmonté cette épreuve...

— Pour être franche, le coupa-t-elle, j'en ai marre de cette thérapie. Ça ne m'apporte rien. À partir de maintenant, je veux essayer de m'en sortir par moi-même !

— Nous parlerons de tout ça demain, Leslie. Seize heures, n'oublie pas...

— D'accord, s'entendit-elle répondre, maudissant sa propre faiblesse. Mais c'est la dernière fois.

C'est à croire que, malgré sa bonne volonté, les événements ne voulaient pas qu'elle se joigne aux équipes de recherche ! À peine avait-elle fermé la porte de la maison pour se rendre chez Lavender & Lace qu'une voiture de police se gara dans la rue. Le lieutenant Jared Albert en personne, accompagné d'un autre officier, descendit du véhicule et vint à sa rencontre. Leslie apprécia qu'il enlève sa casquette, en signe de respect, avant de lui adresser la parole.

— Leslie, nous avons quelques questions à vous poser, qui pourraient nous aider à retrouver Carly Neath, lui dit-il.

— Voulez-vous entrer ? Il fait si chaud dehors.

— Vos parents sont là ? demanda le chef Albert en regardant la porte d'entrée.

— Non, ils sont à la boutique avec les autres volontaires, lui répondit-elle.

— Restons sur le perron... De toute façon, nous n'en avons pas pour très longtemps.

Depuis que Carly Neath avait disparu, le lieutenant n'était plus aussi certain que Leslie ait inventé de toutes pièces cette histoire d'enlèvement. Cependant, il ne voulait prendre aucun risque. La jeune femme n'étant pas un modèle d'équilibre, il préférait que la conversation ait lieu au vu et au su de tous, qu'elle ne puisse ensuite l'accuser de brutalités imaginaires ou autres gestes déplacés...

— Nous avons juste besoin que vous nous racontiez ce qui s'est exactement passé...

— Mais je vous ai déjà tout dit quand vous êtes venu m'interroger à l'hôpital, geignit la jeune femme. Que voulez-vous savoir de plus ?

— Il y a peut-être des détails qui vous ont échappé... Nous aimerions, par exemple, que vous nous parliez des danses qui vous ont été imposées... Y avait-il de la musique ?

— Non, répondit-elle. Aucune. Juste le bruit de l'océan.

L'adjoint du lieutenant Albert notait toutes ses réponses sur un carnet.

— Vous dîtes que vous aviez un bandeau sur les yeux, qui vous empêchait de voir, mais peut-être avez-vous pu éprouver d'autres sensations que visuelles ?

Leslie ferma les yeux pour se remémorer les scènes.

— Oui, effectivement. Je pense qu'il portait une veste en Nylon, ou une matière approchante. Je me souviens du bruissement que cela provoquait quand il bougeait ses bras.

— Autre chose ? lui demanda l'agent de police.

— Oui, maintenant que j'y repense... Je suis sûre qu'il portait des gants.

— Vous pensez qu'il pourrait s'agir de gants de chirurgien, en latex ?

— Non, c'était du cuir. Oui, du cuir, je me souviens de l'odeur...

— Merci de votre coopération, Leslie, lui dit le chef Albert. Si un détail vous revenait, appelez-nous.

— Je n'y manquerai pas, lui répondit-elle. Vous savez, je fais tout ce qui est en mon pouvoir pour me rendre utile. Du reste, je m'apprêtais à rejoindre les volontaires pour aider aux recherches.

— Voulez-vous que nous vous déposions chez Lavender & Lace ? lui proposa l'adjoint du lieutenant Albert.

— Je vous remercie, mais je vais y aller à pied.

En voyant les deux hommes refermer les portières du véhicule de patrouille, Leslie poussa un soupir de soulagement. La police la prenait enfin au sérieux.

52

Ils décidèrent de retourner déjeuner au Starving Artist. Après une attente de dix minutes, on les dirigea vers une table pour quatre. Diane, Matthew et Gary commandèrent un club sandwich, tandis que Sammy, profitant des notes de frais de Key News, choisit une tourte au crabe des plus onéreuses, des beignets d'oignons et une part de cheese cake.

— Eh bien, tu soignes tes artères ! lui fit remarquer Matthew.

— T'en fais pas pour moi, le rassura Sammy. J'ai de très bons gènes. Aucun accident cardiaque dans la famille.

— À ta place, je ne tenterais quand même pas trop le sort...

Pour toute réponse, Sammy se contenta d'un rictus, mi-sourire mi-grimace.

Pendant qu'ils attendaient leurs plats, Diane leur relata la conversation qu'elle avait eue avec Shawn Ostrander.

— Franchement, poursuivit-elle en remuant son thé glacé, j'imagine mal ce garçon jouer les kidnappeurs. Non, il n'a pas pu enlever ces deux filles. Il semblait tellement affecté, si sincère...

— C'est justement de ce genre de type dont il faut se méfier en premier ! la coupa Sammy.

Diane ignora la remarque.

— Et a-t-il une idée de ce qui a pu arriver ? demanda Matthew. S'il n'est pas coupable, qui a bien pu enlever ces deux filles ? Et, pourquoi ? En attendant, la police le considère comme le suspect numéro 1 dans cette affaire...

— Je n'aimerais vraiment pas être à sa place, ponctua Gary, d'ordinaire réservé.

— Moi non plus ! approuva Sammy avec force.

En attendant que ce dernier finisse son dessert, Matthew déplia le journal et montra à Diane l'article où était mentionné le nom des estivants chez lesquels Carly avait effectué son baby-sitting.

— Les Richey, ils louent une tente sur Bath Avenue. À mon avis, il serait intéressant d'aller faire un tour là-bas. Outre les personnes que l'on pourra interroger, il faudra aussi faire des plans du quartier.

— Chaque tente est plus jolie que la précédente, décréta Diane tandis qu'ils remontaient Bath Avenue. Quelle belle rue ! On se croirait ailleurs...

Les structures en bois, les auvents de toile bicolore et les jardinières remplies de fleurs de saison créaient une atmosphère particulière, comme hors du temps. Un endroit paisible, irréel, où l'on n'imaginait pas que deux jeunes femmes aient pu se faire enlever.

Gary et Sammy filmaient à tout va, afin que la personne qui effectuerait le montage du reportage ait un large choix d'images à sa disposition. Pendant ce temps, Matthew et Diane essayaient en vain de trouver quelqu'un qui leur indiquerait la tente occupée par les Richey. Mais il n'y avait pas un chat dehors. Étant donné la chaleur, les riverains étaient sans doute au frais, à l'intérieur, ou alors à la plage.

— On va être obligés d'aller frapper aux portes, constata Matthew.

Leurs deux premières tentatives se révélèrent infructueuses. À la troisième, une petite tête blonde vint leur ouvrir.

— Bonjour, ma chérie, lui dit Diane. Est-ce que ton papa ou ta maman sont là ?

— Papa est sorti. Mais maman est là, lui répondit la fillette en l'observant.

— Est-ce que je peux lui parler, s'il te plaît ?

La petite fille lâcha la porte et se précipita à l'intérieur de la tente.

— Maman, il y a quelqu'un qui veut te voir, l'entendirent-ils crier.

— Qui est-ce ? interrogea sa mère.

— Je n'en sais rien, je n'ai pas demandé.

Diane s'apprêtait à répondre à la question, quand une femme fit son apparition sur le pas de la porte.

— Bonjour. Est-ce que je peux vous aider ? proposa-t-elle.

— Certainement, je suis Diane Mayfield, de Key News. Nous cherchons la tente des Richey.

— Eh bien vous l'avez trouvée, lui répondit la femme après un léger sursaut. Je suis Helen Richey. En quoi puis-je vous être utile ?

— Quelle chance ! s'exclama Diane. J'imagine que vous vous doutez de la raison de notre venue. Nous avons lu l'article paru ce matin dans le *Asbury Park Press*. Il y est écrit que Carly Neath travaillait chez vous vendredi soir...

— Oui, un instant, l'interrompit Helen.

Elle passa la tête à l'intérieur de la tente.

— Je suis juste devant la maison, dit-elle à l'intention de ses filles. Soyez sages.

Puis elle referma la porte et se tourna vers Diane.

— Je préfère qu'elles n'entendent pas la conversation.

— Oh, je vous comprends parfaitement.

— Mais asseyez-vous donc, proposa-t-elle à Diane et Matthew en leur montrant les fauteuils en osier.

Ils prirent place et Matthew entama la discussion.

— Nous aimerions que vous puissiez nous raconter ce qui s'est passé ce soir-là, demanda-t-il à Mme Richey en cherchant du regard les deux techniciens pour s'assurer qu'ils étaient opérationnels.

— Nous avons déjà dit tout ce que nous savions à la police, répondit Helen en triturant son alliance, comme pour se convaincre qu'il fallait de nouveau qu'elle corrobore les mensonges de son mari. Carly est arrivée vers sept heures pour garder les filles pendant que nous allions dîner au restaurant. Nous sommes rentrés un peu après onze heures, nous lui avons bien sûr réglé ce que nous lui devions et elle est partie. Cette soirée n'a en rien différé des précédentes. Carly vient régulièrement garder les filles, vous savez...

— Donc Carly est partie toute seule ? Personne ne l'a raccompagnée ? lui demanda Diane en essayant de conserver un ton neutre, bien qu'elle ait perçu une tension dans la voix Helen Richey.

— Vous savez, Carly n'habite pas très loin d'ici... Et elle a vraiment insisté pour rentrer toute seule. Mon mari et moi-même lui avons bien proposé de faire le chemin avec elle, mais elle a filé aussitôt son argent empoché. Comme les alentours sont si paisibles, nous n'avons pas insisté... Oh, comme je m'en veux !

Elle se mordit la lèvre inférieure avant de conclure.

— Si jamais il lui arrivait malheur, je ne me le pardonnerais jamais...

53

Anthony avait pris un coup de soleil sur le dessus des pieds. Il remarqua leur rougeur tandis qu'il errait au bord de l'eau. La sagesse aurait voulu qu'il aille trouver Emily et que cette dernière lui passe le tube de crème qu'elle conservait toujours dans son sac afin qu'il s'en applique une bonne couche. Mais il n'avait aucune envie de rejoindre sa tante et sa sœur. Il voulait vivre sa vie, seul ! Il n'avait toujours pas digéré ce changement de dernière minute et s'ennuyait ferme dans cette station balnéaire sans intérêt. Rien à voir avec le Grand Canyon et les aventures qu'il aurait pu vivre là-bas !

Il prit une photo d'un château de sable délaissé de ses constructeurs puis se mit à sauter à pieds joints dessus. Il ramassa ensuite un coquillage avant de poursuivre sa marche. Il s'arrêta pour observer des enfants de son âge jouer dans l'écume avec des *bodyboards*, ces petites planches en mousse sur lesquelles on s'allonge pour surfer les vagues. Il demanderait à sa mère qu'elle lui en achète une ! Au loin, un *kitesurfer* tiré par un bateau à moteur effectuait des figures acrobatiques dans les airs. Sa mère accepterait peut-être qu'il s'initie à ce sport... Il le lui demanderait aussi. Elle lui devait bien ça...

Pourtant, il savait au fond de lui qu'elle faisait tout son possible pour les rendre heureux, Michelle et lui. Mais cela ne changeait rien au fond du problème. Il s'était vanté devant ses camarades de classe des vacances fabuleuses qu'il allait passer, des aventures extraordinaires qu'il vivrait forcément dans le désert... À la rentrée, ils le traiteraient tous de crâneur, de menteur. Et, avec son père en prison, il ne supporterait pas ces nouvelles railleries.

Il fallait qu'il trouve un moyen d'impressionner ses copains... Mais pouvait-il se passer quelque chose d'intéressant à Ocean Grove ? Bien sûr, il aurait aimé participer aux recherches pour retrouver la fille qui avait disparu. En rêve, c'est lui qui dénichait la cachette où était recluse la prisonnière ; c'est grâce à lui qu'on la retrouvait saine et sauve ; un acte de bravoure qui valait à l'héroïque chevalier de passer à la télé... Mais il savait bien que sa mère n'accepterait jamais qu'il se joigne aux volontaires...

— Anthony ? Anthony !

Entendre son prénom interrompit sa rêverie. Il se retourna et vit Emily qui, debout, agitait les bras, l'appelant comme s'il était encore un bébé. Résigné, il s'apprêtait à faire demi-tour quand il vit l'homme en habits militaires surgir brusquement du vieux casino. Anthony le regarda s'effondrer dans le sable et se mettre en position fœtale. Sans réfléchir, il saisit son appareil et prit une photo. Puis, il s'empressa de rejoindre Emily.

54

Que Dieu la pardonne ! Elle avait de nouveau affirmé que Jonathan se trouvait bien à son côté quand ils avaient payé Carly, qu'il était bien dans la tente quand elle avait insisté pour rentrer seule à pied. De même qu'elle n'avait pas contredit Jonathan la veille, devant les policiers, elle venait de nouveau de mentir aux journalistes de

Key News. Elle pria une nouvelle fois Dieu de lui venir en aide.

Helen savait que pour obtenir Son pardon, elle devait faire acte de repentance. Dieu, qui savait lire dans les cœurs, saurait voir dans le sien qu'elle était profondément meurtrie. Qu'elle était sincèrement désolée de n'avoir pas dit la vérité. Mais avait-elle le choix ? Elle ne pouvait dénoncer son mari, le père de ses enfants...

Helen entra dans la tente et contempla ses filles, assises à la table de la cuisine, qui dessinaient sagement des paysages de bord de mer.

— C'est superbe, Hannah ! s'exclama-t-elle. Je pense qu'on devrait l'accrocher. Le tien aussi est très joli, Sarah, on pourrait le mettre à côté.

Elle scotcha les deux dessins sur la porte du réfrigérateur en pensant à Jonathan, qui serait bientôt de retour après son jogging sur la plage. Cette idée lui noua l'estomac. Tiraillée par la suspicion, elle se dirigea dans leur chambre et inspecta le contenu du portefeuille de son mari. Elle y trouva quelques billets de cent dollars, pour faire face aux dépenses du week-end, une carte Visa, une MasterCard, le permis de conduire de Jonathan et une carte de visite blanche. Agence du Littoral, lut-elle au recto. Elle la retourna et vit inscrit, d'une écriture manuscrite : « Jeudi 18 août, 16 heures. »

Cela n'avait aucun sens ! Jonathan ne pouvait avoir de rendez-vous avec une agence immobilière d'Ocean Grove ce jour-là... Il n'était arrivé que le vendredi soir.

55

— Je suis sûr que j'aimerai cette ville à jamais, dit Carlos, tenant la main de Kip tandis qu'ils suivaient l'agent immobilier le long de la côte quasi déserte. Asbury Park a permis notre union.

— Vous ne devriez pas tarder à investir ici, leur dit Larry en enlevant sa cravate à cause de la chaleur. Les prix se sont déjà envolés, et avec ce nouveau projet immobilier qui vient d'être voté, ils ne risquent pas de baisser. Bien au contraire...

— C'est vrai, approuva Kip. Une fois que le front de mer aura été réhabilité, Asbury Park va retrouver une seconde jeunesse.

— J'espère seulement qu'ils ne raseront pas tout et décideront de conserver certains de ces superbes vestiges du passé, remarqua Carlos. Je suis toujours malade à l'idée que les engins des démolisseurs s'en sont pris au Palace, le plus vieux centre de loisirs couvert du pays. Ils auraient au moins pu en conserver la façade... Et dire qu'il était inscrit au registre du patrimoine ! C'est à désespérer de tout... Des fois, je ne comprends pas les visées du modernisme... poursuivit-il comme pour lui-même.

Ils ralentirent à l'approche du vieux casino.

— Ils vont tout de même sauvegarder ce lieu, n'est-ce pas ? Larry, vous n'avez pas eu vent qu'ils voulaient aussi raser cette bâtisse ?

demanda Kip à l'agent immobilier. C'est vraiment celle que je préfère à Asbury Park.

— Pour le moment, non. Je n'ai rien entendu de la sorte, répondit Larry. Il y a même des associations qui se sont créées pour préserver le vieux casino. Mais vous savez aussi bien que moi que l'on ne peut jamais dire jamais...

Les trois hommes restèrent un instant devant les barrières condamnant l'accès de l'ancienne salle de jeu et de spectacles. Ils contemplaient la mer et devisaient sur le fait que la ville s'était montrée fort tolérante envers les homosexuels, qui insufflaient à la région un nouveau dynamisme et participaient activement à son renouveau.

— Asbury Park est comparable au South Beach d'il y a vingt ans, acquiesça Carlos. Et ce qui a été accompli en Floride, nous voulons le refaire ici.

— Oui, nous sommes vraiment reconnaissants de l'accueil que nous a réservé la communauté, poursuivit Kip. Et notre hôtel est un véritable succès. Nous avons déjà des réservations pour la saison prochaine ! D'ici à la fin de l'année, nous aurons terminé tous les travaux à l'Auberge des Dunes. Il sera alors temps de penser à ouvrir un autre lieu.

— Vous devriez déjà commencer à regarder les opportunités du marché, leur suggéra Larry. Même si vous ne souhaitez pas acheter dans l'immédiat, cela vous fera des points de comparaison. Et, qui sait, vous craquerez peut-être... J'ai en portefeuille quelques belles propriétés qui feraient de charmants hôtels... Je vous communiquerai les adresses.

— Avec plaisir, lui répondit Kip. Oh, Larry, pendant que j'y pense, laissez-moi quelques cartes de visite. Plusieurs de nos amis aimeraient s'installer dans le coin.

Alors que Larry les lui tendait, une voiture de police s'arrêta dans un dérapage devant le casino.

56

Un petit attroupement s'était formé sur le front de mer. Les curieux observaient les policiers qui accompagnaient un homme vers leur véhicule de patrouille.

Ce dernier titubait, la chemise de treillis ouverte sortant de son pantalon, le visage décomposé, les yeux hagards perdus dans le vide ; et les agents n'étaient pas trop de deux pour le maintenir à la verticale.

Incapable de prononcer la moindre parole intelligible, Arthur semblait perdu dans un ailleurs connu de lui seul...

57

Les recherches ne s'interrompirent qu'à la tombée du jour. Les volontaires avaient quadrillé tous les secteurs qui leur avaient été attribués. Ils avaient même demandé à la paroisse l'autorisation de sillonner la Camp Meeting Association, puisque cette dernière lui appartenait.

Ils étaient donc allés frapper chez tous les Tenters. Ceux-ci leur avaient évidemment volontiers ouvert leur porte, sachant que Carly Neath ne pouvait se trouver chez eux.

Il était vingt et une heures passées quand tout le monde se retrouva chez Lavender & Lace. Ils firent le point et se demandèrent où ils pourraient bien continuer leurs recherches le lendemain.

58

La nuit était tombée depuis plusieurs heures déjà. Le temps de la deuxième danse était venu...

Mais il y avait un imprévu. Si Carly était toujours allongée au même endroit, pieds et poings liés derrière le vieux comptoir, son bâillon, de même que le foulard qui lui couvrait le regard étaient défaits.

Le rayon de la lampe de poche s'attarda sur son visage sans vie. De fines veines bleuâtres couraient sous la peau translucide de ses paupières. Ses joues et ses superbes cheveux blonds étaient couverts de traces de vomi.

La deuxième danse n'aurait pas lieu. Ce n'était pas ainsi que les choses auraient dû se dérouler. Ç'aurait dû se passer comme la première fois.

Le halo de la torche repéra le bandeau et le bâillon. Ils furent remis en place, comme avant. Mais, contrairement à la fois précédente, la fille que le gardien retrouverait serait morte. Il était inutile de la laisser ici une journée supplémentaire, la police aurait tôt fait de déterminer la date de sa mort.

Elle n'aurait pas droit à une dernière danse...

Lundi 22 août

59

Diane fut réveillée par la sonnerie de son portable. La chambre était encore plongée dans une semi-pénombre. À tâtons, elle chercha son téléphone sur la table de chevet. Six heures ! lut-elle sur l'écran de l'appareil avant de décrocher.

— Oui, répondit-elle d'une voix encore ensommeillée.

— Diane, c'est Matthew. Dépêche-toi. Viens me rejoindre.

— Que se passe-t-il ? lui demanda-t-elle en se frottant les yeux.

— Je suis au commissariat, un camion satellite est déjà en route. Il ne devrait pas tarder. Fais vite, tu passes en direct à sept heures vingt dans « Key to America ».

Diane se redressa, essayant de rassembler ses esprits tandis que Matthew poursuivait.

— On a retrouvé Carly Neath. Elle est morte...

Quand Diane arriva aux abords du commissariat, elle retrouva Matthew qui lui avait préparé un texte qu'elle enregistra aussitôt. Gary Bing se précipita ensuite vers le camion satellite qui venait d'arriver de New York afin que cette dernière bande soit envoyée au siège de la chaîne, où elle serait intégrée au reportage qu'ils avaient tourné la veille.

Pendant ce temps, Sammy Gates préparait le matériel en vue de la conférence de presse.

— La conférence était prévue à sept heures, dit Matthew en consultant sa montre, et il est déjà sept heures cinq. Il faut qu'on réfléchisse à ce qu'on va bien pouvoir dire si jamais le retard se prolonge et qu'elle ne commence pas avant ta prise d'antenne.

Diane s'éloigna un peu du podium où le porte-parole de la police devait intervenir et se concentra. Elle répéta en silence les premiers mots qu'elle dirait à l'antenne une fois que Harry Granger aurait lancé le sujet depuis les studios new-yorkais de la chaîne. Les minutes filaient et aucun représentant des forces de l'ordre n'avait daigné pointer le bout de son nez. Les journalistes massés devant le commissariat piaffaient d'impatience.

Gary, de retour du camion satellite, équipa Diane d'un micro cravate et d'une discrète oreillette. Elle pourrait ainsi entendre les consignes de la régie et les questions posées par Harry Granger au cours de l'émission.

— Cinq minutes, Diane, fit une voix.

Elle leva le pouce en direction de l'objectif de la caméra, sachant que les images que prenait Sammy étaient actuellement diffusées sur plusieurs moniteurs de contrôle. Elle mit ensuite son portable en mode vibreur afin qu'aucune sonnerie ne vienne perturber le direct.

— Diane, test micro, s'il te plaît.

— Un, deux, trois, quatre, cinq. Cinq, quatre, trois, deux, un, à vous les studios, dit-elle en promenant son regard sur le podium toujours aussi désespérément vide.

— Antenne dans deux minutes, Diane.

Elle sortit de son sac un miroir de poche, s'appliqua une nouvelle couche de rouge à lèvres et passa une main dans ses cheveux.

— Une minute.

Diane entendit le lancement du sujet, puis la voix d'Harry, qui prit le relais. Elle avala sa salive et prit une grande inspiration.

— Notre correspondante, Diane Mayfield, est sur place à Ocean Grove, New Jersey. Diane, est-ce que vous m'entendez ?

— Bonjour, Harry, enchaîna Diane d'une voix grave. Déjà accablée par la vague de chaleur qui s'abat sur la région, la petite cité balnéaire d'Ocean Grove doit faire face à une nouvelle menace. Ses habitants ont peur... Ils craignent en effet qu'un assassin se cache parmi eux... Tôt ce matin, le corps de Carly Neath, âgée de vingt ans, a été découvert sur les terres de la Camp Meeting Association, à l'endroit même où une autre jeune femme avait été retrouvée vendredi dernier, après trois jours de recherches intensives. Leslie Patterson était en vie. Carly Neath n'a pas eu cette chance...

— OK, Diane, entendit-elle dans son oreillette. On passe le sujet.

Le reportage qu'ils avaient préparé avec Matthew, retraçant toute l'histoire, fut ensuite diffusé, et Diane entendit sa propre voix exposer l'affaire dans ses moindres détails.

— Ça va être à toi dans quelques instants. Tu reprends après : « La mort rôde sur Ocean Grove... » lui souffla la voix dans son oreille.

Diane entendit les mots de conclusion du reportage et reprit en direct, face à la caméra.

— Nous attendons d'un instant à l'autre le porte-parole de la police, Harry, et nous espérons tous des nouvelles rassurantes. Ici, en cette saison, la population a plus que doublé, et tout le monde veut de nouveau se sentir en sécurité, conclut-elle.

— Et Leslie Patterson, lui demanda le présentateur, qu'est-il advenu d'elle ? D'abord suspectée d'avoir manigancé son propre enlèvement, elle doit à présent se sentir soulagée ?

— Effectivement, Harry. Leslie, que nous avons rencontrée en fin de semaine dernière, avant que l'on retrouve le cadavre de Carly Neath, nous avait confié qu'elle était soulagée de ne plus être considérée par tous comme une menteuse. Elle nous a aussi déclaré qu'elle était de tout cœur avec Carly. Les trois jours qu'elle a passés entre les mains de son ravisseur représentent l'expérience la plus traumatisante de son existence. Surtout quand ce dernier l'obligeait à danser pour lui, un bandeau sur les yeux...

Peu de temps après avoir rendu l'antenne, Diane sentit son téléphone vibrer. Elle décrocha.

— Excellent reportage !

Elle reconnut aussitôt la voix et eut un mouvement instinctif de recul.

— Excellent, mais n'oublie pas que tu travailles pour « Hourglass », poursuivit son interlocuteur. Je n'ai pas envie que tu alimentes toutes les émissions de la chaîne. Réserve-nous quelques scoops !

— Ne t'en fais pas, Joel, lui répondit-elle en haussant les sourcils et en adressant à Matthew un regard entendu. L'affaire est loin d'être résolue. Deux jeunes femmes ont été enlevées, l'une est décédée et, pour le moment, personne n'a la moindre idée de l'identité du coupable. Bien sûr, on est loin de ton idée de départ : enquêter sur une jeune femme qui invente de toutes pièces un enlèvement pour attirer l'attention sur elle, mais...

— Ce n'est pas grave, au contraire ! l'interrompit-il d'une voix enjouée. Ça va nous permettre de donner à l'émission une dimension supplémentaire.

— Que veux-tu dire par là ?

— Je veux dire que nous avons déjà des reportages de filles qui ont crié au loup. Toi, tu vas t'occuper du cas inverse : comment vit-on quand on dit la vérité sans être cru par personne !

60

Owen Messinger prenait son petit déjeuner en regardant à la télévision le reportage diffusé par Key News. Il lui faudrait dès aujourd'hui reprendre tout son travail avec Leslie à zéro – à condition bien sûr qu'elle vienne assister à la séance de thérapie de groupe du soir...

Le fait que son histoire ait à présent des répercussions médiatiques aussi importantes pouvait créer de nouveaux dégâts psychologiques chez la jeune fille. Jamais Leslie n'a autant besoin d'aide qu'en ce moment présent, pensa le docteur Messinger.

Il posa son bol de céréales vide dans l'évier, prit dans un placard une boîte d'aliments pour chats et en vida le contenu dans une gamelle d'aluminium posée à même le sol.

— Cleo, ton repas est prêt. Papa s'en va ! Il va rentrer tard ce soir...

Owen Messinger sortit de chez lui par la porte de la cuisine, oubliant le téléphone portable qu'il avait mis à recharger sur le comptoir. Il monta dans son break Volvo de couleur noire, poussa la climatisation au maximum et parcourut le court chemin qui le séparait de son cabinet.

Quand il arriva sur le parking, il remarqua la présence d'une voiture de police qui stationnait devant l'entrée de l'immeuble. Il se gara à la place qui lui était réservée et gagna son bureau situé au troisième étage.

La porte de son cabinet était grande ouverte.

— Que se passe-t-il ici ? demanda-t-il en voyant les meubles renversés dans le hall réservé à l'accueil.

— Oh, docteur Messinger ! s'écria Christine avec soulagement. J'ai essayé de vous appeler, mais votre portable ne répondait pas. C'était comme ça quand je suis arrivée, lui dit-elle en désignant d'un geste du bras le cabinet dévasté.

Owen se dirigea vers son bureau, où deux officiers de police prenaient des notes. Il y régnait là encore un terrible chaos. Certains tiroirs avaient été ouverts, les meubles avaient été renversés et de nombreux dossiers jonchaient le sol.

— Pouvez-vous nous dire s'il vous manque quoi que ce soit ? lui demanda l'un des deux policiers.

Le docteur Messinger prit une clé dans sa poche et ouvrit les tiroirs de son bureau, qu'il inspecta rapidement.

— Non, tout est là. On ne m'a rien volé, leur répondit-il, soulagé.

— Et ailleurs ?

Owen balaya la pièce du regard. Il remarqua un espace vide sur une des étagères de son armoire. Toutes les notes qu'il prenait sur ses patientes avaient disparu !

61

— Leslie, si tu veux aller travailler aujourd'hui, il est temps de t'activer.

En entendant la voix aiguë de sa mère dans l'escalier, Leslie poussa un grognement et se retourna dans son lit. Elle était encore fatiguée et n'avait aucune envie de se lever.

— Je ne plaisante pas, reprit Audrey Patterson. Si tu ne te dépêches pas, tu n'auras pas le temps de prendre ton petit déjeuner.

Eh bien, c'est parfait comme ça, pensa Leslie en se frottant les yeux. Allongée sur le dos, elle contempla les étoiles fluorescentes qu'elle avait collées au plafond plus de dix ans auparavant. Pas étonnant qu'elle soit à ce point déprimée ! Sa chambre ne ressemblait en rien à celle d'une femme, c'était celle d'une gamine. Mais, pour gagner son indépendance et s'affranchir de ses parents, qui la traitaient encore comme une enfant, il lui fallait bien un salaire qui tombe en fin de mois... Cette pensée lui permit de s'extraire, non sans mal, de son lit douillet.

Ses pieds nus se posèrent sur une horrible carpette au crochet, de celles que sa mère était si fière de confectionner... Ses yeux allèrent ensuite de la descente de lit à dominante rose aux murs, également peints en rose. Puis s'arrêtèrent sur les meubles blancs ornés de motifs floraux. Roses, eux aussi... Rien de tout cela n'aurait place dans son appartement. Leslie s'en fit le serment. Elle n'était plus une petite fille. Elle était une femme désormais !

Leslie ôta le tee-shirt et le caleçon qu'elle portait pour dormir et alla se mirer devant la glace de sa chambre. En s'examinant sous toutes les coutures, elle décréta qu'il lui faudrait ingérer un minimum de nourriture au cours des jours à venir pour conserver cette silhouette proche de la perfection – ce qui ne serait pas simple avec ces deux vautours qui l'épiaient sans cesse : sa mère et son patron, Larry Belcaro.

Elle prit ensuite une douche et s'essuya énergiquement, la serviette rougissant ses omoplates saillantes. Puis elle se brossa les dents avec soin et admira avec plaisir leur blancheur quasi parfaite.

Pour son retour à l'agence, elle choisit avec soin sa tenue. Une jupe courte en coton beige clair et un chemisier de couleur pêche. Larry serait ravi. Il la complimentait toujours quand elle portait ce haut. Il disait que ses yeux marron prenaient alors un éclat particulier, qu'elle était jolie à croquer...

— Leslie, quand vas-tu enfin te décider à descendre ? lui cria sa mère.

— J'arrive, maman. J'arrive ! lui répondit-elle d'un ton exaspéré.

En se regardant une dernière fois dans la glace, elle ne fut pas satisfaite de l'image qui lui était renvoyée. Mais elle ne pouvait faire plus pour le moment, sinon appliquer à la lettre le plan qu'elle s'était fixé.

Audrey Patterson déposa une généreuse portion d'œufs brouillés dans l'assiette de sa fille, bientôt rejointe par trois tranches de bacon frit et un muffin.

— Jus d'oranges ou d'ananas, Leslie ?

— Oranges, s'il te plaît.

Pendant que sa mère lui tournait le dos pour ouvrir le réfrigérateur, Leslie prit un morceau du muffin et une tranche de bacon qu'elle fit subrepticement glisser dans une poche en papier placée à cet effet dans le sac à main posé aux pieds de sa chaise.

Leslie remarqua que sa mère scrutait son assiette en lui versant le jus d'oranges. Elle avala aussitôt une bouchée d'œufs brouillés.

— Arrête de m'observer pendant que je mange, tu veux ? Combien de fois je t'ai dit que j'ai horreur de ça ? lui lança Leslie d'un ton agressif.

Audrey se mordit la lèvre inférieure et se confondit en excuses.

— Je suis désolée, ma chérie. Je ne m'en rends pas compte. Je veux juste m'assurer que tu t'alimentes correctement.

— Eh bien ça me rend nerveuse, tu peux comprendre ça ? lui répondit Leslie en posant sa fourchette et en s'appuyant au dossier de sa chaise.

— D'accord, d'accord, j'arrête de te regarder...

Audrey Patterson se dirigea vers l'évier et ouvrit le robinet. Elle fit couler du liquide vaisselle sur une éponge et entreprit de récurer la poêle.

Sa mère ne pouvant plus l'épier, Leslie vida une grande partie de son assiette dans le sac en papier, ne laissant qu'une petite part de muffin et la moitié des œufs brouillés. Une assiette entièrement vide aurait semblé bien trop suspecte à sa mère. Leslie pouvait ainsi quitter la table du petit déjeuner sans s'attirer les foudres de cette dernière, même si elle n'avait, en réalité, pris qu'une bouchée d'œufs et quelques gorgées de jus d'oranges...

— Ça y est, j'ai fini. Je ne peux plus rien avaler. Je file, dit Leslie en repoussant son assiette.

Audrey Patterson se retourna, ses yeux allant de l'assiette au visage de sa fille.

— Leslie, il faut que je te dise quelque chose avant que tu n'ailles travailler... commença sa mère d'une voix hésitante.

— Quoi ? lui répondit Leslie, sur la défensive.

— J'ai appris la mauvaise nouvelle alors que tu dormais encore, mais je ne voulais rien te dire avant que tu aies pris ton petit déjeuner...

— Quoi ? Quelle mauvaise nouvelle ? De quoi parles-tu ? lui demanda Leslie, agacée.

Audrey Patterson s'assit en face de sa fille et posa ses mains sur le dessus de ses bras.

— On a retrouvé Carly près du Puits de Bersabée, tôt ce matin, lui glissa-t-elle dans un murmure.

— Parfait ! s'exclama Leslie, dont le visage s'illumina. À présent, plus personne ne mettra en doute ma parole.

Audrey baissa le regard.

— Ce n'est pas tout à fait ce que je voulais dire, maman, reprit Leslie avec précipitation. Le plus important, c'est qu'on ait retrouvé Carly. Je suis vraiment contente qu'elle soit enfin libre...

Audrey regarda de nouveau sa fille. Ses yeux étaient emplis de larmes.

— Qu'est-ce qu'il y a, maman ? Que se passe-t-il ?

— Carly est morte, chérie.

Leslie demeura silencieuse.

— Leslie, chérie, tu vas bien ? lui demanda sa mère.

— Oui, je pense... En fait, je suis en train de me dire que ça aurait très bien pu être moi... J'ai vraiment eu de la chance.

Elle prit son sac à main et s'apprêtait à partir quand elle marqua un temps d'arrêt.

— J'ai oublié Lily, dit-elle en remontant l'escalier. J'en ai besoin pour la séance de ce soir. Le docteur Messinger tient à ce que chacune vienne avec la peluche préférée de son enfance.

Une fois dans sa chambre, elle prit l'oursonne qui trônait sur une étagère et mit sa chère Lily bien en évidence sur le dessus de son sac à main, recouvrant ainsi le sac en papier contenant les restes de son petit déjeuner. Elle s'en débarrasserait ultérieurement.

62

Pourquoi n'avait-il pas pensé à demander à son avocat son numéro de portable, ou au moins celui de son beeper, afin de pouvoir le joindre sans tarder ? Le cœur de Shawn battait à tout rompre et le sang cognait contre ses tempes quand il raccrocha. Il était paniqué depuis que tous les médias annonçaient en boucle la découverte du corps de Carly. Leslie avait été enlevée, à présent Carly était morte. D'abord son ex, ensuite sa petite amie du moment. La police, qui le suspectait déjà d'enlèvement, allait maintenant le soupçonner de meurtre.

Il se sentait également honteux. La peur que les autorités viennent l'arrêter d'un instant à l'autre annihilait tout autre sentiment, y compris celui d'immense tristesse qui aurait dû le submerger en apprenant la terrible nouvelle. Finalement, il ne valait guère mieux que tout un chacun, entièrement centré sur ses propres préoccupations.

Shawn allait et venait dans son salon comme un fauve en cage. Il fallait qu'il se calme, qu'il s'efforce de penser de manière rationnelle. Son avocat le rappellerait dès qu'il aurait pris connaissance de son message. Il lui dicterait alors la meilleure conduite à tenir.

La sonnerie du téléphone déchira l'air de son

petit appartement. Déjà ! Finalement, il n'aurait pas attendu si longtemps.

— Allô, dit-il après avoir décroché.

— Shawn Ostrander, s'il vous plaît.

— Oui, c'est moi, répondit-il à la personne qu'il prit pour l'assistante de son avocat.

— Ici le Centre hospitalier universitaire du New Jersey. Un patient du nom d'Arthur Tomkins a été admis chez nous hier, en fin de journée, et nous avons trouvé vos coordonnées dans son portefeuille comme étant la personne à contacter en cas d'urgence.

— Est-ce qu'Arthur va bien ? demanda Shawn instinctivement. Que lui est-il arrivé ?

— Son état est stationnaire. Mais il faudrait que je vous passe le médecin de garde, il pourra vous en dire plus à son sujet...

La barbe ! pensa Shawn. C'est bien le moment ! Comme s'il avait le temps de s'occuper des problèmes d'Arthur actuellement. Les siens étaient autrement plus importants. Il fallait que cesse ce cauchemar.

— Monsieur Ostrander, vous êtes toujours là ?

Mais quelle sorte de monstre était-il ? pensa-t-il subitement. Si Arthur avait besoin de son aide, il n'y avait pas à hésiter. De plus, étant donné que la police devait suivre ses moindres faits et gestes, il fallait qu'il agisse normalement.

— Veuillez m'excuser, j'étais distrait. Dites à M. Tomkins que j'arrive dès que possible, répondit-il à la réceptionniste.

63

Le lieutenant Jared Albert sortit enfin du petit commissariat pour annoncer à la meute de journalistes massés devant le pupitre que la conférence de presse se tiendrait à dix heures. À l'heure dite, il les prévint d'un nouveau retard, d'une heure et demie cette fois. Et c'est finalement à midi qu'il prit enfin place sur l'estrade, face aux micros et caméras braqués sur lui, dont ceux de Key News.

— Veuillez excuser mon retard mais, vu la gravité de la situation, nous avons été obligés de réagir rapidement. Nous avons déjà procédé à l'autopsie de Carly Neath, âgée de vingt ans. Le médecin légiste est formel : elle morte d'asphyxie...

— Est-ce à dire qu'elle a été étranglée ? lui demanda aussitôt Diane.

Le policier consulta ses notes avant de répondre.

— Non, en fait elle morte étouffée en avalant son propre vomi.

— Donc elle n'a pas été assassinée ? conclut le reporter du *Asbury Park Press*.

— Nous n'en savons rien pour le moment, lui répondit l'officier de police. L'enquête est en cours. Mais je peux vous dire une chose : en vertu des lois en vigueur dans le New Jersey, toute personne coupable d'un enlèvement au cours duquel sa victime décède se retrouve automatiquement coupable de meurtre...

— Avez-vous des pistes ?

Regardant de nouveau Diane, il poursuivit :

— Bien sûr, nous comprenons les craintes de nos concitoyens, et faisons tout ce qui est en notre pouvoir pour régler au plus vite cette affaire...

— Justement, lieutenant, enchaîna Diane. Un tueur rôde. Qu'allez-vous faire pour rassurer les habitants d'Ocean Grove ? Vous l'avez sans doute constaté, la peur gagne du terrain...

— Nous maîtrisons la situation, reprit le policier. Je ne peux pas encore vous en parler, mais nous sommes sur une piste. Nous aurons très certainement du nouveau en fin de journée, conclut-il avant de regagner le commissariat.

64

Le soleil tapait si fort qu'Helen Richey n'avait pu se résoudre à laisser les filles jouer dehors. De toute façon, vu la tournure des événements, elle préférait que Sarah et Hannah restent dans la tente, près d'elle. On n'était jamais trop prudent. Aussi avait-elle finalement accepté la présence d'un poste de télévision, et demandé à

Jonathan d'aller en louer un. Ce dernier lui avait fait remarquer, non sans sarcasmes, qu'il en avait justement un dans le coffre de leur voiture, et qu'il se ferait un plaisir de l'installer au beau milieu du salon...

Pendant que les filles, sagement attablées à la cuisine, mangeaient un sandwich au thon, Helen regardait les informations de la mi-journée sur WKEY. Elle avait réglé le son au plus bas afin qu'elles ne puissent entendre les commentaires. Elle reconnut Diane Mayfield au milieu de tous les journalistes, et l'entendit apostropher le lieutenant Albert : « Qu'allez-vous faire pour rassurer les habitants d'Ocean Grove. Vous l'avez sans doute constaté, la peur gagne du terrain... » Quand ce dernier répondit qu'il tenait une piste, Helen frémit.

Se pouvait-il que Jonathan ait quelque chose à voir dans l'assassinat de Carly ? Il aurait très bien pu la suivre, vendredi soir. Qu'avait-il fait pendant tout ce temps ? Et Leslie ? Son mari serait-il également impliqué dans son enlèvement ? Les questions se bousculaient dans son esprit.

Helen éteignit la télévision pour réfléchir calmement. Elle retourna une nouvelle fois la carte de visite de l'Agence du Littoral qu'elle avait trouvée dans le portefeuille de Jonathan. Quel était l'objet de ce rendez-vous de jeudi dernier ? Avait-il eu lieu ? Et, si oui, pourquoi ne lui avait-il rien dit ? Cela signifiait surtout – sombre présage – que, si Jonathan était effectivement à Ocean

Grove jeudi après-midi, il avait très bien pu déposer plus tard Leslie près du Puits de Bersabée, là où on l'avait retrouvée...

Où pouvait-il bien être ? se demanda Helen en se dirigeant vers la porte d'entrée, qu'elle ouvrit. Elle inspecta la rue. Nulle trace de son époux. Cela faisait pourtant plus de deux heures qu'il était parti se promener. Comme toujours, Helen avait l'impression que Jonathan fuyait sa présence et celle des filles. Son esprit s'emballa. Et si Jonathan avait craqué parce qu'il ne supportait pas le mode de vie qu'elle lui imposait durant l'été ? Cela la rendrait en partie responsable de ce qui été arrivé aux deux jeunes femmes... Elle ne pourrait vivre avec ce sentiment de culpabilité. Elle prit alors sa décision.

Helen retourna à la cuisine.

— Vous avez fini, les filles ? On débarrasse ?

Dès que Jonathan serait revenu, elle lui demanderait de prendre le grand parasol et d'emmener les filles à la plage. Elle aurait ainsi toute latitude pour faire ce qu'elle avait à faire.

65

Larry insista pour qu'ils ferment l'agence et aillent déjeuner tous les deux.

— Nous brancherons le répondeur. Au pire, j'ai mon portable, lui dit-il, si jamais il y avait une urgence.

Il évita à dessein le Nagel's et le Starving Artist, où ils auraient été le centre des commérages et la cible de tous les regards. Il choisit un endroit où ils seraient au calme, en dehors des limites d'Ocean Grove. Ils se rendirent à Asbury Park, dans le restaurant italien préféré de Jenna, à l'époque du moins où elle ne refusait pas toute ingestion de nourriture.

Pour Larry, ce repas fut un supplice. Voir Leslie ne picorer que deux ou trois feuilles de salade lui rappela de bien mauvais souvenirs. Mais il savait qu'il valait mieux ne pas lui adresser de reproches, qui risqueraient de braquer la jeune femme. Il avait au moins appris cela en tentant de résoudre les problèmes de Jenna. Il adopta donc une tout autre approche.

— Je suis si content que tu sois revenue travailler, lui dit-il. Tu verras, il n'y a rien de mieux qu'une activité professionnelle pour se changer les idées.

Leslie approuva d'un hochement de tête, avant de reprendre, à voix basse.

— Tu sais, Larry, ces trois jours ont vraiment été épouvantables. Une véritable épreuve. Mais ils m'ont aussi permis de réfléchir. Seule pendant tout ce temps, dans ces conditions terribles, j'ai pu faire le bilan. Et j'ai compris à quel point ma vie ne ressemblait à rien... Une sorte de désastre...

Larry se pencha pour l'écouter attentivement.

— J'ai décidé de prendre un nouveau départ, poursuivit-elle. En fait, je pensais passer les examens pour devenir agent immobilier.

— C'est une excellente idée ! lui répondit-il, radieux. Je ferai tout mon possible pour t'aider, tu peux compter sur moi.

— Je sais, Larry, que je peux te faire confiance.

Il régla l'addition, puis ils reprirent la route du bureau. En chemin, ils continuèrent à deviser sur les cours que Leslie devrait suivre, sur la difficulté de l'examen d'État et sur la manière dont ils s'organiseraient pour que Leslie puisse mener de front ses études et son travail.

En se garant, Larry remarqua une femme blonde qui attendait devant la porte de l'agence. Il descendit rapidement de voiture et se dirigea vers elle, s'excusant de l'avoir fait attendre dehors par une telle chaleur.

— Ce n'est rien, lui répondit-elle, je viens juste d'arriver.

— Je suis Larry Belcaro, dit-il en lui tendant la main. Et voici Leslie Patterson, mon assistante.

Tout en serrant la main de Larry, la femme ne quittait pas Leslie du regard.

— Helen Richey, dit-elle machinalement.

— Si vous voulez bien me suivre, lui proposa Larry.

Leslie s'assit dans l'entrée, derrière le comptoir, et commença à feuilleter un magazine tandis que Larry introduisait la visiteuse dans son bureau.

— Alors, en quoi puis-je vous être utile ? lui demanda-t-il d'emblée. Vous cherchez à louer ou à acheter ?

— En fait, ni l'un ni l'autre, lui répondit Helen.

— Alors vous avez un bien à mettre en vente, en déduisit Larry, qui prit son stylo pour prendre des notes.

— Non plus, lui indiqua-t-elle d'une voix gênée.

Helen Richey ouvrit alors son porte-monnaie et en sortit une carte de visite, qu'elle tendit à Larry.

— En fait, je cherche à éclaircir un mystère. J'ai trouvé votre carte dans les affaires de mon mari, et je voulais m'assurer que vous l'aviez bien rencontré la semaine passée...

— Voyons voir, dit Larry en tournant la carte dans tous les sens. Jeudi, seize heures. A priori je ne pense pas, ça ne me dit rien. Mais vérifions tout de suite, poursuivit-il en ouvrant l'agenda qui se trouvait sur son bureau. Non, c'est bien ça. Jeudi, j'étais chez le notaire pour une signature. Aucune visite cet après-midi-là.

66

— Et maintenant, c'est « Evening Headlines » qui veut un reportage pour ce soir ! s'exclama Matthew en refermant le clapet de son téléphone portable. J'ai bien essayé de leur dire qu'ils n'avaient qu'à envoyer une équipe sur place et un de leurs correspondants habituels, ils n'ont rien voulu entendre... Ils te veulent, toi.

— Si je ne connaissais pas de difficultés pour trouver quelqu'un au mois d'août, je serais sûrement flattée de la nouvelle... répliqua Diane d'un ton caustique. Est-ce que Joel est au courant ?

— Oui, Range Bullock l'a appelé. Les producteurs exécutifs se sont mis d'accord entre eux.

— J'imagine très bien la conversation de marchands de tapis, dit Diane en souriant. Joel expliquant à Range qu'il lui rendait un fier service, et qu'il saurait s'en souvenir le moment venu.

— Eh oui, que veux-tu, conclut Matthew, nous ne sommes qu'une vulgaire monnaie d'échange pour les grands de ce monde... Mais nous n'avons pas de temps à perdre, poursuivit-il en prenant son stylo et son calepin. À part les images de la conférence de presse de ce midi, nous n'avons rien de nouveau...

— Espérons que la police fera effectivement de nouvelles déclarations en fin de journée, avant le début de « Evening Headlines ».

— En attendant, Range veut que les téléspectateurs puissent ressentir l'atmosphère de la ville. Il nous suggère d'interviewer des passants dans la rue, pour recueillir leurs réactions. Pourquoi n'irions-nous pas au Nagel's, où travaillait Carly ? Nous pourrions interroger ceux qui la connaissaient bien...

— Ça m'a tout l'air d'être une bonne idée, approuva Diane.

67

Shawn détestait l'odeur de l'hôpital. Aussi essayait-il de ne pas respirer par le nez, se concentrant sur le couinement que faisaient ses baskets sur le linoléum. C'est absurde, se dit-il en remontant le long couloir. Je risque à tout moment d'être accusé de meurtre et, la seule chose à laquelle je pense, c'est à ne pas inhaler ces foutues odeurs de médicaments et de désinfectants...

Shawn se sentait pourtant un peu mieux depuis que l'avocat l'avait rappelé, juste avant son départ pour l'hôpital. Il lui avait dit que la police l'aurait déjà arrêté si elle avait disposé d'éléments tangibles à son encontre. Et, avait-il poursuivi, à moins que les autorités ne trouvent un indice matériel ou un témoin qui assure l'avoir vu enlever les deux jeunes femmes, il était peu probable qu'elles viennent l'inquiéter. Le fait qu'il soit sorti avec les deux jeunes femmes ne faisait pas de lui un kidnappeur ni un meurtrier.

La porte de la chambre d'Arthur était grande ouverte. C'était une chambre à deux lits, mais seul celui situé près de la fenêtre était occupé. Shawn se dirigea vers le pauvre homme.

— Arthur, prononça-t-il à voix basse.

Ce dernier ouvrit les yeux et tourna la tête vers Shawn. Il avait les cheveux ébouriffés et, malgré son teint mat, semblait d'une pâleur extrême.

— Comment ça va ? lui demanda Shawn.

Arthur ne lui répondit pas.

— Que se passe-t-il ? À moi tu peux me le dire, le pressa Shawn.

— Il n'a pas prononcé le moindre mot depuis son admission, dit une femme dans son dos.

Shawn sursauta.

— Navrée, je ne voulais pas vous faire peur, dit-elle en contournant le lit pour prendre la tension d'Arthur. Je suis le docteur Varga.

— Shawn Ostrander.

— Vous faites partie de la famille ?

— Non, un ami... dit-il pour faire court et ne pas avoir à se lancer dans une longue explication sur les raisons qui l'avaient amené à rencontrer Arthur. Il n'a plus aucun contact avec sa famille.

— C'est hélas courant... répondit le médecin.

— Qu'est-ce qu'il a ? interrogea Shawn.

— Nous ne savons pas exactement. Physiquement, rien. Mais il ne parle pas. Il a dû subir un choc émotionnel. En nous l'amenant, la police nous a fait part de ses troubles psychiatriques.

— Oui, tout le monde le connaît à Ocean Grove, enchaîna Shawn. N'est-ce pas, Arthur ?

Toujours pas le moindre mot.

Le médecin nota quelque chose sur la feuille située au pied du lit, avant de reprendre :

— Heureusement, il avait sur lui ses médicaments. Je ne sais pas s'il suit généralement son traitement mais ici, au moins, on peut être sûr qu'il prend bien tout ce dont il a besoin.

— Quand pensez-vous qu'il pourra rentrer chez lui ? demanda Shawn.

— Ça va dépendre de l'amélioration de son état, répondit le docteur Varga, évasive. Mais je suppose qu'il n'y a pas urgence.

Shawn pensa à la triste chambre qu'Arthur occupait dans la pension de famille où il avait élu domicile.

— Non, effectivement, rien ne presse, convint-il.

Le médecin lui serra la main avant de quitter la chambre.

Shawn prit une chaise et vint s'asseoir à côté du lit. Il entama une conversation à sens unique et entretint Arthur de nouvelles sans importance : la chaleur toujours aussi écrasante, le nombre toujours aussi important de touristes, omettant de lui signaler l'afflux de journalistes provoqué par le décès de Carly.

Ayant fini son monologue, Shawn se leva.

— Bon, il va falloir que j'y aille, mon vieux. J'appellerai le bureau des infirmières en fin de journée pour prendre de tes nouvelles.

Il posa sa main sur l'épaule de l'homme alité avant de poursuivre.

— Repose-toi. Ne t'en fais pas, tout va bien se passer. Repose-toi, c'est la seule chose qui compte. Tu m'entends ?

Arthur tourna vers lui son regard délavé et prononça ses premiers mots depuis son admission.

— Tu sais bien que je fais toujours ce que tu me demandes de faire, Shawn.

68

Diane, Matthew et les deux techniciens se tenaient sur le trottoir devant le Nagel's. Ils interrogeaient les clients qui quittaient l'établissement, après y avoir déjeuné, au sujet des événements tragiques qui secouaient Ocean Grove. Ces derniers ne se faisaient généralement pas prier pour poser devant la caméra. Et leurs réponses traduisaient bien le sentiment de malaise général.

« C'est tout simplement terrible, leur confia un passant. Penser que de telles horreurs ont pu se dérouler dans une petite ville aussi tranquille. Que Dieu vienne en aide aux parents de cette pauvre fille... »

« J'ai peur, avoua une jeune mère. J'ai des enfants et je ne les quitte pas des yeux une seule seconde. C'est bien simple, je ne les laisse plus sortir. Mais comment puis-je leur expliquer tout cela sans les effrayer ? »

« Nous sommes venus passer deux semaines de détente au bord de la mer, et c'est l'horreur. Nous pensons même écourter nos vacances... »

En une demi-heure, ils avaient recueilli suffisamment de témoignages pour l'émission du soir. Mais ils n'avaient toujours pas rencontré de personnes connaissant Carly Neath.

— Entrons, suggéra Diane. Nous trouverons sans doute à l'intérieur un collègue ou un habitué qui acceptera de nous parler de Carly. Attendez-moi ici, je vais voir si la perle rare existe.

Diane se dirigea vers le comptoir, appréciant la fraîcheur du lieu, et se présenta à l'homme qui tenait la caisse.

— Nous effectuons un reportage sur le décès de Carly Neath et nous aimerions interroger des personnes qui la côtoyaient. Mon cameraman attend dehors. Verriez-vous un inconvénient à ce que nous venions tourner quelques séquences de l'endroit où elle travaillait ?

— Je ne préfère pas, lui répondit l'homme d'un ton bourru. Tout le monde est sur les nerfs avec cette affaire et je n'ai pas envie que l'on vienne déranger mes clients pendant qu'ils déjeunent.

— Je comprends tout à fait votre point de vue, répondit Diane, déçue. Est-ce que je peux tout de même demander aux collègues de Carly s'ils acceptent d'être interrogés ? Ils pourraient alors sortir quelques instants, le temps que nous les filmions...

— Allez-y, lui dit l'homme d'un ton las. Je ne peux pas vous empêcher de faire votre boulot. On est en démocratie...

— Commençons donc par vous, si vous le voulez bien. Souhaitez-vous répondre à quelques questions ?

— Non, lui répondit-il fermement.

Depuis le temps, Diane avait appris à ne pas faire de ces refus une histoire personnelle. Si les gens ne voulaient pas parler, c'était leur droit. Et, à de très rares exceptions, Diane n'insistait pas.

— Et votre serveuse, là-bas ? demanda Diane en regardant à l'autre bout du comptoir une jeune femme brune remplir un verre de thé glacé. Est-ce qu'elle connaissait bien Carly ?

— Bien sûr, elles font toutes les deux partie de l'équipe du matin. Enfin, faisaient...

— Et vous pensez qu'elle accepterait de nous parler ? s'enquit Diane.

— Vous n'avez qu'à lui demander vous-même, lui répondit l'homme avant de lui tourner le dos.

Diane sortit du Nagel's, suivie d'une jeune femme mince qui remettait en place sa chevelure brune et terne.

— Merci d'avoir accepté de répondre à nos questions, lui dit la journaliste. Vous verrez, nous n'en aurons pas pour très longtemps.

— Oh, je ne suis pas pressée, mon service vient de se terminer et je n'ai rien de prévu à part un rendez-vous chez le médecin en fin d'après-midi.

— Parfait ! Alors commençons, déclara Diane en adressant un clin d'œil à Sammy pour lui signifier qu'il pouvait commencer à filmer. Pouvez-vous d'abord m'épeler votre nom ?

— Je m'appelle Anna Caprie. A. Deux N. A... C. A. P. R. I. E.

— Où habitez-vous, Anna ?

— Ici, à Ocean Grove.

— Et vous travaillez au Nagel's, le restaurant qui employait également Carly Neath, c'est bien ça ? lui demanda Diane pour la mettre en confiance.

— Oui, effectivement, même si nous n'avions pas toujours les mêmes horaires.

— Quand avez-vous vu Carly pour la dernière fois ? s'enquit la journaliste.

— Vendredi matin, lui répondit la jeune femme. Ici même... Et je ne l'ai pas revue depuis...

— Vendredi, c'est bien le jour de sa disparition ?

— Oui, répondit Anna en baissant les yeux.

— Et avez-vous le souvenir d'une conversation particulière ce jour-là ?

— Euh, non... répondit la jeune femme. Vous savez, avec tous ces touristes, le restaurant était plein et on n'a pas vraiment eu le temps de discuter.

— Vous rappelez-vous alors un détail inhabituel ? Quelque chose qui sortait de l'ordinaire ? insista Diane.

Il lui sembla que le visage d'Anna s'empourprait. Elle ne sut dire si la jeune femme avait rougi sous l'effet du soleil ou à cause de sa question. Quoi qu'il en soit, ce teint rose lui seyait à merveille. Cette fille est bien trop pâle, pensa Diane. Trop blanche, et trop maigre...

— En fait, non... reprit Anna de manière hésitante. Le nouveau petit ami de Carly est bien passé la voir. Mais ça n'avait rien d'exceptionnel, il venait souvent ici...

— Vous voulez parler de Shawn Ostrander ?

— Oui, acquiesça Anna. Carly l'aimait beaucoup, mais...

— Mais quoi, Anna ? la pressa Diane gentiment.

— Euh, je ne sais pas si je dois vous en parler. Shawn est vraiment très gentil avec moi. Ne serait-ce que la semaine dernière, quand ma voiture était en panne, Carly et lui m'ont accompagnée chez le médecin. Ils ont même attendu la fin de la séance pour me raccompagner ensuite chez moi... Je ne veux rien dire qui pourrait lui causer du tort.

— Je vous comprends parfaitement, Anna. C'est tout à votre honneur, lui répondit Diane. Mais la situation est grave. Et si vous détenez un élément permettant l'arrestation du meurtrier de Carly, il est de votre devoir de parler. À moi-même ou à la police, comme vous le préférez. Mais vous ne pouvez pas vous taire.

Anna prit une longue inspiration avant de se jeter à l'eau.

— Ce n'est sûrement pas grand-chose, reprit-elle enfin. C'est juste que Carly n'avait pas du tout apprécié que Shawn ne participe pas aux recherches pour retrouver Leslie Patterson. Et elle comptait bien avoir une discussion avec lui à ce sujet, plus tard dans la soirée, quand ils se retrouveraient après son baby-sitting.

69

— Larry, je sais que c'est mon jour de reprise, mais il faut que je parte plus tôt aujourd'hui.

L'agent immobilier leva le nez de son bureau et observa Leslie, qui se tenait debout dans l'encadrement de la porte. Comme toujours, sa silhouette étique lui arracha une grimace de compassion.

— Pas de problème, lui répondit-il néanmoins

en lui souriant. Tu dois être fatiguée. Tu as eu une dure journée.

— Tu es trop gentil avec moi, Larry. Tu sais bien que je n'ai presque rien fait.

— Ce n'est pas un problème, tu en feras plus demain. Maintenant, rentre chez toi, avale un bon dîner et, surtout, repose-toi.

Leslie se dirigea vers son bureau, rangea ses affaires et prit son sac à main. Elle y cherchait ses clés de voiture quand Larry vint la rejoindre, un dossier à la main.

— Je laisse ceci sur ton bureau pour demain matin, lui dit-il avant que ses yeux ne tombent sur la peluche. Leslie, tu ne rentres pas chez toi, n'est-ce pas ? lui demanda-t-il.

— Non, admit-elle à voix basse. Je vais à ma séance chez le docteur Messinger. Je ne voulais pas t'en parler car je sais ce que tu penses de cette thérapie.

Larry ôta ses lunettes et se frotta les yeux en poussant un long soupir.

— Oh, Leslie. Je ne sais plus quoi te dire... Je ne suis pas contre le fait que tu suives une thérapie, bien au contraire. Il est même important que tu voies quelqu'un régulièrement. Mais es-tu sûre de faire appel à la bonne personne ?

— Le docteur Messinger a bonne réputation, lui répondit Leslie, sur la défensive. Et puis je ne sais pas qui aller voir. En plus, il me connaît depuis longtemps. Il connaît toute mon histoire. Je n'ai pas envie de recommencer depuis le début avec quelqu'un d'autre.

70

Diane était assise dans la cabine du camion satellite. La climatisation poussée au maximum, elle peaufinait son intervention pour « Evening Headlines » quand son téléphone portable vibra.

— Ici le secrétariat d'Owen Messinger. Le docteur peut vous recevoir à cinq heures.

— Ça risque de m'être difficile, répondit Diane en regardant sa montre. Pourrions-nous remettre ce rendez-vous à demain ? proposa-t-elle.

— Non, ni demain ni les jours à venir. L'agenda du docteur Messinger affiche complet.

— Bon, je vais m'arranger, lui assura-t-elle avant de raccrocher. Dites-lui que nous serons là à cinq heures.

Diane se tourna ensuite vers Matthew. Installé devant un moniteur, il calait le reportage qu'ils avaient tourné devant le Nagel's un peu plus tôt, synchronisant images et son.

— Changement de programme, lui annonça Diane. Le docteur Messinger accepte enfin de nous rencontrer. On a besoin de son interview pour « Hourglass », il faut que je file sans plus attendre.

— Oh, non ! s'exclama Matthew.

— Je viens juste de boucler le script pour « Evening Headlines ». Fais en sorte que Range

Bullock l'approuve, on fera les derniers ajustements à mon retour. Pendant ce temps, je pars avec l'équipe chez Messinger. S'il me reçoit à l'heure, je devrais être de retour à six heures. Et, si jamais il y a du croustillant, on pourra toujours réagir avant le journal de dix-huit heures trente.

Matthew poussa un juron.

— J'allais finir le montage du sujet. Il va falloir tout recommencer... Tu sais que j'ai horreur de travailler dans l'urgence.

— Allons, Matthew, lui dit-elle en lui adressant un sourire charmeur, je t'ai déjà vu accomplir des miracles.

— Eh bien, vas-y, soupira-t-il. On a besoin de l'avis médical du docteur Messinger pour « Hourglass » et il ne peut pas te voir à un autre moment. On n'a pas le choix...

71

Toutes les jeunes femmes assises en rond dans la salle de thérapie avaient une poupée ou un animal en peluche sur les genoux. Le visage fermé, elles étaient toutes les six d'une extrême maigreur.

Le docteur Messinger ouvrit la séance d'une voix grave en regardant Leslie.

— Depuis, la dernière fois que nous nous sommes vus, des événements tragiques se sont déroulés. Leslie, tout d'abord, a été enlevée, puis relâchée au bout de trois jours. Et c'est ensuite une autre fille qui a disparu, dont on vient juste de retrouver le corps.

— Je la connaissais, intervint une participante d'une petite voix enfantine. C'est Carly Neath, je travaillais avec elle...

Le regard du médecin se braqua un court instant vers Anna, avant de se tourner de nouveau vers Leslie.

— Merci, Anna ! lui répondit-il d'un ton cinglant. Tu connaissais Carly Neath, c'est très bien. Mais, on se moque de tes petites histoires sans intérêt. Si je suis ici avec vous, c'est que nous avons un travail bien plus intéressant à accomplir...

Anna se tassa sur sa chaise et caressa son lapin en peluche. Son visage avait pris une teinte aussi rouge que le nez de l'animal.

— D'après toi, que ressent Anna en ce moment, maintenant que je lui ai dit que ton histoire était bien plus importante que la sienne ? demanda-t-il à Leslie.

— Je pense qu'elle ne doit pas se sentir très bien, pas bien du tout, même, répondit Leslie. Je suis navrée, Anna...

— Est-ce que tu veux nous raconter ce qui t'est arrivé, Leslie ? la pria le docteur Messinger.

Owen Messinger écouta avec attention le récit que leur fit Leslie de son expérience traumatisante, tout en observant attentivement les réactions suscitées chez ses autres patientes. Il prit ensuite soin de les faire réagir, les incita à poser à Leslie toutes les questions qu'elles souhaitaient, voire à lui apporter des marques de soutien.

Anna Caprie confessa que la disparition de Leslie lui avait causé un véritable choc et qu'elle s'était barricadée chez elle. Elle s'était sentie bien trop bouleversée pour participer aux recherches. Au lieu de cela, elle s'était enfermée dans sa chambre, après avoir dérobé une aiguille dans la trousse à couture de sa mère, et s'était piquée, encore et encore.

Le docteur Messinger vit là une bonne occasion de tester une idée nouvelle. La plupart de ses patientes suivaient une thérapie depuis des années, et aucune des méthodes dites traditionnelles ne portait ses fruits. Elles refusaient toujours de s'alimenter correctement. Pis encore, dès qu'elles se sentaient plus faibles ou plus mal en point qu'à l'ordinaire, elles s'infligeaient au moyen d'objets coupants des tortures physiques qui, paradoxalement, leur redonnaient un peu de courage et d'allant. Il fallait qu'il tente avec elles une nouvelle approche, plus radicale. Ces jeunes femmes devaient comprendre que se mutiler leur apportait peut-être un mieux-être immédiat, mais qu'à long terme ce processus se révélait dévastateur.

Comme il le faisait chaque semaine depuis bientôt trois mois, Owen leur distribua une lame de rasoir. Au début, il les avait incitées à laisser courir leurs doigts sur la lame – sans qu'elles se coupent –, puis à parler librement de la sensation qu'elles éprouvaient à son contact. Au fil des séances, il avait espéré que, d'elles-mêmes, elles démystifieraient lames et aiguilles, leur déniant tout pouvoir salvateur.

Il était temps aujourd'hui de passer à la vitesse supérieure.

— Anna, pourquoi ne commencerions-nous pas par toi ? lui dit Owen en la regardant droit dans les yeux et en désignant le lapin qu'elle avait sur les genoux.

— Non ! Je ne peux pas, répondit-elle les yeux embués de larmes. Je ne veux pas faire de mal à Monsieur Velours.

— Pourquoi donc, Anna ? Tu t'es bien infligé ces mêmes tortures. Ne me dis pas que tu ne peux pas prendre cette lame et couper la patte d'un animal en peluche, un objet manufacturé, un objet sans vie !

— Non, je ne veux pas lui faire de mal... Je ne peux pas. Monsieur Velours représente tout pour moi.

— Tu pratiques pourtant sur toi-même ces mêmes supplices, Anna. Ton lapin serait-il plus important que toi ?

Les larmes coulaient à présent sans retenue sur les joues de la jeune femme.

— N'es-tu pas plus importante qu'un pauvre

lapin sans vie, Anna ? insista le docteur Messinger.

— Non, elle pense le contraire, intervint Leslie. En fait, elle pense qu'elle n'a aucune espèce d'importance.

Tous les regards, sauf celui du thérapeute, se dirigèrent vers Leslie.

— Anna, comment réagis-tu à ce que vient de dire Leslie ? lui demanda Owen en la fixant.

Anna ne répondit pas. Au lieu de cela, elle prit Monsieur Velours et lui trancha la gorge.

72

Les jeunes femmes quittant le cabinet médical avaient les traits tirés et semblaient épuisées. Si elles s'étaient libérées d'un poids au cours de la séance, pourquoi paraissaient-elles porter toute la souffrance du monde sur leurs frêles épaules ? N'auraient-elles pas dû au contraire ressortir radieuses si la thérapie leur avait apporté un réel réconfort ?

Larry se tassa sur le siège de sa voiture afin que Leslie ne puisse le voir. Il avait pris soin de ne pas se garer trop près de l'entrée de l'immeuble, espérant ainsi qu'elle ne remarquerait pas son véhicule. Il la vit s'approcher de sa propre voiture. Le visage fermé, elle tenait son ours en peluche par une patte.

Leslie démarra, mais Larry demeura à son poste d'observation pour regarder les autres jeunes femmes. La plus petite d'entre elles, Anna, celle qui était serveuse au Nagel's, semblait particulièrement chamboulée. Elle monta dans une voiture en stationnement où l'attendait un homme d'âge mûr. Sans doute son père, pensa Larry. Pauvre homme ! Ce dernier se pencha pour embrasser Anna sur la joue et Larry imagina sans peine les mots qu'il devait prononcer. La séance s'est-elle bien passée, ma chérie ? Te sens-tu mieux ? Les mêmes questions qu'il avait maintes fois adressées à sa regrettée Jenna...

Larry sentit la colère le submerger. Il serra le volant si fort que les jointures de ses doigts blanchirent. Que ne donnerait-il pas pour étrangler à mains nues ce foutu médecin !

Toutes les jeunes filles s'étaient éloignées et Larry s'apprêtait à tourner la clé de contact pour rentrer chez lui quand il aperçut une femme et deux hommes, portant une caméra et une perche de son, se diriger vers l'entrée de l'immeuble. Il lui sembla reconnaître la femme. Oui, il s'agissait bien de Diane Mayfield, la journaliste de Key News.

Sans réfléchir, il sortit de sa voiture.

— S'il vous plaît ! les interpella-t-il.

Tous trois se tournèrent vers lui.

— Madame Mayfield ?

— Oui, acquiesça Diane.

— Bonjour, lui dit-il en arrivant à sa hauteur. Je suis Larry Belcaro, je possède une agence immobilière à Ocean Grove.

Diane était habituée à être reconnue dans la rue, voire apostrophée par des personnes anonymes, qui pensaient la connaître puisqu'ils la voyaient à la télévision. Elle avait pour habitude de toujours se montrer agréable.

— Ravie de faire votre connaissance, lui répondit-elle en serrant la main qu'il lui tendait. Mais je ne vais hélas pas du tout avoir de temps à vous consacrer. J'ai un rendez-vous dans quelques instants, et le médecin que je dois rencontrer a un emploi du temps des plus chargé, comme moi-même.

— Vous n'auriez pas, par hasard, rendez-vous avec le docteur Messinger ? lui demanda Larry.

— Eh bien si, justement... lui répondit Diane en le regardant avec curiosité.

— Pour évoquer avec lui tous ces événements qui secouent Ocean Grove ?

— En partie, oui...

— Ce n'est pas de ça qu'il faut parler. Il faut faire un vrai reportage sur les pratiques abjectes de ce charlatan. Ce toubib devrait être en prison depuis longtemps. Il a causé bien trop de dégâts autour de lui. Il est responsable de plusieurs morts, s'emporta Larry. Dont celle de ma chère Jenna, ma fille unique...

— Monsieur Belcaro, j'aimerais vraiment poursuivre cette discussion avec vous, mais, là, il faut que j'y aille. Avez-vous un numéro de téléphone où je pourrai vous joindre ultérieurement afin que vous me racontiez tout ça ?

Comprenant qu'il se faisait, gentiment mais fermement, envoyer sur les roses, Larry lui tendit sa carte de visite avec dépit.

— Je vous ai noté mon numéro personnel au dos, ajouta Larry, sans grand espoir qu'elle le rappelle un jour.

73

Sa sœur était allongée sur sa serviette de bain, les yeux fermés. Quant à sa tante, elle était partie faire un tour au bord de l'eau. L'occasion rêvée pour Anthony, qui décida de s'éclipser pour aller vivre sa vie de son côté.

Il prit son appareil photo et se dirigea vers Asbury Park. Plus précisément vers le vieux casino. Depuis hier, il n'avait cessé de penser à cet homme qu'il avait vu surgir de nulle part sur la plage. Il n'y avait personne et, soudain, il était apparu. D'où pouvait-il bien venir ? Existait-il un passage secret ? Ces questions ne cessaient de le tarauder.

Il s'arrêta en chemin pour prendre une photo de la bâtisse à l'abandon, apportant un soin particulier au cadrage. Il consulta le petit moniteur digital de son appareil numérique avant d'appuyer sur le déclencheur.

Voir ainsi le casino en gros plan sur l'écran de contrôle lui rappela le but qu'il s'était fixé : trouver le moyen de pénétrer dans cette forteresse. Mais, s'il y parvenait, qu'est-ce qui l'attendait à l'intérieur ? Le bâtiment était peut-être occupé par une bande de squatters ? Et s'ils étaient violents, comment réagiraient-ils à son intrusion sur leur territoire ? Et que dirait sa mère si jamais elle apprenait qu'il avait pris un tel risque ?

Arrête, se dit-il à lui-même pour se donner du courage. Tu es un aventurier ou tu n'es qu'une poule mouillée ?

Il reprit sa progression, atteignit les fondations du vieux casino et fit une pause. Il regarda attentivement autour de lui, mais personne ne semblait lui prêter attention. Anthony commença alors son inspection. Bingo ! Il y avait effectivement une faille dans le mur, qui devait permettre de se glisser à l'intérieur.

Il compta jusqu'à trois, prit sa respiration et s'engouffra dans la brèche. Au début, les rayons du soleil guidèrent ses pas, mais, bien vite, le jour déclina et il se retrouva dans le noir. Il marqua un temps d'arrêt pour s'habituer à l'obscurité, et aperçut un peu plus loin une tache plus pâle, vers laquelle il se dirigea. À mesure qu'il montait les marches de l'escalier, la lumière refit son apparition, provenant de trous dans la toiture au-dessus de sa tête.

Une fois atteint ce premier palier, Anthony marqua un nouveau temps d'arrêt pour s'habituer à son nouvel environnement. Des sièges couverts de mousse, une scène à l'abandon jonchée de gravats et un bar en état de décomposition... Il imagina aisément le lieu du temps de sa splendeur passée, à présent occupé par les fantômes de ses spectateurs.

Il mitrailla à tout va ce monde secret qu'il venait de découvrir, puis s'arrêta un instant pour en visionner le résultat. Le flash avait bien fonctionné ; sur l'écran de contrôle, les images étaient nettes.

Satisfait, il poursuivit son investigation et monta sur une rangée de sièges pour prendre une vue d'ensemble de la salle de spectacle. De sa position, il remarqua quelque chose d'étrange, une forme bleue qui dépassait derrière le bar. Il descendit de son perchoir, en faisant attention à ne pas trébucher sur les débris qui jonchaient le sol, et alla voir ce qui l'avait intrigué.

Près du comptoir, Anthony remarqua que le cube en plastique aperçu plus tôt n'était autre qu'une glacière de camping. À côté, une couverture jaune d'une propreté douteuse était étalée sur le sol. Quelqu'un doit vivre ici, se dit-il. Sans doute le type en tenue militaire que j'ai vu hier.

Sur la couverture, à côté d'un magazine en piteux état, se trouvait un blouson de ski. La nuit est-elle si froide ici pour avoir besoin d'une veste si chaude ? se demanda-t-il. Que ferait sinon, ici, un tel équipement ? Il prit le blouson et en fouilla méticuleusement les poches. La seule chose qu'il y trouva fut une petite carte rectangulaire. Ses yeux étant désormais habitués à la semi-obscurité, il lut sans peine ce qui était inscrit en lettres noires sur fond blanc : Agence du Littoral.

Il remit la carte de visite là où il l'avait trouvée et prit plusieurs photos de ce camp de fortune. Il ouvrit ensuite la glacière pour en inspecter le contenu. Deux Coca light, une orange et un paquet de crackers. Il y avait aussi un sac opaque. En le sortant, de grosses bandelettes de plastique atterrirent à ses pieds.

74

Pendant que Gary Bing équipait le médecin d'un micro cravate et que Sammy Gates réglait les lumières de la pièce, Diane entama une conversation informelle avec le praticien.

— C'est vraiment gentil à vous d'accepter de nous recevoir, lui dit-elle pour le mettre à l'aise.

— C'est moi qui suis ravi de pouvoir vous être utile, lui répondit-il avec un sourire bien trop engageant, que Diane jugea factice. D'autant que la journée a bien mal débuté. J'ai été victime d'un vol cette nuit. Quand je suis arrivé, tout était sens dessus dessous et, ensuite, je n'ai pas eu une minute à moi...

— Oh, j'espère qu'on ne vous a rien dérobé d'important, compatit Diane.

— Hélas, si. Rien cependant que les assurances pourront me rembourser à leur juste valeur, précisa le médecin d'un ton amer. Les seules choses qui ont disparu sont les notes que je prends lors de mes consultations. Et dire que j'en avais besoin pour préparer cet article que je compte prochainement publier dans une grande revue scientifique !

— Quel dommage ! Mais, vous allez peut-être pouvoir les reconstituer de mémoire ? lui demanda Diane d'un ton encourageant.

— Je le crains fort, lui répondit le praticien.

Diane enchaîna sur la manière dont allait se dérouler l'interview.

— Comme je vous l'ai dit sur le message que je vous ai laissé, nous préparons pour « Hourglass » un reportage sur ces personnes qui crient au loup, pour reprendre l'expression populaire. Je vous avais contacté après la disparition de Leslie. Même si la donne a un peu changé après la découverte du corps de Carly, votre avis de psychothérapeute nous intéresse toujours.

— Bien sûr, lui répondit Owen Messinger de manière affable. Je comprends tout à fait. Je ferai de mon mieux pour répondre à vos attentes.

— Prêts, les gars ? demanda Diane aux deux techniciens.

— Ça tourne ! lança Sammy.

Diane s'éclaircit la voix.

— Docteur Messinger, s'il est avéré que les kidnappings sont en régression constante dans notre pays depuis plusieurs années, il n'en demeure pas moins qu'on assiste à un fait nouveau : l'augmentation des « auto-enlèvements », si je puis m'exprimer ainsi. Le nombre de personnes qui simulent en effet leur propre enlèvement s'est considérablement accru ces derniers temps. Et la plupart des faits relevés concernent des femmes. Qu'en est-il vraiment ?

— Vous avez entièrement raison, Diane, répondit le praticien. Mais malgré tout le battage médiatique fait autour de quelques cas spectaculaires, le nombre des enlèvements a diminué. Statistiquement, un enfant a aujourd'hui plus de chances de mourir d'un arrêt cardiaque que d'être enlevé puis tué par inconnu.

— Et concernant ces jeunes femmes, qui prétendent avoir été kidnappées, quel est votre point de vue ?

— La plupart du temps, c'est un appel au secours, un moyen d'attirer l'attention sur elles. Soit elles manquent d'amour, soit elles se sentent délaissées.

Owen Messinger marqua une pause pour avaler une gorgée d'eau.

— Malheureusement, cette attitude décrédibilise les véritables victimes, banalise leur cas. Sans parler du fait que, pour la police, c'est une perte de temps, et pour le grand public, une source d'angoisse.

Malgré les airs pédants du praticien, Diane était satisfaite de la tournure de l'entretien.

— Ici, à Ocean Grove, poursuivit-elle, tout le monde a cru qu'une jeune femme, Leslie Patterson, avait elle aussi crié au loup, jusqu'à ce qu'une seconde fille, Carly Neath, disparaisse à son tour... Quel est l'état d'esprit d'une personne confrontée à cette situation : bien que disant la vérité, personne ne la croit ?

— Vous comprendrez que, pour des raisons d'éthique, je ne peux commenter le cas de Mlle Patterson, ma patiente. Mais je pense, Diane, que vous imaginez sans peine les sentiments qui agitent cette victime – n'ayons pas peur des mots. On peut parler de frustration, de colère même et, bien sûr, d'extrême solitude.

En prononçant ces derniers mots, il regarda Diane droit dans les yeux, ce qui mit la journaliste mal à l'aise. Owen Messinger était parfait pour la télévision. Son discours était clair, ses réponses concises et il avait même un charisme certain. Pourtant, sans qu'elle puisse vraiment définir quoi, quelque chose dans son attitude la rendait nerveuse. Diane repensa alors à l'homme qui les avait interpellés devant l'entrée de l'immeuble. Larry Belcaro avait porté de graves accusations à l'encontre du médecin. Diane voulut en savoir davantage.

— Docteur Messinger, quand nous nous sommes garés sur le parking, nous avons vu un groupe de jeunes femmes sortir du bâtiment, dont Leslie. Toutes avaient la mine défaite. Comptent-elles toutes au nombre de vos patientes ?

— Ne sachant pas de qui vous parlez, il m'est difficile de répondre... fit-il remarquer tout en conservant son regard rivé sur elle.

— Bien sûr, admit Diane. Laissez-moi vous poser la question différemment : est-il habituel que vos patientes quittent votre cabinet en larmes ?

— Vous savez, une thérapie n'est pas toujours une partie de plaisir, Mme Mayfield...

75

— Des nouvelles de la police ? demanda Diane en entrant dans le camion satellite.

Matthew poussa un soupir de soulagement en la voyant revenir. Il n'aimait pas se l'avouer, mais il était toujours inquiet à son sujet. En fait il était toujours inquiet pour tout – mais c'est son métier qui l'exigeait. Il fallait qu'il veille au moindre pépin, anticipe les problèmes, en règle parfois à la dernière minute... Et s'il avait accepté qu'elle aille interviewer ce thérapeute – mais avait-il le choix ? –, c'était à contrecœur. Comment aurait-il fait si elle n'était pas rentrée à temps pour le direct, ou si un élément nouveau de l'enquête avait nécessité sa présence pour mettre à jour le sujet qu'ils avaient préparé ?

Depuis son départ, Matthew avait passé une heure terrible, le ventre noué, à imaginer les mille et un problèmes qu'il aurait pu avoir à régler dans l'urgence... C'est pourquoi il aimait travailler pour une émission comme « Hourglass ». Ils avaient le temps de peaufiner leurs reportages, de véritablement creuser les sujets, à l'inverse des émissions quotidiennes ou des directs, où il fallait toujours réagir dans l'instant. Il y avait toujours une heure limite qui tombait comme un couperet, et la pression y était trop forte pour lui. Il ne supportait pas ce stress.

— Non, pas vraiment. Le point presse prévu a été annulé. Aucune déclaration officielle ne sera faite avant demain matin.

— Eh bien, comme ça on n'aura pas à modifier le sujet déjà tourné, lui dit-elle spontanément. Quand passons-nous à l'antenne ?

— Juste après la première pause publicitaire, indiqua Matthew.

— Bon, ça nous laisse vingt minutes, conclut Diane en regardant sa montre. Juste le temps de me maquiller et de relire mes notes. Où as-tu décidé que le direct aurait lieu ?

Quinze minutes plus tard, Diane se tenait devant le Puits de Bersabée. Le kiosque de bois qui l'abritait était entouré de bandelettes de plastique jaune posées par la police, signifiant qu'une enquête était en cours et que personne ne devait franchir ce périmètre.

Diane n'était pas seule. Bien d'autres journalistes de différents médias, télé ou radio, avaient également choisi cet endroit pour y planter leurs caméras. De nombreux curieux se massaient également sur la pelouse, attirés par tout ce remue-ménage.

Un peu plus loin, les Tenters étaient réunis pour un repas en plein air. Parmi eux, Helen Richey, qui aidait au service, distribuait assiettes de poisson et sourires, ayant un mot aimable pour chacun, tout en cherchant activement du regard la table où son mari et ses deux filles avaient pris place.

Depuis que Larry Belcaro lui avait assuré, sans l'ombre d'un doute, qu'il n'avait pas rencontré Jonathan jeudi dernier, Helen se sentait libérée d'un poids qui lui comprimait la poitrine jusque-là. Jonathan n'avait sans doute rien à voir avec l'enlèvement de Leslie.

Elle n'en était pas pour autant complètement rassurée. Que signifiait cette inscription au dos de la carte de visite ?

Jonathan avala sa dernière bouchée de poisson, finit ses frites et s'essuya la bouche avec une serviette en papier. Il détestait dîner si tôt, surtout en été ! À quoi rimait de se mettre à table à six heures pour engloutir un mauvais *fish & chips* ? Les vacances étaient faites pour profiter de la vie, s'attarder à l'heure de l'apéritif autour de quelques verres avant d'aller dîner sur le coup des huit ou neuf heures dans un endroit sympathique... Sûrement pas dans cette sorte de kermesse ! Mais il n'avait pas voulu créer de nouvelles tensions au sein de son couple.

Après neuf ans de mariage, précédés de trois ans d'une fréquentation assidue, il savait quand quelque chose préoccupait Helen. Bien sûr, il avait menti à la police et elle le lui reprochait secrètement. Mais aurait-il pu avouer qu'il avait suivi Carly l'autre soir ? Avait-il eu d'autre solution que de passer sous silence cet épisode ? Au mieux, s'il avait reconnu les faits, il serait à l'heure actuelle en garde à vue. Au pire, il serait inculpé de meurtre...

Il rassembla leurs assiettes en carton et les gobelets en plastique avant de les jeter dans la poubelle placée en bout de table.

— On y va, les filles. Maman doit rester encore un peu pour aider, allons nous promener, elle nous rejoindra plus tard.

— On peut avoir une glace ? demanda Sarah.

— Bien sûr, ma chérie, lui répondit son père. C'est une excellente idée.

Sarah et Hannah se mirent alors à courir devant lui, en direction de leur marchand favori. Mais, à mesure qu'ils approchaient du

Puits de Bersabée, la foule devint plus dense. Et lui revinrent à l'esprit les conseils d'Helen, qui redoutait toujours que l'une d'elles se perde dans la masse ou, pis, soit enlevée par un inconnu. Lui revinrent également en mémoire ces dix minutes de terreur dans ce parc d'attraction, l'année passée, quand il avait perdu Hannah du regard et qu'elle en avait profité pour échapper à sa surveillance. Il avait cru devenir fou !

— Attendez-moi, les filles, leur cria Jonathan avant d'accélérer le pas pour les rejoindre.

Il prit Hannah et Sarah chacune par une main et les tint fermement avant de se diriger vers le rassemblement qui attirait l'attention de tous.

— Qu'est-ce qu'ils font, papa ? demanda Sarah en montrant du doigt les caméras.

— C'est la télévision, ils sont en train de tourner un reportage. Arrêtons-nous un instant.

La patience de ses filles ne fut pas infinie, surtout que les attendait la promesse d'une crème glacée. Mais Jonathan les suivit de bonne grâce. Il avait entendu ce qu'il voulait entendre...

76

Après que les studios new-yorkais leur eurent souhaité une bonne soirée, ils purent enfin décompresser après cette longue journée. Diane proposa d'aller dîner ensemble. Mais Sammy prétexta la fatigue pour refuser l'invitation et fila aussitôt. Gary, de son côté, déclina l'offre car il avait prévu de rejoindre à Garden State Parkway sa petite famille pour la soirée.

— Tu fais l'aller-retour dans la nuit ? lui demanda Matthew.

— Oui, ne t'inquiète pas, je serai là demain matin, précisa le technicien.

— Sois sur le pied de guerre dès cinq heures, le pria Matthew. Si jamais il se passe quelque chose cette nuit, et que « Key to America » nous demande en urgence une intervention, on aura besoin de toi.

— Ne t'en fais pas, Matthew, je serai là, lui dit-il avant de s'éclipser.

— Bon, si je comprends bien, il n'y a plus que nous, lança Diane après le départ du second technicien. Où as-tu envie d'aller manger ? J'en ai un peu marre de l'italien, as-tu une meilleure idée ?

— Nous sommes en bord de mer, que dirais-tu de déguster les spécialités locales ? lui proposa Matthew.

— Parfait ! lui répondit Diane. Réserve une

table et appelle-moi pour me dire où te retrouver. Je passe à l'hôtel me rafraîchir. Je te rejoins ensuite avec Emily et les enfants.

Ils passèrent commande. Calamars frits, filet de sole, crevettes sautées et assiettes de fruits de mer leur furent bientôt servis, qu'ils dévorèrent sans se faire prier. Même Michelle faisait plus que picorer, constata Diane avec plaisir.

— J'avais une de ces faims, s'exclama Anthony en avalant une dernière bouchée de sa tarte au citron.

— C'est l'air de la mer qui t'ouvre l'appétit, observa Diane. Enfin, c'est du moins ce qu'on dit...

Matthew et Diane commandèrent un café. Anthony en profita pour quitter son siège et prendre des photos de l'assemblée. Excité comme une puce, il insista pour qu'ils aillent ensuite prendre une glace et disputer une partie de minigolf.

— Pourquoi pas ? répondit Matthew. J'en ai vu un, pas très loin de mon hôtel.

Tous les cinq gagnèrent le parking.

— Je veux monter à l'avant avec Matthew, demanda Anthony. J'en ai marre d'être avec des filles pendant toute la journée. Les hommes avec les hommes, les femmes avec les femmes ! proféra-t-il d'un ton docte.

— Comme si tu ne prenais pas tes libertés... ajouta sa tante d'un air entendu.

Diane prit différemment la remarque de son fils. Il avait besoin d'une présence masculine rassurante, pensa-t-elle, preuve que l'absence de son père le faisait souffrir, même s'il n'en disait rien. Le cœur de Diane se serra à cette pensée.

Après le neuvième trou, Matthew et Anthony s'assirent sur un banc pour attendre que les joueurs qui les précédaient en aient terminé avant de poursuivre leur partie.

— Alors, tu t'amuses bien, ici ? lui demanda Matthew.

— Ouais, si on veut, maugréa Anthony.

— Mais ça ne vaut pas le Grand Canyon ?

— Ça n'a rien à voir ! lui répondit aussitôt le garçon.

Matthew lança sa balle de golf en l'air et la rattrapa avant de poursuivre.

— Ta mère était vraiment désolée d'avoir à chambouler vos plans à la dernière minute. Désolée et furieuse. Car, tu sais, elle n'a pas eu le choix. C'est notre chef qui a décidé. Et nous, dans ces cas-là, on exécute. On obéit !

— Oui, je sais... consentit Anthony du bout des lèvres. Mais, c'est juste que...

— C'est juste que quoi ? insista Matthew.

— Rien, marmonna Anthony avant de se lever pour prendre le départ du dixième trou.

Plus tard cependant, alors qu'ils attendaient que les filles en aient fini, Anthony éprouva le besoin de partager avec Matthew sa découverte de l'après-midi.

— Regarde ça, lui dit-il en sortant les bandelettes en plastique de l'une de ses poches.

— Super ! s'exclama Matthew dans un premier temps pour lui faire plaisir. Avant de lui demander, après les avoir examinées : Mais où as-tu trouvé ça ?

— Tu sais, c'est les bandes qu'utilisent les flics pour barricader une scène de crime. Chaque fois, on voit ça à la télé...

— Oui, je sais ce que c'est, l'interrompit Matthew. Ce que je te demande, c'est où tu les as trouvées ?

Anthony hésita. Que fallait-il lui répondre ? Pouvait-il lui faire confiance ? Matthew était l'ami de Diane. Il risquait ensuite de tout lui raconter. Et il savait que sa mère désapprouverait son escapade dans le vieux casino. Qu'elle le punirait peut-être, lui interdirait en tout cas d'y retourner... Alors que cette aventure constituait à ce jour le point d'orgue de ses vacances ! Aussi préféra-t-il éluder la question et y répondre par un mensonge.

— Oh, c'est juste le père d'un copain, qui est policier, qui me les a données...

Mardi 23 août

77

« La mort s'abat sur Ocean Grove ! » Tous les journalistes présents devant le commissariat, attendant le communiqué officiel du lieutenant Jared Albert, avaient lu ce gros titre à la une du *Asbury Park Press.*

La conférence de presse débuta peu après midi.

— Dans le cadre de l'enquête en cours, suite au décès de Carly Neath, les autorités ont appréhendé Arthur Roy Tomkins, un homme âgé de quarante ans. M. Tomkins, qui réside dans une pension de famille d'Ocean Grove, est un vétéran de la guerre du Golfe. Il est actuellement en garde à vue à la prison de Freehold et sera demain mis en examen pour enlèvement ayant entraîné la mort de sa victime. Maintenant, si vous avez des questions à me poser...

— Se pourrait-il que la pension de famille que vous venez d'évoquer soit celle qui abrite toutes ces personnes souffrant de troubles psychiatriques ? s'enquit aussitôt le journaliste du *Asbury Park Press.*

— Oui, il s'agit effectivement de celle-là, confirma le chef de la police.

— Le suspect a donc des problèmes d'ordre psychiatrique ?

— M. Tomkins a en effet connu ce genre de troubles.

— Quels indices vous ont mené à cette arrestation ? demanda Diane. Avez-vous des preuves ? Des témoins ?

— Nous avons retrouvé ses empreintes digitales.

— Où ? Sur le corps de Carly Neath ? questionna un autre journaliste.

— L'instruction est en cours, et je ne suis pas autorisé à vous en dire davantage, lui répondit Jared Albert avant de se tourner vers un autre reporter.

— Carly Neath et ce Tomkins se connaissaient-ils ?

— Nous n'en savons rien pour le moment. Nous effectuons des recherches.

— Et pensez-vous que Tomkins soit aussi impliqué dans l'enlèvement de Leslie Patterson ? ajouta Diane.

— Il semble effectivement exister un lien entre les deux affaires. Mais nous n'avons pas encore été en mesure de le démontrer. Tout ce que je peux dire c'est que les habitants d'Ocean Grove peuvent désormais circuler en paix. Toute menace est écartée.

78

Le scénario venait de virer à la catastrophe.

La police avait retrouvé des empreintes. Et ce en dépit du soin apporté à n'en laisser aucune.

C'est donc Arthur Tomkins qui avait dû enlever le bâillon et le bandeau qui recouvrait les yeux de Carly. Fallait-il qu'il soit vraiment dérangé pour laisser derrière lui de tels indices ! Pauvre type.

Pourtant les choses ne se déroulaient pas comme prévu. Pour la police, Arthur faisait figure de coupable idéal. Un doux dingue dont personne n'avait rien à faire.

Mais il était innocent...

79

— Je pense que l'on devrait retourner voir Leslie, suggéra Diane à Matthew, une fois la conférence de presse terminée. Il sera intéressant de recueillir ses commentaires.

— J'ai comme l'impression qu'elle acceptera sans se faire prier, lui répondit Matthew. Pour elle, cette arrestation doit être un véritable soulagement.

— Tu sais aussi ce qu'il faudrait qu'on fasse ?

— Non, dis-moi, lui répondit Matthew.

— Qu'on effectue des recherches sur Internet pour voir ce que l'on y trouve au sujet d'Arthur Tomkins.

Matthew prit son ordinateur portable et il se connecta à Google. Sur la page d'accueil du site, il tapa « Arthur Tomkins + Ocean Grove », avant de cliquer pour lancer la recherche. Une trentaine de réponses s'affichèrent à l'écran. Une seule cependant correspondait à ce qu'ils attendaient.

Deux ans auparavant, le *Asbury Park Press* avait consacré toute une série de reportages aux personnes ayant séjourné en hôpital psychiatrique avant de s'installer sur la commune. À cette occasion, Arthur avait été interviewé.

Diane se pencha sur l'écran et lut à haute voix.

« Sans emploi ni aucune autre espèce d'activité, Arthur Tomkins, trente-huit ans, passe ses journées à arpenter le bord de mer, et ce dès le lever du jour. Originaire de Spring Lake, il a connu, à son retour de la guerre du Golfe, une grave dépression liée au stress des combats et au fait que sa petite amie avait choisi de refaire sa vie avec un autre. Il a alors passé trois mois dans le service psychiatrique de l'hôpital militaire de Lyons, New Jersey. À sa sortie, il est venu s'installer chez ses parents, à Spring Lake, et a trouvé un travail de manutentionnaire. Mais, six mois plus tard, au cours d'une messe à l'église Sainte-Catherine, il a de nouveau craqué. Sans raison apparente, il a frappé à la figure l'un des suisses de la paroisse. »

— Comme c'est triste, commenta Diane en se tournant vers Matthew.

Arthur était de nouveau cité en fin d'article et Diane reprit sa lecture.

« Après mon second séjour à Lyons, mes parents n'ont pas voulu que je revienne habiter chez eux. Mais bon, je ne leur en veux pas vraiment... »

— Excellent ! s'exclama Matthew en refermant le clapet de son téléphone portable après avoir appelé New York. Le producteur exécutif de « Evening Headlines » n'a pas besoin d'un nouveau reportage. Comme il n'y a pas eu grand-chose de nouveau depuis hier, excepté la conférence de presse de la police, la nouvelle de l'arrestation d'Arthur Tomkins sera annoncée en cours de journal par Eliza Blake. Ils diffuseront peut-être quelques images, ils ne savent pas encore. Mais ils en ont suffisamment en stock, ce qui nous laisse quartier libre... Par où commence-t-on ?

Pendant ce temps, Diane avait laissé un message chez les Patterson.

— En attendant que Leslie nous rappelle,

pourquoi n'irions-nous pas faire un tour à Spring Lake ? proposa-t-elle. C'est à deux pas d'ici. On pourrait aller prendre quelques plans de cette ville qui, selon la police, a engendré un tueur...

80

Ils effectuèrent sans difficulté les trois kilomètres séparant les deux communes. Gary conduisait tandis que Sammy filmait le paysage qui défilait. À droite, un littoral sauvage, préservé de toute construction anarchique. Sur leur gauche, de somptueuses demeures victoriennes plantées sur des pelouses magnifiques, en retrait de la route.

— C'est vraiment splendide, s'extasia Diane depuis le siège arrière.

Ils pénétrèrent dans Spring Lake, dont les rues étaient parfaitement entretenues. Chaque maison était plus jolie que la précédente. Au centre du village se trouvait même un lac, entouré de saules pleureurs, sur lequel nageaient quelques cygnes. Non loin, ils aperçurent une église, réplique miniature de la basilique Saint-Pierre de Rome.

— C'est Sainte-Catherine ! s'écria Matthew

avec enthousiasme. C'est l'église où Arthur a frappé ce suisse. Sammy, assure-toi de l'avoir en boîte, ça nous servira pour plus tard.

Gary trouva une place dans le centre, juste devant un restaurant indien. Sammy, caméra à l'épaule, fit quelques pas vers l'église pour la filmer en gros plan tandis que Matthew et Gary se dirigeaient vers le restaurant pour y acheter des boissons fraîches.

Diane, qui était restée seule dans la voiture, profita de ce moment de répit pour appeler les renseignements. L'opératrice lui communiqua le numéro de téléphone des Tomkins mais refusa de lui donner leur adresse. Peu importe ! Elle raccrocha et composa aussitôt le numéro du siège de Key News. Quelques instants plus tard, elle conversait avec l'une des assistantes de production de « Hourglass ».

— Comment ça se passe, là-bas ? lui demanda Suzanna.

— Plutôt bien, lui répondit Diane. Mais j'ai un service à te demander.

— Pas de problème, je suis là pour ça, lui rappela Suzanna d'une voix avenante.

— Tu as de quoi noter ? questionna Diane. Je vais te donner un numéro de téléphone. Regarde dans l'annuaire inversé et rappelle-moi dès que tu as trouvé l'adresse correspondante.

81

Dans les couloirs du Centre hospitalier universitaire du New Jersey bruissaient les mêmes rumeurs. Toutes les conversations avaient pour sujet ce patient que la police était venue arrêter pour meurtre.

D'ordinaire si sûre d'elle-même, le docteur Carolina Varga était confrontée à un dilemme. Elle ne savait que penser. Fallait-il qu'elle aille trouver la police pour lui répéter ce qu'elle avait entendu ? Ou bien avait-elle mal interprété les paroles d'Arthur Tomkins, adressées au jeune homme venu le voir la veille ?

Peu après son départ, elle était revenue dans la chambre, croyant y avoir oublié son stylo. S'apercevant dès le seuil qu'il était dans la poche de son pantalon, au lieu de se trouver dans celle de sa blouse, elle s'apprêtait à faire un demi-tour quand elle avait entendu son patient prononcer ses premiers mots depuis son admission : « Tu sais bien que je fais toujours ce que tu me demandes de faire, Shawn... »

Hier, Carolina avait été contente que ce visiteur ait permis à Arthur de retrouver la parole. Mais, aujourd'hui, elle se demandait si cette phrase n'avait pas un tout autre sens, une signification cachée...

Se pouvait-il que ce pauvre hère à l'esprit fragile soit le bras armé de Shawn Ostrander ? Ce dernier était peut-être à l'origine des deux enlèvements dont Arthur Tomkins était accusé... Il aurait alors très bien pu échafauder ses plans machiavéliques et se servir d'Arthur, qui lui faisait apparemment toute confiance et ne mesurait sans doute pas la portée de ses gestes, pour les mettre à exécution...

Décidément, Carolina ne savait que penser. Avait-elle raison de vouloir aller trouver la police ou était-elle victime de son imagination galopante ?

82

— Qu'est-ce vous en pensez ? leur demanda Diane. On appelle d'abord, ou on débarque sans prévenir ?

Matthew prit une gorgée de soda avant de se prononcer.

— Je suis d'avis qu'on aille leur rendre visite sans s'être fait annoncer. Vu les dernières nouvelles, il y a peu de chances pour que les Tomkins acceptent de nous recevoir. En revanche, si on sonne chez eux à l'improviste, l'effet de surprise jouera, et ils accepteront peut-être plus facilement de répondre à tes questions...

— Oui, tu as sans doute raison, admit Diane.

Pourtant, c'est vraiment l'un des aspects de ce métier que je déteste le plus. J'ai vraiment, dans ces cas-là, l'impression de ressembler à un vautour...

Toutes les maisons de Washington Avenue étaient jolies, bien entretenues et cernées de magnifiques pelouses si vertes qu'on ne se serait pas cru à quelques encablures seulement du littoral. Celle des Tomkins faisait l'angle, une très belle demeure victorienne munie de volets blancs et d'une lourde porte de bois noir. Des pétunias égayaient les fenêtres.

— Comme j'aimerais habiter ici ! s'exclama Diane tandis que la voiture dépassait la maison des parents d'Arthur. Couler des jours paisibles sur un rocking-chair en osier, sans aucun souci en tête...

— Tu sais aussi bien que moi que les apparences sont trompeuses, lui répondit Matthew d'un ton faussement docte. Ces façades a priori paisibles cachent sans doute bien des secrets inavouables, des rancœurs accumulées... Qui, à part nous, imaginerait que derrière l'une d'elles a pu grandir un monstre ayant assassiné une jeune innocente ?

Gary trouva une place non loin du domicile des Tomkins et tous descendirent de voiture. Tandis que Sammy prenait quelques plans de la maison, Diane remarqua un rideau qui bougeait au rez-de-chaussée.

— Ils savent que nous sommes là, dit-elle. Si seulement ils décidaient de sortir de chez eux pour venir nous parler... poursuivit-elle d'un ton qui démentait ses propos optimistes, ça nous faciliterait la tâche.

— Dans tes rêves ! plaisanta Matthew qui se moquait affectueusement d'elle.

— C'est bon, j'ai ce qu'il me faut comme images, dit Sammy. On fait quoi, maintenant ?

— Pourquoi ne prendrait-on pas un plan de Diane remontant la rue ? Tu pourrais improviser un texte suffisamment général pour qu'on l'utilise plus tard, quelle que soit la suite des événements, proposa Matthew.

— Bonne idée ! approuva Diane. Laisse-moi juste quelques minutes pour y réfléchir. En attendant, Gary, installe-moi un micro.

Le technicien s'exécuta puis Diane s'éloigna des trois hommes, pensant à ce qu'elle allait dire. Après s'être concentrée, elle se retourna vers eux et leur adressa un signe.

— Prêts ? leur demanda-t-elle.

— Quand tu veux, lui répondit Sammy.

Diane descendit alors la rue d'un pas étudié.

— Beaucoup considèrent Spring Lake comme la plus jolie des stations balnéaires du New Jersey, commença-t-elle d'un sourire engageant. Comme l'une des plus paisibles aussi. À voir ces rues si calmes, ces maisons si élégantes, vous êtes sans doute nombreux à penser que cette petite ville est l'endroit idéal pour élever ses enfants, un endroit si sûr qu'il ne pourra rien leur arriver... Pourtant, poursuivit-elle en ralentissant à l'approche du domicile des Tomkins, il semblerait que les apparences soient trompeuses... ponctua-t-elle en répétant les mots que Matthew avait prononcés un peu plus tôt.

Elle marqua une pause.

— C'était comment ?

Matthew leva le pouce, en signe d'assentiment.

— On vérifiera, mais je crois que c'est parfait. La première prise sera la bonne.

— Tu veux que j'aille les trouver ? lui proposa Matthew.

— Non, répondit Diane. Il vaut mieux que ce soit moi qui le fasse.

Elle grimpa la volée de marches et sonna. Après avoir patienté quelques instants sur le perron, elle réitéra son geste. Un homme âgé, vêtu d'un pantalon kaki et d'une chemise Oxford de couleur rose, ouvrit enfin la porte. À l'expression de son visage, Diane comprit qu'elle n'était pas la bienvenue.

— Monsieur Tomkins, s'enquit-elle.

— Oui, lui confirma son interlocuteur d'un ton rogue.

— Je suis Diane Mayfield, de Key News.

L'homme la dévisagea de son regard bleu acier, mais resta silencieux.

— Je suis désolée de vous déranger, monsieur Tomkins, mais je voulais savoir si vous accepteriez de répondre à quelques-unes de nos questions, au sujet de votre fils, Arthur...

— Vous faites bien de préciser, chère madame, que vous me dérangez, en effet, répondit-il d'un ton glacial. Je n'ai rien à vous dire. Maintenant, passez votre chemin !

Diane sursauta quand elle sentit le souffle de la porte que le vieil homme venait de lui claquer au nez.

Les deux techniciens remballaient le matériel dans le coffre de la voiture.

— Ce n'est pas la fin du monde si on n'a pas réussi à obtenir une interview des parents d'Arthur, commenta Matthew, fataliste. On a au moins de bonnes prises de vues du village, et ton intervention de tout à l'heure était excellente.

— Merci, c'est gentil d'essayer de me remonter le moral, ironisa Diane.

Tous les quatre prirent place à bord de la voiture et s'éloignèrent de la maison des Tomkins quand ils virent une jeune femme leur faire signe depuis le trottoir opposé.

Sammy s'arrêta à sa hauteur et Diane baissa sa vitre.

— Est-ce qu'on peut vous être utile ? lui demanda-t-elle.

Son interlocutrice regarda derrière elle, en

direction de la résidence des parents d'Arthur, avant de lui répondre, d'un ton hésitant.

— Je suis Barbara Tomkins, la sœur d'Arthur, lui souffla-t-elle dans un murmure en se penchant vers elle.

Diane s'apprêta à ouvrir la portière pour sortir de la voiture.

— Non, non ! Restez à l'intérieur, lui intima aussitôt la jeune femme. Je n'ai pas beaucoup de temps et je ne veux surtout pas que mes parents me voient vous parler.

— Pas de problème, lui répondit Diane en suspendant son geste. Vous avez donc quelque chose à nous dire ?

— En fait... reprit-elle, hésitante. En fait, aux yeux de mes parents, Arthur n'existe plus. Et ils ne cessent de me répéter que je dois moi aussi l'oublier si je veux continuer à habiter sous leur toit...

— Oh, comme c'est triste, s'exclama Diane.

— Oui, je ne vous le fais pas dire... Ma position est des plus inconfortable. Mes parents sont âgés, ils n'ont plus que moi sur qui compter et je ne veux pas les décevoir. Mais, d'un autre côté, je ne peux me résoudre à complètement ignorer Arthur. C'est mon frère, quand même...

Barbara jeta un nouveau coup d'œil en direction de sa maison avant de poursuivre.

— Bien sûr, je m'arrange pour aller voir Arthur en cachette de temps en temps. Mais pas aussi souvent que je le souhaiterais... Je lui donne un peu d'argent, et tâche de lui apporter quelques vêtements, même s'il s'obstine à porter ces tenues militaires. Ah, s'il n'y avait pas eu cette fichue guerre ! Dieu seul sait ce qu'il a enduré là-bas...

Diane, sachant que la conversation ne pourrait s'éterniser, profita de son silence pour lui poser les questions qui lui permettraient de faire avancer son enquête.

— Mademoiselle Tomkins, qu'avez-vous pensé en apprenant qu'Arthur avait été arrêté pour meurtre ? lui demanda-t-elle.

— Qu'ils avaient fait une erreur ! Que c'était impossible, lui répondit-elle sans la moindre hésitation. Jamais Arthur n'aurait pu tuer quelqu'un. Jamais !

— Pourquoi en êtes-vous si sûre ?

— À cause de ce qu'il a vécu en Irak, rétorqua-t-elle aussitôt.

— Vous pensez qu'il a tué, là-bas ? murmura Diane.

— En fait, je n'en sais rien, poursuivit Diane. Il ne m'en a jamais parlé. Mais je suppose que oui... De toute façon, s'il n'a pas lui-même abattu un adversaire, il a dû voir tellement d'horreurs... J'imagine que ça pourrait rendre n'importe qui complètement dingue.

Diane approuva en silence.

— Je ferais mieux de rentrer, reprit Barbara Tomkins. Mais avant de vous laisser, j'ai une faveur à vous demander.

— Je vous écoute, l'encouragea Diane.

— Je sais qu'une personne, à Ocean Grove,

veille sur Arthur, poursuivit-elle en sortant une enveloppe de sa poche. Je n'ai pas son adresse et je n'ai pas non plus son numéro de téléphone. Mais je me disais que, comme vous êtes journaliste, ça ne devrait pas être trop difficile pour vous de le trouver et de lui remettre ce chèque. C'est pour qu'il prenne soin d'Arthur...

N'étant pas certaine de pouvoir mener à bien cette mission, et craignant aussi de s'attirer des ennuis, Diane s'apprêtait à décliner poliment la proposition de la jeune femme quand elle lut le nom inscrit sur l'enveloppe. Shawn Ostrander. Le trouver ne serait vraiment pas un problème. Et cela permettrait également de lui poser quelques questions supplémentaires...

83

La mort de Carly ne faisait pas partie du plan initial. Un accident imprévu...

Et l'arrestation d'un innocent rendait encore pire les choses...

Quelle attitude adopter ? Que faire ?

Comment avertir les autorités qu'Arthur Tomkins n'avait rien à voir avec le décès de Carly Neath, qu'il n'était pas coupable ?

84

Malgré une tasse de café renversée sur la chemise d'un client et plusieurs erreurs dans les commandes, Anna réussit, tant bien que mal, à assurer son service. Quand, après le déjeuner, la serveuse qui la remplaçait arriva enfin, Anna se précipita vers les toilettes pour s'y changer.

Elle ouvrit son sac de sport, dont elle sortit une épingle à nourrice, des pansements, un jean et un tee-shirt à manches longues. Elle était consciente que ces vêtements n'étaient pas adaptés à la chaleur ambiante mais, après la séance traumatisante de la veille chez le docteur Messinger, elle était rentrée chez elle et s'était infligée de nouvelles tortures à l'aide d'une paire de ciseaux. Mutilations qu'elle avait renouvelées ce matin avant de partir travailler, et qu'elle savait qu'elle devrait réitérer après son service pour supporter l'après-midi. D'où le choix de cette tenue qui masquerait toutes les traces de sévices.

Après s'être attaquée hier et ce matin à l'intérieur de ses cuisses, Anna prit l'épingle à nourrice et commença à se taillader l'avant-bras. Comme chaque fois, la morsure du métal sur sa peau fine et blanche l'aidait à faire surgir les émotions et les sentiments confus qui bouillonnaient en elle, mais qu'elle n'arrivait pas à ordonner, encore moins à exprimer. Mais il fallait que la douleur fût aiguë pour qu'elle se sente mieux. Aussi appuya-t-elle avec plus de force et de rage.

Comment avait-elle pu trancher la gorge de son lapin adoré ? Quoi qu'ait pu dire Leslie, qui l'avait poussée à bout, Monsieur Velours ne méritait pas un tel traitement... Et Anna s'en voulait d'avoir cédé à la pression. Elle regrettait amèrement son geste.

Elle se griffa alors avec une vigueur décuplée, jusqu'au sang. Et poursuivit jusqu'à recouvrer son calme.

Quelqu'un s'agita sur la poignée de la porte, ce qui la fit sursauter.

— Un instant, dit-elle à haute voix. J'en ai pour deux minutes.

En toute hâte, elle appliqua plusieurs pansements sur ses plaies, enfila son tee-shirt et jeta les traces de son forfait dans la cuvette. Elle tira la chasse et sortit des toilettes sans un regard pour la personne qui patientait. À n'en point douter, elle aurait bien des choses à confesser ce soir au docteur Messinger...

85

Tandis qu'ils regagnaient Ocean Grove, Diane retournait dans tous les sens l'enveloppe que lui avait confiée Barbara Tomkins.

— Shawn Ostrander, murmurait-elle. Shawn Ostrander... Drôle de coïncidence tout de même... poursuivit-elle pour elle-même. Il a fréquenté Leslie, il sortait avec Carly et voilà qu'on apprend qu'il connaît Arthur... Les deux victimes et le coupable présumé...

— Peut-on encore parler de coïncidence ? l'interrompit Matthew.

— En tout cas, cette lettre nous donne une bonne occasion de le revoir, conclut Diane avant de composer le numéro des renseignements.

L'opératrice qu'elle eut au bout du fil lui donna le numéro du seul Shawn Ostrander répertorié à Ocean Grove. Diane l'appela aussitôt mais tomba sur son répondeur ; aussi lui laissa-t-elle ce message :

— Shawn, on m'a demandé de vous remettre quelque chose. Pourriez-vous me rappeler afin que nous convenions d'un rendez-vous ?

Pendant ce temps, Matthew avait appelé la rédaction à New York. Ils avaient quartier libre. Pas de sujet à préparer pour le journal du soir. Seule consigne : continuer à tourner des séquences qui étofferaient le reportage de « Hourglass ».

— Il est trois heures, dit Matthew après avoir consulté sa montre. Je vous propose qu'on fasse une pause et qu'on se retrouve un peu plus tard. Il y a concert ce soir à huit heures, au Grand Auditorium, on pourrait aller y prendre quelques plans, et profiter de notre présence sur place pour recueillir l'opinion de certains spectateurs concernant l'arrestation d'Arthur Tomkins...

Comme Diane demeurait silencieuse, Matthew poursuivit :

— Bien sûr, tu n'es pas obligée de m'accompagner, Diane. Je peux très bien y aller seul avec Sammy et Gary.

— Non, non, aucun souci, je vais venir avec vous, ça ne me pose pas de problème. Je me demandais juste si les enfants apprécieraient le concert. Je leur consacre déjà si peu de temps...

Matthew s'apprêtait à répondre quand le téléphone de Diane sonna. Leslie Patterson était d'accord pour les rencontrer de nouveau. Et le plus tôt serait le mieux.

Leslie les attendait sur un banc face à l'océan, non loin d'un point d'informations destiné aux touristes de la station balnéaire. Diane avait suggéré ce lieu de rendez-vous afin que les techniciens puissent tourner quelques belles séquences en bord de mer, qui pourraient ensuite leur être utiles pour illustrer différents sujets. À cet effet, les deux femmes furent équipées de micros.

— Je vous propose que nous ayons cette conversation en marchant toutes deux vers Asbury Park, suggéra Diane.

Leslie n'y vit pas d'objection et la journaliste commença l'entretien.

— Leslie, il y a une chose dont nous n'avons

pas parlé la dernière fois que nous nous sommes rencontrées, près du kiosque où l'on vous a retrouvée... J'aimerais que vous fassiez appel à vos souvenirs. Que s'est-il passé la nuit où vous avez été libérée ? Comment vous êtes-vous retrouvée à cet endroit ?

Leslie fit quelques pas avant de répondre.

— Je me rappelle que j'avais très mal à la tête, et sans doute Carly a-t-elle eu mal également si, comme moi, on l'a frappée à l'arrière du crâne... Je me souviens aussi que mes mains et mes pieds étaient attachés. Il m'a alors soulevée, m'a pris sous les aisselles et m'a traînée vers l'extérieur.

— Vous êtes-vous débattue ? lui demanda Diane.

— Oh non ! répondit Leslie en secouant la tête. J'aurais aimé lui résister, mais... mais j'étais bien trop effrayée. J'avais peur qu'il me tue, alors je n'ai pas lutté. Je me suis laissé faire...

— Donc, c'est comme s'il tirait un poids mort ?

— Oui, en quelque sorte, approuva Leslie.

— Et ensuite, que s'est-il passé ? s'enquit Diane.

— Une fois sortis de l'endroit où nous nous trouvions, le bruit de l'océan s'est fait plus fort et je me souviens avoir pu respirer l'air pur. Mais cela n'a pas duré très longtemps car, peu de temps après, il m'a soulevée et m'a chargée dans un coffre...

— Dans le coffre d'une voiture ? lui demanda Diane.

— Oui, je suppose. Je n'en suis pas certaine car j'avais les yeux bandés, mais l'espace était réduit et j'ai entendu aussitôt après un bruit de tôle qui se refermait avec fracas. Oh, mon Dieu, c'était affreux, conclut Leslie en frictionnant ses bras nus dont, malgré la chaleur, les poils étaient hérissés.

— Je n'ose imaginer, compatit Diane avant d'inviter son interlocutrice à poursuivre.

Leslie prit une longue inspiration.

— Ensuite, le véhicule a démarré. Je sentais ses mouvements mais je serais bien incapable de vous dire quelle direction nous avons prise.

— Combien de temps a duré le trajet ?

— Là encore je n'en sais rien. J'ai l'impression que ça a duré une éternité, mais chaque seconde de détention me semblait une éternité... Peut-être n'avons-nous roulé que quelques minutes, je n'en ai pas la moindre idée... Après un moment, la voiture s'est arrêtée et le coffre s'est ouvert.

— Et ensuite ? la relança Diane.

Les deux femmes étaient parvenues à l'extrémité de la promenade. Le vieux casino leur faisait face. Elles marquèrent un temps d'arrêt et s'appuyèrent sur la balustrade pour contempler l'océan. Le cameraman descendit avec difficulté sur le sable pour les prendre en contrebas depuis la plage.

— Ensuite, reprit Leslie, il m'a sortie du coffre et m'a traînée jusqu'au kiosque, où il m'a abandonnée. Je suppose qu'il a dû faire la même chose avec Carly. Sauf qu'elle n'a pas eu ma chance. Carly était déjà morte quand il l'a laissée là...

— Asseyons-nous sur ce banc pour poursuivre cet entretien, lui proposa Diane.

Elles se turent quelques instants tandis qu'elles prenaient place, et les deux techniciens en profitèrent pour revenir sur la jetée, où ils se postèrent en face d'elles.

— Leslie, lors de notre dernière conversation, vous m'avez dit que votre ravisseur vous avait obligée à danser avec lui.

— Oui... répondit-elle dans un souffle en se tordant les mains.

— Mais encore ? l'encouragea Diane.

— C'était horrible, poursuivit la jeune femme. Surtout parce que je ne savais pas qui m'entraînait ainsi. Et pourtant, j'aime danser. J'ai toujours aimé ça. Je me souviens, quand j'étais petite fille, que je montais sur les chaussures de papa, et que nous tourbillonnions dans le salon de la maison. J'aimais aussi beaucoup danser avec Shawn...

La voix de Leslie se brisa et elle frissonna – un instant fort que Sammy Gates capta avec sa caméra – avant de reprendre en murmurant :

— Je ne suis pas sûre que je pourrai jamais danser de nouveau avec un homme...

Diane enregistra la réponse tout en préparant sa dernière question.

— Carly est décédée, c'est terrible. Mais, en un sens, sa mort vous a rendu service. Plus personne, ni la police ni les habitants d'Ocean

Grove, n'imagine désormais que vous avez manigancé votre propre enlèvement pour attirer l'attention sur vous. Vous devez être soulagée ?

— Oui, c'est effectivement une grande délivrance. Dire la vérité et n'être crue de personne est une épreuve terrible. Mais, s'empressa-t-elle d'ajouter, j'aurais bien évidemment préféré qu'on me croie sans que personne n'ait à mourir pour cela...

86

Sa tante l'avait laissé en paix depuis le début de l'après-midi. En fait, dès que l'on avait appris l'arrestation de l'homme suspecté d'avoir enlevé ces jeunes femmes, Emily s'était montrée bien plus détendue. Elle n'était plus continuellement sur son dos, à lui demander sans cesse où il se rendait, à lui répéter de ne pas s'éloigner... Il allait donc pouvoir reprendre son inspection du vieux casino ; cela ne faisait aucun doute.

Une fois à l'intérieur des entrailles humides du bâtiment, Anthony se dirigea vers le campement de fortune qu'il avait découvert et le trouva exactement dans le même état que la veille. Il prit ses aises cette fois, s'installa confortablement sur la couverture jaune d'une propreté douteuse et prit une cannette de soda dans la glacière. Tout en buvant lentement, il laissa son imagination divaguer, se demandant à qui pouvaient bien appartenir cette couverture et ce blouson de ski. Cet endroit était-il la cachette de l'homme qui portait toujours cette tenue militaire ? Y vivait-il ?

Anthony sentait confusément qu'il n'obtiendrait pas maintenant de réponses satisfaisantes à ses questions. Il lui faudrait revenir une fois la nuit tombée, et découvrir alors si quelqu'un – et qui – dormait ici.

Anthony se glissa hors du casino et cligna les yeux à plusieurs reprises pour se réhabituer à la lumière extérieure. Il marcha ensuite sur la plage sans se presser, s'arrêtant de temps à autre pour fouiller le sable de son gros orteil, à la recherche de crabes ou de coquillages.

En approchant du parasol familial, Anthony vit que sa mère était là, en compagnie de Michelle et d'Emily. Il pressa le pas pour les rejoindre.

— Eh, maman, qu'est-ce que tu fais là ? lui demanda-t-il.

— Eh bien, figure-toi que j'ai profité de quelques instants de liberté pour venir passer un moment avec vous.

Anthony s'abstint de tout commentaire mais la présence de sa mère le réjouissait. Il balaya la plage du regard, puis l'interrogea :

— Où est Matthew ? Il n'est pas avec toi ?

— Il est parti se reposer à son hôtel, mais nous pourrons le voir ce soir, si ça te fait plaisir...

— Super ! s'exclama Anthony. On va manger avec lui ?

— Non, mon chéri, lui répondit Diane. Mais on a prévu de se retrouver après le dîner. Je me disais que ça pourrait être bien si nous allions tous ensemble assister à un concert. Ça vous dit ?

Michelle se retourna sur sa serviette et mit sa main en visière au-dessus de ses yeux pour se protéger du soleil.

— Le concert de Dave Matthews au centre culturel ? demanda-t-elle à sa mère d'une voix pleine d'espoir. J'ai vu plusieurs affiches et des flyers. C'est génial ce qu'il fait, et j'avais vraiment envie d'y aller.

Diane, qui ne lui avait pas connu un tel enthousiasme depuis si longtemps, fut malheureusement contrainte de la décevoir.

— Hélas, chérie, je pensais au concert que donne au Grand Auditorium l'Ocean Grove Summer Band.

Anthony ne prêta pas attention aux protestations outragées de sa sœur. Il se demandait si cette histoire de concert n'allait pas chambouler ses plans nocturnes...

87

La vision des spectateurs flânant nonchalamment avant de rejoindre leur place évoqua à Diane ce vieux film de Walt Disney, *Pollyanna*. Bien que vêtu à la mode d'aujourd'hui, le public qui arpentait la structure victorienne de ce lieu majestueux lui semblait en effet issu d'un siècle passé. En ce début de soirée estivale, chacun semblait heureux et détendu, à mille lieues des soubresauts qui agitaient en ce moment la station balnéaire. Seules les bandelettes de plastique jaune et noir posées par les autorités municipales autour du kiosque abritant le Puits de Bersabée rappelaient le drame présent...

« Oh, oui, je suis vraiment soulagé que le meurtrier ait été arrêté, confirma le premier témoin que Diane interrogea. Mais le fait qu'il soit déficient mental rend d'une certaine manière les choses encore un peu plus tristes... »

« Avant, je n'osais pas quitter mes enfants des yeux un seul instant. Nous allons enfin pouvoir reprendre un cours de vie normal, poursuivit une femme. Mais je suis aussi triste en disant cela. Je pense aux parents de cette pauvre fille. Eux n'auront jamais plus une vie normale... »

Après avoir recueilli un nombre suffisant de témoignages, Matthew demanda aux techniciens d'aller prendre quelques vues générales du lieu.

— Ensuite vous pourrez rentrer, leur dit-il. Je

vous appellerai demain matin si nous avons un sujet à préparer pour « Key to America ».

— Alors, on n'est pas obligés de se fader le concert ? demanda Sammy.

— Non, répondit Matthew. On a assez d'images comme ça. Mais, si ça vous fait plaisir d'y assister, vous pouvez toujours rester...

— Sans façon ! s'exclamèrent Gary et Sammy à l'unisson.

— Pourquoi *moi* je suis obligée de rester et pas eux ? demanda Michelle en observant les deux hommes s'éloigner.

— Chérie, nous n'avons pas souvent l'occasion de sortir tous ensemble en famille, lui expliqua Diane. Et puis ce n'est quand même pas un supplice. Et, qui sait, ça va peut-être même te plaire...

Le concert débuta et la troupe sur scène entonna ses grands classiques. Après deux chansons mièvres louant la beauté de l'océan, Michelle se pencha vers sa mère.

— Sors-moi de là, lui dit-elle d'une voix tendue, je n'en peux plus !

— Eh bien, essaie d'oublier la musique, si elle ne te plaît pas, lui murmura Diane. Profites-en pour observer cet endroit, c'est tout simplement magnifique.

Préhistorique ! fut le seul qualificatif qui vint à l'esprit de Michelle pour décrire le monument le plus imposant d'Ocean Grove. L'auditorium, qui pouvait accueillir quelque sept mille spectateurs assis, n'eut aucun intérêt à ses yeux. De même qu'elle ne prêta aucune attention à l'orgue monumental composé d'environ dix mille tuyaux, certains aussi fins qu'un auriculaire, qui occupait tout l'espace derrière la scène.

L'acoustique était parfaite.

Tandis que Diane observait, émerveillée, la magnificence du lieu, son regard s'arrêta sur un des hommes postés près d'une des portes d'accès. Une femme à ses côtés, qui avait la main posée sur la manche de son blazer, lui parut familière. Mais il fallut une bonne minute à Diane pour mettre un nom sur ce visage. Helen Richey.

Et le moins qu'on puisse dire est qu'elle avait l'air contrarié.

Quand, quelques instants plus tard, Diane jeta un nouveau regard en direction de la sortie, le couple avait disparu.

88

— Quoi que je fasse, tu ne seras donc jamais satisfaite, Helen ? siffla à voix basse Jonathan, qui contenait sa fureur.

Il aurait aimé pouvoir crier à pleins poumons ce qu'il avait sur le cœur, afin que tout le monde l'entende. Il aurait aimé pouvoir hurler à la foule qu'il détestait ce lieu, qu'il avait en horreur cette Ocean Grove Meeting Camp Association, qu'il ne supportait plus de passer l'été sous une tente, et qu'il en avait plus que marre de ne pas pouvoir boire une bière quand ça lui chantait...

— Je rends service à la communauté. J'aide à l'organisation de ce concert, alors qu'il y a des centaines de choses que je préférerais faire ce soir, et tu n'es toujours pas contente ! Que faut-il que je fasse, Helen ? Je ne te comprends plus. Je vais finir par rendre les armes...

Heureusement, l'obscurité était telle que Jonathan ne put remarquer les larmes qui roulaient sur les joues de son épouse.

Helen se précipita à sa poursuite quand son mari quitta le grand auditorium. Visiblement, il rentrait chez eux. Elle pressa le pas pour le rattraper sur Bath Avenue, avant qu'il ne pénètre dans leur rue. Là, avec les voisins susceptibles d'entendre le moindre mot, toute conversation serait impossible.

Jonathan se retourna quand il entendit sa femme l'appeler. Il s'arrêta pour l'attendre, mais il repoussa violemment sa main quand elle la posa sur son avant-bras.

— D'accord, Jonathan, je vais te dire ce qui me mine et la raison pour laquelle je t'adresse des reproches permanents...

Helen ne pouvait voir l'expression de son mari,

mais elle devina qu'il attendait avec impatience ses explications.

— En fait, je suis tendue... Stressée.

— Quel stress ? lui demanda-t-il vivement. Tu passes des vacances de rêve ! Dans un endroit que tu as toi-même choisi ! Et qui te plaît... Ce qui est loin d'être mon cas. Alors, si quelqu'un doit être stressé, c'est bien moi ! Explique-moi, il y a quelque chose que je ne comprends pas...

— Je sais que tu ne supportes pas cet endroit, Jonathan... lui dit-elle en murmurant. Je n'aurais sans doute pas dû insister pour qu'on revienne cet été encore... poursuivit-elle avant de s'effondrer. Je ne me pardonnerai jamais le fait de t'avoir rendu malheureux. Et encore moins d'être la cause de tes actes délictueux...

— Des actes délictueux ! s'enflamma-t-il. Mais de quoi parles-tu ?

Helen, n'y tenant plus, se jeta à l'eau.

— Est-ce que tu étais à Ocean Grove jeudi dernier ? Dans ton portefeuille, j'ai trouvé la carte d'un agent immobilier indiquant que tu avais rendez-vous avec lui à seize heures.

— Quoi, tu m'espionnes, maintenant ? Tu fouilles dans mes affaires ! lui dit-il d'une voix où perçait une colère sourde.

— Oh, je t'en supplie, Jonathan, crois-moi. C'est la première fois que j'agis de la sorte. Mais je n'avais pas le choix. Tout a commencé quand je t'ai entendu mentir à la police l'autre soir... Quand tu as prétendu que tu étais à la maison, avec moi, la nuit où Carly a été enlevée...

Ensuite, je t'ai couvert en mentant à mon tour à ces gens de la télévision. Mais le doute s'est insinué et me ronge de l'intérieur depuis...

— Et tu n'as rien trouvé de mieux que d'aller fouiller dans mon portefeuille ?

— Je... je ne savais pas trop ce que je faisais, ni ce que je cherchais... balbutia-t-elle. Sans doute espérais-je y trouver quelque chose qui me rassurerait, la preuve que tu n'étais pour rien dans cet enlèvement, poursuivit-elle en baissant les yeux. J'ai honte de ce que j'ai fait...

Quand elle leva de nouveau son regard vers Jonathan, elle aperçut distinctement son visage qui se découpait dans la nuit. Si elle avait espéré un pardon ou une quelconque compassion de sa part, elle en fut pour son compte.

— Helen, lui dit-il, cinglant, tu n'as pas à tout connaître de mes faits et gestes. Du reste, je vais faire un tour. J'ai besoin de réfléchir...

Helen observa son mari qui descendait la rue, incapable de décider de l'attitude qu'il convenait d'adopter. Dans l'immédiat, cependant, il n'y avait pas trente-six solutions. Il lui fallait rentrer à la tente pour permettre à Mme Wilcox, sa voisine qui gardait les filles, de rentrer chez elle.

Jonathan pouvait aller où bon lui semblait, elle n'avait pas cette liberté.

89

— Toutes ces automutilations – qu'il s'agisse de brûlures, de coupures, de scarifications ou que sais-je encore – ne servent en fait qu'à éloigner ta douleur, à te soulager dans l'instant... lui exposa le docteur Messinger.

— Mais c'est absurde ! s'écria vivement Anna. Me faire mal pour ne plus avoir mal ! Cela n'a aucun sens...

Avant de se rendre à son rendez-vous, Anna était rentrée chez elle et avait changé de vêtements. Elle avait enfilé un tee-shirt ample à manches longues, qui d'après elle masquait les traces récentes de ses mutilations, et un short de couleur beige.

— Effectivement, cela n'a aucun sens, poursuivit le praticien. Et, même si, dans l'instant, tu as l'impression d'aller mieux, cela ne résout pas non plus le problème de fond.

Le docteur Messinger regarda une horloge murale puis, sans transition, lui annonça que la séance était terminée.

— On se voit la semaine prochaine, lui annonça-t-il.

Anna s'exécuta docilement, sans savoir si elle devait se montrer contrariée d'une telle soudaineté ou au contraire se réjouir que la séance fût terminée. Encore une fois, au moment où elle pensait qu'il allait réussir à cerner les troubles dont elle souffrait, puis à les lui exposer, le médecin décrétait la fin du rendez-vous.

Quoi qu'il en soit, elle ressentit comme chaque fois un grand soulagement à l'idée de bientôt quitter le cabinet. Cependant, elle avait encore une requête à adresser au médecin avant de retrouver l'air libre, ce qui, compte tenu de sa timidité, n'était pas une mince affaire. Mais elle savait aussi que la voie de la rémission passait par une plus grande confiance en elle. Aussi osa-t-elle l'interpeller.

— Docteur Messinger ?

— Oui, Anna, lui répondit-il distraitement.

— J'ai une faveur à vous demander... dit-elle, hésitante.

Comme elle ne poursuivait pas, il la relança d'un ton agacé.

— Je t'écoute !

— Eh bien, en fait, l'heure tardive de nos rendez-vous ne me convient plus. J'aimerais pouvoir venir plus tôt.

— Nous en reparlerons la semaine prochaine, lança-t-il sèchement, sans même daigner lever le nez des notes qu'il prenait.

Anna ravala en silence sa déception. Elle s'apprêtait à sortir quand elle remarqua l'étagère vide de l'armoire.

— Où sont tous vos dossiers colorés ? ne put-elle s'empêcher de lui demander.

— Ah, mes classeurs ! fit-il l'air embarrassé, en la regardant enfin. Je ne voulais pas t'alarmer en t'en parlant, mais j'ai été cambriolé et on me les a volés.

— Vous voulez dire que toutes les notes que vous avez prises sur moi ont disparu ? lui demanda-t-elle horrifiée. N'importe qui peut donc avoir accès aux détails que je vous ai racontés sur ma vie privée.

— Ne t'inquiète pas, lui répondit-il d'un ton volontairement rassurant. Ce ne sont que des notes manuscrites. Et je doute fort que quiconque, à part moi, puisse les déchiffrer. Bon, on se voit la semaine prochaine...

En marchant dans le parking, Anna se demanda si elle parviendrait un jour à se sentir bien. Cela faisait plus de deux ans déjà qu'elle suivait cette thérapie, et, bien que le docteur Messinger prétendît qu'elle était sur la voie de la rémission, elle trouvait qu'elle n'avait fait aucun réel progrès. Elle éprouvait toujours le besoin de s'automutiler et exerçait encore un contrôle drastique sur la nourriture qu'elle ingurgitait, avec tout autant de parcimonie qu'avant. Le pire était peut-être qu'elle n'aimait pas les méthodes de son médecin. Couper la gorge de son lapin avait été une épreuve intolérable. Et pour quel résultat ?

Au cours de ces sessions collectives, le docteur Messinger prenait un nombre incalculable de notes, à tel point qu'Anna avait parfois le sentiment d'être plus un cobaye qu'une patiente. Maintenant que les classeurs avaient été volés, elle avait le sentiment d'avoir été violée. Mais peut-être s'agissait-il d'un signe ? Peut-être était-ce le moment d'entamer une nouvelle thérapie, avec un nouveau médecin ?

Anna était perdue dans ses pensées quand elle introduisit la clé dans la serrure de la vieille Crown Victoria bleue de son père. Elle jeta son sac à main sur la banquette et démarra lentement.

Il était important de laisser une distance suffisante entre sa voiture et celle d'Anna, afin que la jeune femme ne s'aperçoive pas qu'elle était suivie.

Aucun plan n'avait été arrêté pour le moment. Pas plus qu'il n'y en avait eu lors de l'enlèvement de Carly, vendredi dernier. Il fallait continuer à la filer et attendre l'opportunité.

S'il n'y avait aucun plan, sa destination finale, elle, ne faisait en revanche aucun doute.

Anna se souvint que le McDonald's le plus proche se trouvait sur Main Avenue, à Asbury Park.

Une fois arrivée, elle se dirigea vers la file des ventes à emporter. Quand vint son tour, elle hésita si longuement devant tous ces menus si caloriques que la voiture derrière elle klaxonna. Elle redémarra et alla se garer sur le parking du fast-food.

Elle prit ensuite son courage à deux mains et se dirigea vers le restaurant. Comment blâmer le docteur Messinger si elle ne suivait pas ses conseils ? Si elle voulait aller mieux, il fallait qu'elle commence par s'alimenter normalement. Il fallait qu'elle trouve le courage d'entrer, de commander un hamburger, puis de l'avaler...

De l'extérieur, derrière l'immense vitre, on voyait distinctement Anna faire la queue. Les néons agressifs du lieu permettaient même d'apercevoir sa bouche tordue, signe du combat intérieur qu'elle menait face aux menus multicolores affichés au-dessus des caisses.

Le parking était presque complet, mais bon nombre des voitures étaient vides. Les quelques clients qui avaient décidé de manger dans leur voiture étaient concentrés sur leur sandwich.

Le plus simple était de se diriger discrètement vers sa voiture, d'ouvrir la portière qu'elle n'avait pas pris la peine de fermer à clé, de se glisser à l'arrière, et d'attendre le moment propice...

90

Le public reprit en cœur la dernière chanson du spectacle, puis la foule commença à s'égayer en direction de la sortie.

— C'était bien, n'est-ce pas ? Ça vous a plu ? demanda Diane une fois qu'ils eurent retrouvé l'air libre.

— Oui, c'est sans doute quelque chose qu'il faut avoir vu une fois dans sa vie, répondit Matthew, prudemment.

— Un spectacle d'une autre époque... surenchérit Emily tandis que Michelle et Anthony roulaient de grands yeux horrifiés.

Diane ne voulut pas alimenter la polémique sous-jacente et sortit son téléphone portable de son sac.

— Toujours aucun message de Shawn, constata-t-elle après l'avoir allumé. Il faut pourtant que nous lui remettions cette enveloppe, au plus vite. Il faut qu'il sache qu'Arthur dispose d'un peu d'argent pour assurer sa défense.

— Tu sais... réfléchit Matthew à haute voix. Je pourrais peut-être passer au Stone Pony avant de rentrer à mon hôtel. Si, avec un peu de chance, Shawn y travaille ce soir, je lui remets l'enveloppe et j'en profite pour discuter avec lui. Histoire de savoir ce que lui inspirent les récents rebondissements.

— Oui, si ça ne te dérange pas, c'est une

bonne idée, approuva Diane. Et profites-en pour fixer un rendez-vous avec lui. Nous avons besoin d'une interview. Idéalement, demain...

— Je peux accompagner Matthew ? l'interrompit Anthony.

— Je ne pense pas que ce soit une bonne idée, lui répondit sa mère.

— Et pourquoi pas ? insista-t-il. J'ai rien d'autre à faire sinon retourner à l'hôtel. J'ai envie de bouger, et puis il n'est pas si tard...

— Le Stone Pony est un bar, lui rétorqua Diane. Ce n'est pas un endroit pour les petits garçons !

— J'attendrai dans la voiture, je ne descendrai pas... et je fermerai bien toutes les portières, argumenta Anthony.

— Qu'en penses-tu ? demanda Diane à Matthew.

— Moi, ça ne me dérange pas. Si ça ne te pose pas de problèmes, je veux bien qu'il m'accompagne.

— Génial ! s'écria Anthony.

— D'accord, céda sa mère. Mais sois sage, et ne cause pas d'ennuis à Matthew. Ah, autre chose, tu viens m'embrasser quand tu rentres.

91

Anna s'installa sur le siège de sa voiture. Elle contrôla sa respiration en ouvrant le sac puis sortit le hamburger de son emballage.

Elle jeta un coup d'œil à l'extérieur et observa les autres voitures. Tout était paisible et personne ne semblait s'intéresser à ce qu'elle faisait.

Tu vas y arriver, se dit-elle pour se donner du courage.

Elle oublia l'odeur qui envahissait l'habitacle et s'efforça de ne pas penser aux dommages que causerait à son corps cette ingestion de nourriture.

Au moment où elle trouva le courage de porter le hamburger à ses lèvres, un bras armé d'un lourd objet vint s'abattre sur l'arrière de son crâne.

92

— Non, on ne l'a pas vu ce soir, répondit à Matthew un barman du Stone Pony en criant presque pour couvrir le bruit de la musique. Il a appelé dans l'après-midi pour me demander de le remplacer. Un truc urgent à régler avec ce type dont il s'occupe, m'a-t-il dit.

Matthew fut un instant tenté de lui laisser l'enveloppe afin qu'il la remette à Shawn, mais se ravisa. Il était préférable d'attendre demain et de la lui donner en mains propres. Shawn leur serait sans doute reconnaissant pour leur aide, et ainsi plus enclin à leur accorder une interview.

Matthew serait volontiers resté pour écouter le groupe perché sur une minuscule estrade en sirotant une bière. Mais Anthony l'attendait dans la voiture. À contrecœur, il fit demi-tour et gagna le parking. Fidèle à sa promesse, le fils de Diane l'attendait sagement, toutes portières verrouillées.

La voiture effectua un dernier virage, ralentit et s'arrêta devant l'entrée de l'Auberge des Dunes. Anthony, un cône glacé à la main, en descendit.

— Merci, Matthew, lui lança le garçon. C'était bien mieux d'être avec toi que de passer la fin de soirée avec toutes ces femmes...

— *No problemo,* lui répondit le producteur en lui adressant un clin d'œil. On se voit demain. Si tu veux, on ira faire une partie de minigolf.

— Super.

Après avoir monté les quelques marches

menant à l'auberge, Anthony se retourna et observa Matthew s'éloigner. Dès que les feux rouges de la voiture eurent disparu, Anthony redescendit l'escalier, jeta sa glace dans un fourré et se précipita à petites foulées vers le bord de mer.

93

Elle avait l'impression que sa tête allait exploser, tant la douleur lancinante était intolérable. Anna voulut ouvrir les yeux, mais ils étaient recouverts d'un bandeau. Elle tenta alors de s'étirer et de se redresser, mais elle retomba aussitôt pour retrouver la position horizontale.

Où était-elle ? Que s'était-il passé ? Ah, oui ! Le parking. Le hamburger. La première bouchée. Et, soudain, ce coup d'une extrême violence. Puis le trou noir...

À mesure qu'elle reprenait ses esprits, elle se rendit compte qu'elle était couchée sur la banquette arrière d'une automobile. La voiture roulait, sans qu'elle sache où ils allaient. Derrière le ronronnement de la climatisation, elle entendait les autres véhicules qu'ils croisaient.

Au bruit particulier du moteur et à l'odeur de hamburger qui y régnait encore, elle comprit qu'elle se trouvait toujours dans la voiture de son père. Anna voulut appeler à l'aide mais un bâillon serré lui meurtrissait la commissure des lèvres, l'empêchant d'émettre le moindre son.

Le véhicule s'immobilisa et le moteur fut coupé. La portière avant s'ouvrit, puis se referma, et Anna émit un faible gémissement quand elle sentit qu'on la tirait sous les bras pour la faire sortir de l'auto.

94

Étant donné l'heure, Diane pensa qu'Anthony avait dû oublier de venir lui dire bonsoir, comme elle le lui avait pourtant demandé. Aussi traversa-t-elle le couloir pour aller frapper à sa porte. N'obtenant pas de réponse, elle redoubla ses coups. Toujours rien. Elle essaya de tourner la poignée, mais la chambre de son fils demeura fermée.

— Il n'est pas encore rentré, dit-elle d'une voix inquiète en regagnant la sienne.

— Ne t'en fais pas, lui répondit Emily, qui faisait ses exercices de gymnastique. Ils ont dû s'arrêter en chemin pour prendre une glace ou une pizza...

— Oui, mais tout de même, ils auraient pu prévenir.

— Arrête de gamberger. Il est avec Matthew, que veux-tu qu'il lui arrive ?

95

Anthony tombait de sommeil. Il savait aussi qu'il ne devait pas s'attarder. Si le propriétaire de la glacière ne se montrait pas rapidement, il lui faudrait renoncer, quitte à revenir demain soir.

Il espérait pouvoir regagner l'hôtel le plus discrètement possible, se déshabiller et se glisser dans son lit sans que son absence fût remarquée. Si sa mère apprenait qu'il était venu ici, à cette heure, elle piquerait une colère noire...

Encore cinq minutes, se dit-il en s'asseyant à même le sol, les genoux repliés contre sa poitrine.

Un bruissement vint soudain couvrir le roulement des vagues qui déferlaient de l'autre côté du mur. Il tendit l'oreille, mais le bruit s'était tu. Incapable de déterminer sa provenance, ni ce qui avait bien pu le provoquer, il frissonna, heureux que la toiture délabrée laissât filtrer un rayon de lune, rendant l'endroit moins lugubre.

Anthony se redressa et s'étira. Il s'apprêtait à partir quand la lumière dansante d'une lampe torche vint dans sa direction. Il bondit aussitôt de sa cachette pour voir qui approchait.

Mercredi 24 août

96

— Pourquoi mettent-ils autant de temps ? Ce n'est pas normal !

— Détends-toi, Diane, lui conseilla Emily. Il n'y a aucune raison de s'inquiéter, poursuivit-elle en enlevant son dessus-de-lit.

— Il est quand même minuit passé... Il y a longtemps qu'ils auraient dû être rentrés. Ils vont m'entendre ! lança Diane d'un ton déterminé. J'appelle Matthew sans plus attendre.

— Anthony ne va pas apprécier que tu le surveilles de la sorte, dit Emily en retapant son oreiller. Il va avoir l'impression que tu le traites comme un bébé. Et devant Matthew ! Ce qui sera d'autant plus embarrassant pour lui...

— Ça m'est bien égal, répondit Diane qui, après cinq sonneries, entendit la voix de Matthew.

— Bonjour, vous êtes sur le répondeur de Matthew Voigt. Laissez-moi un message et je vous rappelle sans faute.

— Matthew, c'est Diane à l'appareil. Je voulais juste savoir comment ça se passait avec Anthony. Vous avez dû vous arrêter quelque part, et vous êtes probablement en route pour l'hôtel, mais, sois gentil, rappelle-moi le plus vite possible...

De retour au Stone Pony, Matthew commanda une bière. Il s'assit sur une chaise de bar et écouta le groupe, son pied battant en mesure la musique. L'atmosphère bruyante du lieu couvrit la sonnerie de son téléphone portable.

97

Caché derrière une rangée de sièges, Anthony observait, fasciné, la scène irréelle qui se déroulait sous ses yeux.

Deux personnes avaient fait leur entrée dans la salle. La plus grande des deux avait posé la lampe torche à même le sol, sur la couverture. Aussi Anthony distinguait-il mal le haut de leurs corps. Il avait en revanche une bonne vision de leurs membres inférieurs. L'une des deux silhouettes portait un pantalon tandis que la plus frêle était jambes nues. Elle avait des chevilles d'une extrême finesse, surmontées de mollets de coq d'une maigreur effrayante. Se pouvait-il qu'ils appartiennent à un enfant ? se demanda Anthony.

Mais, avant qu'il ne pousse plus loin son questionnement, débuta un bien étrange ballet. Les deux paires de jambes se rapprochèrent et commencèrent à bouger à l'unisson. Elles se déplaçaient d'avant en arrière, suivant un même mouvement, entraînant les deux protagonistes d'un bout à l'autre de la pièce.

Hypnotisé par cette scène, Anthony s'aperçut qu'il se balançait lui aussi en suivant les oscillations du couple, et que leurs trois corps se mouvaient au rythme du flux et du reflux de l'océan.

L'océan. Si proche et pourtant si lointain, appartenant à un autre univers. Un monde qu'Anthony aurait aimé rejoindre sans plus attendre. L'excitation retombée, il éprouvait à présent une peur diffuse. L'étrange danse à laquelle il assistait – si tant est que l'on pût parler de danse – le glaçait d'effroi. Il n'avait plus qu'une envie : quitter au plus vite ce vieux casino devenu source d'angoisse. L'auberge, qui quelques heures auparavant lui semblait l'endroit le plus ennuyeux de la terre, était dorénavant parée de tous les attraits : un lit douillet, des draps frais, une douche chaude et, surtout, la présence de sa mère...

98

Une fois le concert terminé, Matthew avala la dernière gorgée de sa troisième bière. Il laissa quelques billets sur le comptoir et quitta le Stone Pony.

L'air était si doux – un tel contraste avec la chaleur accablante de la journée – que le producteur resta quelques instants devant le bar à en profiter. Il se sentait heureux. La journée s'était bien déroulée et, d'une manière générale, il aimait la vie qu'il menait. Et le travail qu'il effectuait lui plaisait, même si, paradoxalement, ses obligations professionnelles consistaient le plus souvent à aller recueillir les témoignages de personnes frappées par le malheur.

Il traversa la rue et regagna sa voiture, garée sur le parking du casino, d'un pas nonchalant, un demi-sourire aux lèvres. Il manqua de perdre l'équilibre en posant le pied sur une bouteille vide, mais se rétablit à temps et poursuivit sa progression. Il sortit les clés de sa poche et tâtonna pour trouver la serrure. Il ouvrit enfin la portière, se glissa derrière le volant et démarra lentement sans prêter attention à la vieille Crown Victoria bleue stationnée à côté de sa voiture.

99

Les deux danseurs ralentirent peu à peu leur rythme lancinant pour s'immobiliser près du comptoir du vieux bar. Celui qui portait le blouson de ski s'agenouilla alors devant l'autre et lui attacha les chevilles. Avec les bandelettes en plastique de la police, remarqua Anthony avec effroi, dont le cœur se mit à battre la chamade.

Pieds et poings liés, la frêle silhouette gisait à présent sur la couverture comme une poupée de chiffons. Grâce à la lumière diffusée par la lampe torche, toujours posée au sol, Anthony put voir son visage pour la première fois. Ou plutôt son nez. Car la jeune femme avait les yeux bandés et était bâillonnée.

L'estomac d'Anthony se noua. Il ne s'agissait plus d'un jeu. Il fallait qu'il sorte d'ici à tout prix. Qu'il aille chercher de l'aide...

100

Matthew venait tout juste de se garer sur le parking de son motel. Il n'avait pas encore coupé le contact que son téléphone portable se mit à sonner.

— Ah, enfin, j'arrive à te joindre ! débita Diane d'une voix saccadée. Où étiez-vous passés ?

Vous ? Pourquoi ce vous ? se demanda Matthew, qui n'était pas certain de bien comprendre la question.

— Je... je rentre à l'instant à mon hôtel, lui répondit-il.

— Et Anthony ? Où est-il ? le pressa Diane.

— Anthony... répéta Matthew, qui recouvra aussitôt ses esprits. Mais, il est à l'auberge, avec toi...

— Non, justement, il n'est pas là...

— Pourtant je l'y ai déposé peu après onze heures. Es-tu allé voir dans sa chambre ?

— Bien sûr que j'y suis allée... Elle est vide, conclut Diane dont la voix se brisa.

— J'arrive, lui répondit Matthew, qui enclencha aussitôt la marche arrière.

101

— Michelle, réveille-toi... dit Diane à sa fille en lui secouant doucement l'épaule.

— Quoi ? répondit cette dernière d'une voix ensommeillée.

— Sais-tu où se trouve Anthony ?

— Dans sa chambre, je suppose, répondit-elle en refermant les yeux et en se retournant, prête à se rendormir.

— Michelle, écoute-moi, l'implora Diane en la secouant plus vivement. C'est important !

Michelle cligna les yeux, puis se redressa sur son oreiller.

— Ça y est, je suis réveillée, je t'écoute, dit-elle en baîllant.

— Anthony a disparu. Matthew l'a déposé devant l'auberge il y a plus d'une heure, mais il n'est pas dans sa chambre... As-tu une idée de l'endroit où il pourrait se trouver ?

— Non, aucune. Mais à ta place, je ne m'en ferais pas trop, maman. Tu sais qu'il aime jouer les intrépides...

— Oui, mais il se trouve qu'il s'agit de *mon* petit intrépide, et que je ne sais pas où il est à l'heure actuelle... J'ai l'impression, Michelle, que tu ne mesures pas la gravité de la situation.

Diane et Emily discutaient avec Carlos dans l'entrée de l'hôtel quand Matthew fit son apparition, l'air sombre.

— Alors ? interrogea-t-il. Quelles sont les nouvelles ?

— Carlos dit qu'Anthony n'est jamais rentré, l'informa Diane.

— C'est exact, confirma le propriétaire de

l'auberge. J'ai passé toute la soirée à régler divers problèmes administratifs ; si Anthony avait traversé le hall, je l'aurais vu.

— Sans vouloir t'alarmer, dit Matthew à Diane, en la regardant dans les yeux, je crois qu'il serait préférable d'appeler la police.

— C'est déjà fait, lui répondit-elle.

102

Au commissariat, cette nuit-là, l'officier de garde n'avait que deux voitures de patrouille à sa disposition, et chacune s'était vu confier une mission.

La première avait gagné le domicile des parents d'Anna Caprie suite à la disparition de leur fille, qu'ils avaient signalée un peu plus tôt dans la soirée.

La seconde se dirigeait maintenant vers le cabinet du docteur Messinger, dernier endroit où l'on supposait que la jeune femme s'était rendue. Selon Bill et Barbara Caprie, leur fille avait en effet quitté le domicile familial un peu avant huit heures pour aller à sa séance hebdomadaire chez le praticien. Ils étaient sans nouvelles d'elle depuis.

Les autorités n'avaient pas réussi à joindre le

docteur Messinger au téléphone, mais il ne fallait rien négliger. Les policiers trouveraient peut-être sur le parking un quelconque indice susceptible de les mettre sur la piste d'Anna.

Étant donné les événements tragiques qui avaient secoué la commune ces derniers jours, le lieutenant Albert s'était rendu au commissariat dès qu'il avait été prévenu de cette nouvelle disparition. Il venait à peine d'arriver qu'on lui signala l'appel de Diane Mayfield. Vu l'importance de l'interlocutrice, il décida de prendre lui-même la communication.

D'une voix calme et rassurante, il lui promit qu'une voiture de patrouille se rendrait à l'Auberge des Dunes dès que possible, mais il ne l'informa pas de la disparition d'une nouvelle jeune femme. Une jeune femme qui n'avait pu être enlevée par Arthur Tomkins, ce dernier étant toujours derrière les barreaux...

103

Et si, le temps qu'il se rende du casino à l'auberge et revienne avec des secours, la personne vêtue du blouson de ski s'était enfuie, emmenant avec elle sa prisonnière ? Et si on ne le croyait pas ?

Anthony réfléchit. Il fallait qu'il puisse apporter une preuve de la scène dont il avait été le témoin. Il calcula que la distance serait vite parcourue de l'endroit où il était caché au passage menant à la plage. Il n'y avait que quelques dizaines de mètres, et il courait vite. Il pourrait prendre la photo, puis s'échapper avant d'être rattrapé.

Il sortit son appareil photo de sa poche et visa sa cible. Sur son écran de contrôle à cristaux liquides, il ne vit que deux masses sombres, indistinctes. Mais il savait qu'avec le flash il obtiendrait une image nette.

Anthony n'appuya pas aussitôt sur le déclencheur. Il n'aurait droit qu'à une seule tentative. Aussi attendit-il que la personne portant le blouson de ski se tourne vers lui, afin qu'il puisse la prendre de face.

104

Quand la voiture de patrouille arriva devant l'immeuble abritant le cabinet du docteur Messinger, le parking était désert. La porte d'entrée était fermée et toutes les fenêtres éteintes. Au poste, le lieutenant Albert écoutait le rapport que lui faisaient ses hommes par radio.

Il était évident qu'Arthur Tomkins n'avait pu enlever Anna Caprie. De même, le policier s'interrogeait sur la culpabilité de Shawn Ostrander, dont il avait fait le suspect numéro 1 de son enquête avant l'arrestation de ce pauvre bougre. Se pouvait-il qu'il ait fait fausse piste ? Il s'était sans doute laissé influencer par le fait que le jeune homme connaissait bien, pour être sorti avec elles, les deux premières victimes...

Un autre coupable potentiel connaissait deux des jeunes femmes : le docteur Messinger. Leslie et Anna étaient ses patientes. Mais quel était alors le lien qui l'unissait à Carly ?

Les questions se bousculaient sans que le lieutenant Albert ne trouve de réponses satisfaisantes. Et pourtant, il n'avait pas de temps à perdre. Il fallait qu'il résolve cette affaire avant que l'on ait à déplorer un second assassinat. Sur le plan tant économique qu'émotionnel, Ocean Grove ne se relèverait pas d'une autre tragédie.

Il décida d'envoyer deux de ses hommes au domicile de Messinger. Et si ce dernier refusait de les laisser entrer, un juge leur délivrerait sans tarder un mandat de perquisition.

105

Tandis qu'elle observait ses filles dormir, Helen sentit confusément que son petit univers douillet venait de s'écrouler.

Jonathan n'était toujours pas rentré à la tente et, plus les minutes passaient, plus Helen était persuadée que son mari avait une part de responsabilité dans les disparitions de Leslie Patterson et de Carly Neath, et donc dans la mort de cette dernière. Cela signifiait que l'homme qu'elle croyait si bien connaître, le père de ses deux filles, celui à qui elle avait juré fidélité pour le meilleur et pour le pire jusqu'à la fin de ses jours, n'était autre qu'un... assassin.

Helen n'était plus sûre à présent de souhaiter le retour de Jonathan. Elle ne savait pas de quoi il se montrerait capable envers elle. Peut-être la frapperait-il... Ou, pis encore, il s'en prendrait aux filles... Elle ne pouvait pourtant se résoudre à appeler la police. Dieu la pardonne, mais elle aimait toujours Jonathan, et ne voulait surtout pas être celle qui précipiterait sa chute.

Le pouce d'Hannah trouva son chemin vers sa bouche, et Helen l'en ôta doucement d'un geste automatique. Elle remonta ensuite le drap qui avait glissé sur les jambes potelées de Sarah. Ces petits anges étaient encore si jeunes, si innocents. Comment parviendrait-elle jamais à leur expliquer ce que leur père avait fait ?

106

L'inconnu ouvrit la glacière et en sortit une cannette. Il défit ensuite le bâillon de sa prisonnière et, après l'avoir aidée à se redresser, lui fit boire quelques gorgées.

Anthony l'entendit déglutir bruyamment. Se tenant prêt, son appareil photo à la main, il attendait le moment propice. Mais la personne au blouson de ski ne se tourna pas vers lui. Au contraire, elle se pencha de nouveau vers la glacière, comme pour en étudier le contenu.

Pourvu qu'il ne remarque pas que j'ai fouillé à l'intérieur... pensa Anthony.

Mais il n'en fut rien. L'inconnu referma le couvercle et pivota, regardant enfin dans la direction d'Anthony...

107

— Carlos, pouvez-vous ouvrir la chambre d'Anthony à l'aide de votre passe ? lui demanda Matthew. Qui sait, nous y trouverons peut-être un indice qui nous mettra sur la voie.

— Pourquoi n'y ai-je pas pensé plus tôt ? s'exclama Diane.

— Parce qu'en ce moment tu réagis plus en tant que mère qu'en tant que journaliste d'investigation, lui souffla Emily. Et c'est normal. Essaie de décompresser...

Diane, Matthew, Emily et Carlos pénétrèrent dans la chambre du garçon en file indienne. Diane constata aussitôt que le lit de son fils n'était pas défait. La chambre était plutôt bien rangée, résultat du passage de la femme de ménage de l'hôtel. Seules les affaires de bain d'Anthony traînaient sur la moquette, à l'endroit où il les avait laissées la veille en rentrant de la plage. Diane les ramassa machinalement ; elles étaient encore humides.

Matthew ouvrit l'armoire en pin. Une trousse de toilette en cuir marron, griffée aux initiales du garçon, trônait sur l'étagère du haut. Il en examina le contenu mais elle ne renfermait qu'une brosse à dents, du dentifrice et une mini-bombe de déodorant. Diane se rappela la joie d'Anthony quand, deux ans plus tôt, il avait reçu ce cadeau d'anniversaire. Et surtout sa fierté : la même que celle de son père !

Philip... pensa-t-elle. Oh, Philip ! Pourquoi n'es-tu pas là avec moi, alors que j'ai tant besoin de toi ? Mais, comme il ne servait à rien de se lamenter, Diane se reprit bien vite. En ce moment, Philip ne lui était d'aucune aide pour retrouver Anthony. C'était à elle d'agir.

— Je peux ? demanda Matthew qui s'apprêtait à ouvrir le premier tiroir.

— Vas-y, je t'en prie, lui répondit Diane.

Il contenait des sous-vêtements et des paires de chaussettes. Le tiroir du milieu était empli de tee-shirts et de shorts tandis que celui du bas abritait une Gameboy et une multitude de cartouches de jeu.

— Rien qui puisse nous mettre sur la piste, je le crains, lâcha Matthew en regardant distraitement les minicassettes.

Diane, qui de son côté n'avait rien trouvé, se sentit abattue.

— Eh, attends ! J'ai peut-être quelque chose, s'exclama Matthew en sortant du tiroir un objet plus petit que les cartouches de jeu.

— De quoi s'agit-il ? lui demanda-t-elle.

— D'une carte mémoire pour appareil numérique. Les photos prises par Anthony y sont stockées. Il n'y a plus qu'à mettre la main sur son appareil photo et on saura ce qu'il a fait au cours de ces derniers jours...

— J'ai bien peur qu'on ne le trouve pas ici, soupira Diane. Il l'avait avec lui au concert.

— Dans ce cas, je file à mon hôtel et je reviens avec mon portable...

— Ne vous donnez pas cette peine, l'interrompit Carlos. Mon ordinateur est tout à fait capable de lire cette carte mémoire. Venez dans mon bureau. En deux ou trois clics, nous aurons accès à toutes les images qu'elle contient.

108

Anthony était conscient qu'il lui faudrait détaler à toute vitesse une fois la photo prise. Il contrôla donc sa respiration pour se détendre et appuya sur le déclencheur.

Le flash illumina la pièce.

Comme il l'avait prévu, Anthony se rua vers la sortie, tenant précieusement son appareil à la main. Il savait que la personne qu'il avait photographiée allait se lancer à sa poursuite, mais il avait l'avantage, outre sa petite taille qui lui permettrait de se faufiler entre les gravats, d'avoir créé un effet de surprise.

Son plan fonctionnait à merveille jusqu'à ce qu'il pose le pied sur une vieille cannette rouillée...

109

À l'Auberge des Dunes, tous étaient regroupés autour de Carlos, qui se préparait à introduire la carte mémoire dans son ordinateur, quand Kip fit son apparition.

— Bonsoir, tout le monde ! lança-t-il d'un air

enjoué. Puis, à l'intention de Carlos, il poursuivit : J'aurais vraiment dû insister pour que tu m'accompagnes à Asbury Park. Ça t'aurait changé de toute cette paperasse... L'atmosphère était vraiment formidable ce soir au Paradise Club. Exceptionnelle, même...

Il marqua une pause en voyant tous ces visages graves qui l'observaient.

— Mais pourquoi vous me regardez tous comme ça ? s'enquit-il.

Dès que Carlos l'eut informé de la situation, Kip poussa un gémissement.

— Mais que se passe-t-il donc dans cette ville ? Sur le chemin du retour, je me suis arrêté à la supérette pour acheter du lait pour le petit déjeuner... Et j'ai appris qu'une autre fille était portée disparue...

110

En perdant l'équilibre, l'appareil photo lui échappa des mains. Pris de panique, Anthony le chercha des yeux tout en essayant de se relever au plus vite. Un coup d'œil à droite, un autre à gauche, et il vit le métal luire dans la pénombre.

Il lui fallut peu de temps pour se redresser complètement et se saisir de l'appareil qui avait enregistré le visage du coupable. Mais il en fallut encore moins à ce dernier pour poser une main rageuse sur l'épaule du garçon...

111

Quand la voiture de patrouille arriva au domicile d'Owen Messinger, il ne semblait pas y avoir âme qui vive. La maison était entièrement plongée dans le noir. Après plusieurs coups de sonnette répétés, l'ampoule du porche s'alluma enfin et le médecin daigna ouvrir la porte.

— Oui ! dit-il en serrant la ceinture de sa robe de chambre, tandis que ses yeux clignaient pour s'acclimater à la lumière. C'est à quel sujet ?

— Docteur Messinger ? Docteur Owen Messinger ?

— Oui, c'est moi.

— Nous nous sommes laissé dire qu'une jeune femme du nom d'Anna Caprie était au nombre de vos patientes...

— Oui, c'est exact.

— Et vous aviez rendez-vous avec elle hier soir, n'est-ce pas ?

— Oui, c'est toujours exact. Enfin, un rendez-vous professionnel, précisa le médecin. Elle est venue à mon cabinet à huit heures. Mais pourquoi toutes ces questions ? Que se passe-t-il ?

— Mlle Caprie n'est pas rentrée chez elle depuis, lui répondit l'un des deux policiers. Ses parents sont morts d'inquiétude...

— J'espère que vous ne verrez donc aucun inconvénient au fait que nous jetions un coup d'œil chez vous, docteur Messinger, ajouta le second.

— C'est ridicule ! s'exclama le praticien. Mais... Mais je vous en prie, faites ce que vous avez à faire. Je n'ai rien à cacher.

Owen Messinger s'effaça et laissa entrer les deux hommes. Il resta dans l'entrée tandis qu'ils inspectaient chaque pièce de la maison, ouvrant tous les placards et regardant même sous les lits.

— Alors, satisfaits ? leur lança-t-il d'un ton sarcastique lorsqu'ils revinrent bredouilles.

Mais sa victoire fut de courte durée. Il ne s'attendait pas à ce que les policiers lui demandent d'ouvrir le coffre de sa voiture...

112

— Est-ce que quelqu'un sait que tu es là ?

Anthony frissonna en entendant le ton menaçant, derrière lequel sourdait une pointe d'anxiété. Il hésitait entre dire la vérité ou bien mentir. S'il avouait que personne ne savait où il se trouvait, cela allait-il l'aider ou au contraire le desservir ? Ne sachant que faire, il se tut.

— À qui as-tu parlé de cet endroit ?

De nouveau, Anthony garda le silence.

— Très bien, si tu le prends comme ça, gamin, c'est ton problème !

En voyant la lame brillante et effilée s'approcher de son visage, Anthony retrouva instantanément l'usage de la parole.

113

En quelques clics, Carlos fit apparaître sur l'écran de son ordinateur les photos conservées dans la carte mémoire de l'appareil d'Anthony.

Les premières dataient d'avant leur séjour à Ocean Grove : des amis d'Anthony, des vues aussitôt reconnaissables de Central Park, et quelques clichés d'un clochard ayant élu domicile dans la 74e Rue avant que les forces de l'ordre ne l'obligent à lever le camp.

Diane se reconnut sur la photo suivante, qu'Anthony avait prise la veille de leur départ. Elle grimaça en repensant qu'elle l'avait tancé ce soir-là, lui demandant d'arrêter de jouer à table avec son appareil photo.

— Est-ce qu'on ne peut pas avancer plus vite ? demanda Matthew. Arrivons-en au fait !

Enfin, commencèrent à défiler les photos prises à Ocean Grove. Anthony n'avait cessé de mitrailler. Principalement à la plage. On y voyait des adeptes de *bodyboard* en pleine action, des *kitesurfers* défiant les éléments, mais aussi des groupes d'enfants construisant des châteaux de sable. Anthony s'était aussi essayé à la photo animalière, capturant dans son objectif une multitude de crabes, ou encore ce poisson mort, à moitié éventré, rejeté sur la plage par le courant.

Diane ne put s'empêcher d'esquisser malgré elle un sourire en voyant cette adolescente aux seins nus, dont une vague un peu forte avait emporté le haut de maillot.

— Attendez ! lança-t-elle soudain à Carlos. Qu'est-ce que c'est ?

Carlos cessa de faire défiler les images et tous regardèrent l'écran avec attention. On y voyait une forme indistincte allongée sur le sable.

— Pouvez-vous zoomer ? lui demanda Matthew.

Carlos manipula la souris et la silhouette d'un homme vêtu d'un treillis militaire, rampant sur le sable, apparut en gros plan.

— Mais c'est Arthur Tomkins ! s'exclama Diane. Son portrait illustrait un article du *Asbury Park Press*. Comment se fait-il qu'Anthony ait cette photo ? Où a-t-elle été prise ?

— Il allait souvent faire des balades sur la

plage, intervint Emily. Je sais qu'il en avait marre de n'être « qu'entre filles », comme il disait, alors je l'autorisais parfois à aller se promener seul. D'autant qu'il ne partait jamais bien longtemps... Il a dû prendre cette photo au cours d'une de ses escapades.

Suivirent quelques vues anodines du front de mer jusqu'à ce qu'apparaissent plusieurs clichés montrant une vieille bâtisse délabrée.

— C'est le casino d'Asbury Park, commenta Carlos avant de cliquer pour faire défiler les images suivantes.

D'abord, une cage d'escalier aux murs ruisselants.

— Anthony a dû pénétrer à l'intérieur, alors que l'accès en est interdit au public ! s'exclama Kip. Souviens-toi, nous sommes allés y faire un tour il y a peu de temps en compagnie de Larry, poursuivit-il à l'attention de Carlos.

— Oui, tu as sans doute raison, approuva Carlos.

Puis il se remit à jouer avec la souris, et tous assistèrent alors à une sorte de visite guidée de ce lieu inquiétant. Ils virent une scène abandonnée, des bancs couverts de mousse, des chandeliers branlants menaçant de s'écraser au sol, puis un vieux comptoir de bar.

— C'est l'ancienne salle de spectacle du casino, précisa Carlos.

L'image suivante montrait une couverture d'une couleur douteuse sur laquelle étaient posés un magazine, un blouson de ski rouge et une glacière.

— Suivante ! ordonna Matthew.

La glacière était ouverte à présent, offrant à la vue de tous son contenu : deux cannettes de soda, une orange, des biscuits apéritifs et un sac entrouvert dont on ne pouvait deviner ce qu'il y avait à l'intérieur.

— Pouvez-vous faire un gros plan sur le sac, Carlos ? demanda Matthew.

Une fois le réglage effectué, il émit un sifflement.

— C'est donc là qu'il les a trouvées ! dit-il, énigmatique.

— Qu'il a trouvé quoi ? interrogea Diane.

— L'autre soir, quand nous jouions au mini-golf, Anthony m'a montré ces mêmes bandelettes en plastique qu'utilise la police pour délimiter une scène de crime. Il m'a raconté que c'est un de ses copains dont le père est flic qui les lui avait données.

— Mais Anthony n'a aucun ami dont le père travaille dans la police ! s'exclama Diane.

— CQFD, conclut Matthew. Les bandelettes qu'il m'a fait voir provenaient de cette glacière. La question est maintenant de savoir qui les y a laissées...

Diane réfléchit à toute vitesse, avant de poursuivre :

— La police a-t-elle rendu public le fait que c'est avec ce genre de ruban que le ravisseur aurait attaché Leslie et Carly ?

— Tu sais aussi bien que moi que les enquêteurs ne livrent jamais toutes les informations en leur possession...

— Cette histoire me fait froid dans le dos, murmura Diane. Anthony se serait donc jeté dans l'antre du tueur...

Au lieu de s'apitoyer sur son sort, Diane réagit avec promptitude.

— Est-ce que vous pourriez revenir un peu en arrière ? demanda-t-elle à Carlos. Je voudrais revoir cette photo qui montrait la glacière et le magazine posés sur la couverture jaune.

Carlos s'exécuta.

— Et maintenant, pouvez-vous zoomer sur le magazine ? Plus précisément sur l'étiquette collée sur la couverture. Peut-être réussira-t-on à lire l'adresse de l'abonné...

114

— Je n'arrive pas à remettre la main sur mes clés. Je ne sais plus où je les ai rangées, mentit le docteur Messinger pour gagner du temps.

Il espérait ainsi que les policiers le laisseraient tranquille et repartiraient sans fouiller sa voiture.

— Pas de problème, si vous ne trouvez pas vos clés nous ferons sauter les serrures, répliqua froidement l'un des policiers.

Owen soupira. Ils n'abandonneraient donc pas la partie. Il lui faudrait leur ouvrir le coffre de sa Volvo. Mais, avec un peu de chance, ils ne feraient pas attention à ce qu'il voulait leur cacher.

— Ça y est, je les ai retrouvées ! s'exclama-t-il.

Ils se dirigèrent vers le garage et Owen Messinger appuya sur la télécommande qui déverrouilla instantanément toutes les portières, ainsi que le coffre.

Il ne broncha pas quand les policiers déplacèrent les classeurs multicolores, qu'on lui avait prétendument volés, pour voir si rien ne se trouvait derrière.

Pourquoi ne me suis-je pas débarrassé de ces dossiers quand j'en avais l'occasion ? se maudit-il. Tout au moins celui de Leslie...

115

Diane se pencha sur l'écran de l'ordinateur. À sa grande surprise, l'adresse du destinataire du magazine était parfaitement lisible :

L. Belcaro
Agence du Littoral
Main Avenue
Ocean Grove, NJ 07756

Belcaro. Ce nom lui disait quelque chose. Elle convoqua ses souvenirs et fit rapidement le rapprochement.

— Larry Belcaro, c'est l'agent immobilier qui nous a accostés devant le cabinet de Messinger, souviens-toi, dit-elle à l'attention de Matthew. Il voulait nous mettre en garde contre le médecin, un charlatan selon lui, qui aurait poussé plusieurs de ses patientes au suicide.

Que faisait ici un magazine lui appartenant ? Avait-elle sous les yeux l'image de son camp de base, là où il se repliait une fois ses forfaits commis ? Diane n'avait pas eu le temps de le rappeler après leur bref échange sur le parking, mais elle avait heureusement conservé sa carte de visite dans son sac.

— Belcaro, répéta Matthew. Oui, je me souviens bien, ça me revient maintenant, j'avais même discuté avec lui au Nagel's l'autre matin. Il m'avait parlé de Carly Neath au passé, avant même que son corps ne soit découvert...

— Je pars au casino, décréta Diane.

— Je t'accompagne, lui dit Matthew.

Tous deux filèrent sans plus attendre.

— Prévenez la police. Dites-leur de nous retrouver sur place, lança Diane par-dessus son épaule.

Tandis que Matthew conduisait, Diane fouillait dans son sac à la recherche de la carte de visite que lui avait laissée l'agent immobilier. Quand elle la trouva enfin, elle composa le numéro que Larry Belcaro y avait inscrit au dos.

Pas de réponse.

La voiture approchait de son but et Diane s'apprêtait à raccrocher quand une voix ensommeillée lui répondit.

116

La bonne nouvelle était que le gosse avait filé en douce pour venir ici. Personne ne savait où il se trouvait.

La mauvaise, c'est qu'il s'agissait du fils de Diane Mayfield. Une nouvelle pour le moins inquiétante. La journaliste remuerait en effet ciel et terre pour le retrouver.

Mais le pire était qu'il avait vu son visage. Il pourrait raconter ce qu'il avait vu. Et surtout qui il avait vu.

Un problème de plus qu'il faudrait régler le moment venu. En attendant, il avait été ligoté et un bâillon l'empêchait de crier.

117

— Rien au domicile de Messinger, chef.

Les deux agents, de retour dans leur voiture de patrouille, établissaient leur rapport au lieutenant Albert.

— Et dans son garage, vous n'avez rien trouvé non plus ? demanda le policier par pure routine, sachant que ses hommes l'auraient aussitôt prévenu d'une macabre découverte.

— Rien. Ni dans le garage, ni dans le coffre de sa voiture, qui ne contenait d'ailleurs que des classeurs multicolores...

— Des classeurs multicolores, dîtes-vous ? demanda aussitôt le lieutenant Albert, qui fit aussitôt le rapprochement.

— Oui.

— Bon sang ! s'emporta le lieutenant. Messinger a donc simulé le cambriolage de son propre cabinet. Retournez chez lui et saisissez ces classeurs. Rapportez-les-moi au commissariat.

118

— Monsieur Belcaro ? Diane Mayfield à l'appareil. Je suis navrée de vous appeler si tard, mais j'ai une question à vous poser.

— Oh, madame Mayfield ! lui répondit-il d'une voix enjouée. Mais vous ne me dérangez absolument pas, je ne dormais pas encore. En fait, j'ai juste mis un peu de temps à mettre la main sur mon téléphone portable. Je suis vraiment content que vous appeliez. J'attendais avec impatience votre coup de fil depuis notre conversation sur le parking de ce charlatan...

— J'aimerais vraiment pouvoir creuser ce sujet avec vous, monsieur Belcaro. Mais ce n'est pas pour parler du docteur Messinger que je vous importune à cette heure...

— Ah bon ? dit-il avec dépit. Alors en quoi puis-je vous être utile ?

— Mon fils est photographe amateur, se lança-t-elle sans lui révéler qu'il avait disparu. Je crois que rien ni personne à Ocean Grove n'a pu échapper à son objectif. Or il se trouve que, sur plusieurs clichés, apparaît une sorte de camp de fortune. Sur l'une des photos de cette série on voit nettement un magazine. Et c'est votre adresse qui figure sur l'étiquette... Je voulais donc savoir, monsieur Belcaro, si vous aviez une idée de la manière dont ce magazine a pu se retrouver là ?

— Si vous ne me dites pas où il est, j'aurai du mal à vous aider...

— Oui, pardon, s'excusa Diane. Nous pensons que ce camp de fortune est installé dans le vieux casino d'Asbury Park.

— Dans le vieux casino ? Non, je suis navré, mais je ne m'explique absolument pas comment ce magazine a pu atterrir là-bas. De quel magazine s'agit-il, au fait ?

— C'est un journal de programmes télé.

— C'est étrange... s'étonna Larry. Êtes-vous certaine qu'il s'agit bien de mon nom ? Je n'ai aucun abonnement de cette sorte... Navré de ne pouvoir vous être utile.

— Ça ne fait rien. Merci quand même pour votre aide. Et encore désolée de vous avoir dérangé chez vous à cette heure.

Mais, juste après avoir raccroché, Diane s'aperçut qu'elle n'avait aucune certitude que Larry Belcaro fût bien à son domicile. Elle l'avait appelé sur son portable. Il pouvait donc se trouver n'importe où...

La masse sombre du casino se découpait devant eux dans la nuit noire.

— Tu es prête ? demanda Matthew en se penchant vers la boîte à gants pour y prendre une lampe torche.

— Oui, lui répondit Diane. Allons-y. Mon

Dieu, faites qu'Anthony se trouve à l'intérieur, implora-t-elle en silence.

Tous deux descendirent du véhicule et longèrent la palissade entourant le bâtiment, jusqu'à ce qu'ils trouvent un passage pour s'y faufiler, ignorant les panneaux « Danger » ou « Entrée interdite » censés éloigner les curieux.

Une fois à l'intérieur de l'imposant hall d'entrée, Matthew dirigea sa lampe sur les murs suintants. Au sol, des flaques d'eau croupie rendaient l'atmosphère glauque et oppressante. Un contraste saisissant avec l'inscription de cette vieille plaque rouillée : « Bienvenue au casino d'Asbury Park. »

— Anthony ? cria Diane. Tu es là ?

Non loin, derrière une cloison, Anthony entendit sa mère qui l'appelait. Mais le bâillon qui lui barrait la bouche l'empêcha de lui répondre.

119

— Anthony, tu m'entends ? cria Diane une nouvelle fois.

Elle obtint, une fois de plus, le silence pour toute réponse.

— Il faut se rendre à l'évidence, Diane, il n'y a personne ici, lui dit Matthew qui balayait l'espace à l'aide de sa lampe de poche. Peut-être avons-nous fait fausse route. Anthony a dû prendre ses photos ailleurs...

— Tu as sans doute raison... Mais, dans ce cas, où est-il ? demanda-t-elle en évitant les gravats qui jonchaient le sol. Tu vas sans doute me trouver égoïste, mais que fait la police ? Où est-elle ? Elle devait venir nous retrouver ici... Et je me moque bien à l'heure actuelle qu'une autre jeune femme ait disparu... C'est Anthony qu'il faut retrouver...

— Allons dehors, lui suggéra Matthew. Je vais de nouveau appeler le commissariat.

Tandis que Matthew tentait de joindre le lieutenant Albert, Diane descendit sur la plage et s'approcha des vagues qui déferlaient sur la grève. Ses pensées l'entraînèrent vers des sables mouvants qu'elle aurait préféré éviter. Se pourrait-il qu'Anthony soit venu ici ce soir dans l'intention de prendre un bain ? Et que, emporté par le courant, son corps dérive à présent dans cette immensité ?

Stop, se dit-elle. Ça ne sert à rien de te faire du mal. Ne te comporte pas comme une femme vaincue d'avance. Tant qu'Anthony n'a pas été retrouvé, l'espoir demeure. Essaie plutôt de réfléchir à l'endroit où il pourrait être.

Mais la méthode Coué avait ses limites. Et

Diane ne put s'empêcher de penser aux parents de la pauvre Carly. Leur peine devait être terrible. De même, elle imaginait sans aucune difficulté l'état, mélange d'espoir et de crainte, dans lequel ils devaient se trouver en ce moment, la jeune femme ayant disparu la veille au soir. Elle imagina également la souffrance d'Audrey Patterson avant que celle-ci n'apprenne que sa fille était saine et sauve.

Diane s'efforça de ne pas laisser la panique la gagner. Leslie s'en était sortie. Et elle espéra que, bientôt, Anthony serait de nouveau à ses côtés, de la même manière qu'elle avait discuté avec la jeune femme au lendemain de sa libération, après trois jours de détention.

Diane avait l'impression que cette conversation s'était tenue il y a une éternité. Elle s'était alors fait la réflexion que la nature humaine disposait de ressources insoupçonnées. Un jour, vous étiez en danger de mort ; le lendemain, vous échafaudiez des projets d'avenir. Leslie lui avait alors confié qu'elle souhaitait reprendre ses études pour obtenir son diplôme d'agent immobilier. Elle ne se contenterait plus à présent de ce poste d'assistante, à qui l'on ne confiait que quelques tâches administratives sans intérêt : répondre au téléphone, prendre des rendez-vous ou commander les fournitures...

Diane eut alors une sorte de flash. Le magazine qu'Anthony avait pris en photo avait été adressé au bureau de Larry, et non à son adresse personnelle. Leslie aurait très bien pu s'abonner à l'insu de son patron...

Elle se rua en direction de la voiture et arracha presque à Matthew son téléphone des mains, interrompant brutalement sa conversation.

— Trouve le numéro des Patterson ! Appelle-les et demande-leur si Leslie est avec eux en ce moment.

Puis elle se saisit de sa lampe torche et se précipita de nouveau dans le casino. Il fallait qu'elle trouve Anthony. Le bâtiment était immense. Ils avaient sans doute mal cherché...

Vu de l'extérieur, le casino semblait bien plus imposant que de l'intérieur. Pourtant Diane avait l'impression d'en avoir fait de nouveau le tour, et elle n'avait toujours pas trouvé la moindre trace d'Anthony, ni rien qui ressemblât aux photos qu'il avait prises. Elle se dit alors qu'il devait y avoir d'autres salles, dont l'accès avait été muré. À l'aide de sa lampe, elle se mit à examiner les cloisons avec attention, à la recherche d'un mur plus récent ou d'un passage dérobé auquel elle n'aurait pas prêté attention.

Une planche de bois branlante attira son regard. En la déplaçant, elle constata qu'elle masquait un trou, à n'en point douter l'accès qui menait aux autres pièces... Diane marqua une pause avant de poursuivre ses investigations.

En faisant un pas en arrière, elle posa le pied

sur quelque chose de mou. Son cœur battit à tout rompre quand le faisceau de sa torche éclaira un ourson en peluche identique à ceux que vendait Audrey Patterson chez Lavender & Lace. Ne lui avait-elle pas dit que Leslie en possédait un semblable depuis des années ?

Une fois calmée, Diane s'approcha de l'ouverture sombre.

— Anthony, mon chéri, tu es là ? Réponds-moi.

Aucune réponse ne vint troubler le silence. Aussi tenta-t-elle ce coup de bluff :

— Leslie, je sais que vous êtes là...

Seul le bruit des vagues lui répondit.

— Leslie, m'entendez-vous ? C'est Diane Mayfield qui vous parle. Je vous en supplie, Leslie, ne faites pas de mal à mon petit garçon.

— Ne vous approchez pas, lui lança une voix sourde.

Diane sursauta quand elle sentit une main se poser sur son épaule, mais se détendit aussitôt en constatant qu'il ne s'agissait que de Matthew.

— Leslie ? Leslie Patterson est ici ? lui demanda-t-il à voix basse.

Diane acquiesça d'un hochement de tête en mettant son index gauche devant sa bouche.

— Leslie, je vous en prie, soyez raisonnable, lui lança Diane à haute voix.

Son idée était d'essayer d'engager une conversation avec la jeune femme, d'accaparer son attention, et d'éviter ainsi que Leslie s'en prenne à Anthony.

— Leslie, répondez-moi, s'il vous plaît. Anthony est-il avec vous ?

— N'avancez pas. Ne faites pas un pas, lui ordonna la jeune femme d'un ton désespéré. N'approchez surtout pas ou vous allez le regretter...

— On devrait attendre l'arrivée de la police avant d'entrer, chuchota Matthew à l'oreille de Diane.

— Hors de question, lui répondit-elle calmement. On ne sait pas combien de temps ils vont mettre avant d'arriver ici. Anthony se trouve sans doute à l'intérieur, j'y vais...

120

Jonathan avait longtemps longé l'océan jusqu'à Bradley Beach, où il avait enfin trouvé un établissement qui lui avait servi une bière. Puis une autre. Et une autre encore...

Comment Helen pouvait-elle penser qu'il puisse être impliqué dans ces histoires d'enlèvement ? Comment sa propre femme pouvait-elle imaginer qu'il était responsable de la mort de Carly ? Comment pouvait-elle seulement croire qu'il était un monstre ?

Il était innocent.

Certes, il avait suivi Carly l'autre nuit, sans trop savoir pourquoi. Mais le fait qu'un voisin de la jeune femme l'ait aperçu depuis le porche de sa maison l'avait aussitôt refroidi, et il avait fait demi-tour, laissant Carly poursuivre seule son chemin vers Asbury Park. Au retour, il avait même emprunté un autre chemin afin de ne pas repasser devant la maison de ce vieux hibou.

Certes, lorsque la police était venue les interroger le lendemain, il avait menti, prétendant qu'il était avec Helen, dans la tente, quand leur baby-sitter les avait quittés. Mais pouvait-il faire autrement ? S'il avait avoué avoir suivi la jeune femme, la police l'aurait considéré comme suspect. Et il aurait certainement été placé en garde à vue jusqu'à ce que son innocence soit démontrée...

Alors qu'il regagnait son domicile d'un pas chancelant, Jonathan se persuada que la seule solution pour sortir de l'impasse était d'avouer à Helen son secret...

121

— J'éteins la lampe, murmura Diane. Inutile de lui signaler notre présence.

Ils se baissèrent pour pénétrer dans le passage

et débouchèrent dans une salle où régnait l'obscurité. Matthew, en tête, tâtonnait, s'appuyant au mur pour essayer de se frayer un chemin.

— Je vous entends, lança Leslie. Ne bougez plus, n'approchez pas ou je... ou je fais du mal à quelqu'un...

— Leslie, Anthony est-il avec vous ? Détenez-vous mon fils ? lui demanda Diane.

— N'avancez pas, j'ai dit, reprit-elle d'une voix aiguë où l'on sentait poindre la panique. Restez où vous êtes.

Matthew et Diane, guidés par la voix de Leslie, continuèrent pourtant leur progression. Ils aperçurent bientôt une lueur, vers laquelle ils se dirigèrent. Ils pénétrèrent dans une vaste pièce et se figèrent instantanément.

Leslie était agenouillée, les fesses posées sur ses talons. À côté d'elle gisait un corps, pieds et poings liés. Leslie entourait les épaules de son prisonnier de sa main gauche, figurant une version revisitée par un artiste décadent de la *Pietà* de Michel Ange. Malgré la chaleur, Leslie portait un blouson de ski et une paire de gants en cuir. Sa main droite tenait un objet qu'elle pressait contre le cou de sa victime.

Diane, convaincue que son fils se trouvait également dans la pièce, alluma sa lampe torche, terrifiée à l'avance par ce qu'elle pourrait découvrir. Mais il fallait qu'elle en ait le cœur net.

— Où est mon fils, Leslie ? lui demanda-t-elle de nouveau.

Mais, avant que Leslie ne lui réponde, le

faisceau de sa lampe s'arrêta sur une forme allongée, à quelques mètres de là, elle aussi attachée et bâillonnée. Diane reconnut aussitôt le pantalon de son fils.

— Oh, mon Dieu ! Anthony ! cria-t-elle en se précipitant vers lui.

— N'approchez pas ou je lui tranche la gorge ! lui lança Leslie. Je vous jure que je n'hésiterai pas à lui faire subir un sort identique à celui qu'elle a réservé à Monsieur Velours. Hein, Anna, tu te souviens ?

Diane se figea. Elle mourait d'envie d'aller prendre Anthony dans ses bras, mais elle ne voulait surtout pas qu'Anna fût blessée par sa faute, ou pis encore...

— Comment avez-vous deviné que c'était moi ? s'enquit Leslie.

— Leslie, vous voyez ce magazine ? lui demanda Diane en braquant sa lampe sur la couverture.

— Oui, et alors ?

— C'est l'étiquette restée collée sur la couverture qui vous a trahie...

— Comment ça ?

— Larry m'a assuré qu'il n'était pas abonné à ce journal télé...

— Et ça vous a suffi pour en déduire que j'étais coupable ?

— Pas uniquement, mais ça m'a mis la puce à l'oreille, poursuivit Diane, qui profitait de cette conversation pour s'approcher de la jeune femme, millimètre par millimètre, sans attirer son attention. Il y avait autre chose qui me turlupinait, sans que j'arrive à savoir quoi. Et puis ça m'est revenu, subitement. Lorsque nous avons eu cette longue discussion, sur le front de mer, vous m'avez dit que Carly était déjà morte au moment où elle a été déposée près du kiosque... Seul l'assassin pouvait connaître ce détail. Car, même si l'autopsie a révélé ce détail, la police s'est bien gardée de le divulguer...

— Je ne suis pas une meurtrière ! s'exclama Leslie. Je, je... je ne voulais pas la tuer...

— Je sais, lui dit Diane, d'un ton volontairement apaisant. Il s'agissait d'un accident. Vous vouliez que l'on pense que Carly avait subi le même sort que vous. Il n'empêche qu'au final elle est morte, tandis que vous êtes toujours en vie...

— Même si je détestais Carly, car elle m'avait pris Shawn, je n'ai jamais souhaité sa mort, murmura Leslie. Elle n'aurait pas dû mourir. Personne n'aurait dû mourir... Je voulais juste la retenir prisonnière trois jours... Comme ça, la police aurait cru à mon histoire d'enlèvement. Elle aurait cessé de penser que j'avais tout manigancé. C'est pour ça que je portais ce blouson et ces gants, pour que Carly ne puisse sentir ma maigreur, mais surtout pour qu'une fois libérée elle puisse raconter la même chose que moi. Qu'un inconnu l'avait obligée à danser pour lui... Mais quand je suis revenue au casino, elle ne bougeait plus...

— Et vous espériez vraiment que personne ne

découvrirait la vérité ? la relança Diane, qui tenait à tout prix à ce que Leslie continue à parler.

— Je pensais qu'une fois Carly libérée tout rentrerait dans l'ordre. La police ne découvrirait jamais le coupable, l'affaire serait classée et je serais réhabilitée. Mais tout a mal tourné. Et ça a encore empiré quand Arthur Tomkins a été arrêté. Le pauvre homme a dû trouver Carly et laisser ses empreintes. Je savais qu'à cause de ça il ne pourrait pas s'en sortir... Mais je ne voulais pas qu'un innocent paye à ma place...

— C'est alors que vous avez décidé d'enlever une autre fille, poursuivit Diane, tout en continuant sa progression discrète. Afin de disculper Arthur Tomkins ?

— Oui. La police n'aurait eu d'autre choix que de reconnaître qu'elle s'était trompée de coupable... Et Arthur aurait été libéré.

— Quoi qu'il en soit, la police avait raison quand elle vous suspectait d'avoir vous-même organisé votre propre enlèvement. Mais pourquoi en êtes-vous arrivée là, Leslie ?

— Je voulais que Shawn se rende compte à quel point j'étais importante, répondit Leslie d'une voix sourde. Que je n'étais pas un vulgaire objet qu'on jette après utilisation... J'avais vu à la télévision ces histoires de femmes qui prétendaient avoir été kidnappées. Mais elles étaient bien vite démasquées car elles commettaient toutes des erreurs stupides...

Tout comme toi, pensa Diane qui se garda

bien de livrer à Leslie le fond de sa pensée. Il ne fallait surtout pas la braquer, mais au contraire l'amadouer pour qu'elle libère ses prisonniers.

— Leslie, je suis Matthew Voigt. Je suis le producteur de Diane. Vous vous rappelez, nous nous sommes déjà parlé ?

Leslie, surprise d'entendre une nouvelle voix, se redressa.

— Nous pouvons vous aider, poursuivit Matthew. Nous pouvons expliquer aux autorités, à tout le monde, que vous n'aviez pas prémédité ce qui est arrivé. Nous...

— Non, l'interrompit la jeune femme. La situation est désespérée, il n'y a plus d'issue...

Sa voix se brisa, comme si elle était au bout du rouleau.

— Détrompez-vous, enchaîna Diane. Nous vous trouverons des circonstances atténuantes, nous pourrons facilement démontrer que la mort de Carly n'est qu'un tragique accident, que vous ne souhaitiez pas son décès... Mais il faut pour cela que vous relâchiez Anna et Anthony. Une innocente a déjà payé le prix fort, n'aggravez pas votre cas. Libérez vos prisonniers...

— Non, vous ne comprenez pas. Vous ne pouvez pas comprendre, dit-elle d'une voix rauque. Tout le monde va savoir ce que j'ai fait. Mes parents, Shawn... Tout le monde va me rejeter. Déjà que je me suis toujours sentie rejetée... Pas assez brillante, pas assez gentille, pas assez jolie...

— Leslie, calmez-vous, lui intima Diane d'un

ton apaisant. Je suis certaine, au contraire, que tout le monde va faire preuve d'empathie à votre égard. Mais laissez-les partir, c'est la seule solution.

— Stop ! cria Leslie à Diane, qui avait de nouveau fait un pas dans sa direction. Je vous ai dit de ne pas approcher.

Leslie lâcha alors les épaules d'Anna, qui roula à terre, puis, tout en regardant Diane droit dans les yeux, elle s'ouvrit la gorge avec la lame de rasoir qu'elle tenait dans sa main droite.

Épilogue

Alors que le soleil se levait sur Ocean Grove, Diane se tenait debout sur la plage, le casino dans son dos. Anthony était retourné à l'auberge et dormait en ce moment à poings fermés – du moins l'espérait-elle. Emily et Michelle, qui veillaient sur lui, avaient promis qu'elles ne le perdraient pas de vue un seul instant si l'envie lui prenait de quitter sa chambre.

Diane s'était maquillée et les deux techniciens l'avaient équipée afin qu'elle soit prête pour intervenir en direct dans l'émission matinale de Key News. Est-ce en raison de ce qu'elle avait vécu, mais jamais Sammy ne s'était comporté de manière aussi attentionnée à son égard.

Il était prévu que la résolution de l'affaire d'Ocean Grove serait le sujet principal de « Key to America ». Cinq minutes avant la prise d'antenne, Matthew rejoignit Diane pour lui faire part des dernières informations glanées auprès des autorités.

— Les flics ont vraiment été coopératifs, lui dit-il. Ils m'ont raconté tout ce qu'ils savaient. D'abord, Leslie est hors de danger. Elle ne s'est pas ouvert la veine jugulaire. Son état actuel est stationnaire, et elle est maintenant en observation au Centre hospitalier universitaire du New Jersey, où elle se repose.

— Heureusement que les secours sont arrivés peu de temps après son geste, commenta Diane. Aurait-elle survécu s'ils avaient tardé ?

— Je pense qu'elle aurait, hélas, préféré en finir. Son cauchemar ne fait que commencer. Non seulement elle va devoir affronter la justice mais elle devra surtout être suivie psychologiquement. Et son traitement psychiatrique risque d'être lourd, et long. Sans aucune certitude de rémission.

— C'est sans doute ce que mettra sa défense en avant pour lui éviter la prison. J'espère pour elle que le docteur Messinger viendra témoigner en sa faveur et que, grâce à ses notes, le jury comprendra qu'elle est vraiment déséquilibrée...

— Tu soulèves là un point intéressant, l'interrompit Matthew. Un à-côté de l'affaire non dénué d'intérêt. Figure-toi que le lieutenant Albert m'a appris que Messinger avait lui-même orchestré le cambriolage de son cabinet.

— Dans quel but ? s'enquit Diane.

— Il semble qu'il souhaitait prochainement publier un article sur une nouvelle thérapie révolutionnaire. Or, certains des faits qu'il avait précieusement consignés dans ses classeurs allaient à l'encontre des conclusions qu'il souhaitait apporter. Donc, plutôt que de prendre le risque de voir ses thèses contredites par quiconque examinerait ses notes, il a préféré les faire disparaître, pour ne garder que les éléments qui allaient dans son sens...

— Quel escroc ! s'exclama Diane. Larry Belcaro avait raison de dire que ce Messinger n'était qu'un charlatan. Et dire que nous avons à peine pris le temps de l'écouter...

Diane se promit d'aller le trouver avant de partir pour lui présenter ses excuses.

— Au fait, Diane, poursuivit Matthew. Anna Caprie est rentrée chez elle. Elle est légèrement choquée, mais elle va bien. Quant à Arthur Tomkins, il a déjà été libéré. N'oublie pas de glisser ces informations dans ton sujet. Allez, bonne chance, ça va être à toi.

Après son intervention en direct, Diane ôta son micro. Elle s'apprêtait à rentrer à l'Auberge des Dunes afin d'y prendre une douche avant de se glisser dans son lit pour un repos bien mérité, quand son téléphone vibra.

— Ceci est un appel en provenance d'une prison fédérale, annonça une voix préenregistrée.

Sans même lui laisser le temps de lui dire bonjour, Philip la bombarda de questions :

— Comment te sens-tu, ma chérie ? Et Anthony, comment va-t-il ? Je viens juste d'apprendre ce qui est arrivé, mais c'est insensé, comment ont-ils pu te faire passer à l'antenne après ce que tu as vécu ? De qui se moquent-ils ?

— Calme-toi, Philip, tout va bien. Tout le

monde va bien. Il n'y avait personne d'autre sur place pour présenter le reportage. Et n'oublie pas que j'étais aussi la mieux placée pour parler de tout ce qui s'est passé. Le fait que j'ai vécu le drame de l'intérieur n'a pu que rendre plus poignant le sujet aux yeux des téléspectateurs...

— Sans doute mais...

— Ceci est un appel en provenance d'une prison fédérale, répéta la voix préenregistrée.

— Chérie, tu ne peux pas savoir combien je m'en veux, reprit Philip. J'aurais tellement voulu être là-bas avec toi. Vous aviez besoin de moi et je n'étais pas là pour vous protéger. Oh, si tu savais combien je déteste cette situation.

Tu n'es pas le seul... pensa Diane en son for intérieur avant de changer de sujet :

— Tout va bien, Anthony est sain et sauf, et toute cette histoire n'est plus qu'un mauvais souvenir.

— Je l'espère, répondit son mari. S'il vous arrivait quoi que ce soit, à toi ou aux enfants, je ne sais pas si je pourrais le supporter. Vous avez déjà tellement souffert par ma faute. Oh, Diane, je t'en prie, accorde-moi une seconde chance, je saurai me montrer à la hauteur, cette fois. Jamais plus je ne te décevrai.

— Tu vas bientôt être libre, Philip, et il va falloir que nous reconstruisions une nouvelle vie, pas à pas. Ça ne sera sûrement pas facile, mais je t'aime. Et je sais que tu m'aimes. C'est une chance que beaucoup de couples n'ont pas. Cela devrait nous faciliter la tâche, conclut-elle avant de raccrocher.

— Prête pour que je te dépose à ton hôtel ? lui demanda Matthew. Je crois que tu as bien mérité un peu de repos. Même s'il sera de courte durée. Il faut encore que l'on prépare un sujet pour « Evening Headlines ».

— Je te suis.

Matthew laissa quelques instructions à Gary et Sammy avant de leur donner rendez-vous pour un peu plus tard. Diane et lui marchèrent sur le sable en direction de sa voiture.

— Ça ne te dérange pas si on fait un détour avant de rentrer à l'auberge ? demanda Diane.

— Pas de problème. Où veux-tu aller ?

Quand ils arrivèrent à l'Agence du Littoral, les bureaux étaient encore fermés.

— Que dirais-tu d'une tasse de café en attendant l'ouverture ? proposa Matthew.

— Avec plaisir ! lui répondit Diane. Mais je prendrai un déca. Je veux être sûre de pouvoir m'endormir tout à l'heure.

Ils remontèrent Main Avenue en direction du Nagel's. Alors qu'ils apercevaient déjà les tables disposées sur le trottoir, devant le café, Matthew prit le bras de Diane et s'arrêta.

— Regarde, lui dit-il. On dirait Shawn Ostrander. Et son voisin, n'est-ce pas Arthur Tomkins ?

— Si, tu as raison. Allons les voir.

Ils s'approchèrent des deux hommes attablés et Diane, la première, prit la parole.

— Je suis vraiment heureuse que la vérité ait éclaté, monsieur Tomkins. Et vraiment contente que votre innocence ait été reconnue.

Arthur lui adressa un sourire poli et tapota à trois reprises sa cuiller à café contre sa tasse.

— D'après ce que j'ai entendu dire, c'est nous qui vous devons un grand merci, intervint Shawn.

— Nous sommes simplement heureux que toute la lumière ait été faite sur cette affaire, lui répondit Diane, qui s'adressa ensuite à Matthew : Au fait, tu as toujours cette enveloppe que nous a confiée la sœur d'Arthur ?

— Mais oui, bien sûr, s'exclama Matthew en fouillant dans les poches arrière de son pantalon. Tenez, dit-il, en la tendant à Shawn. Je suis allé hier soir au Stone Pony pour vous la remettre, mais vous n'y travailliez pas.

— Effectivement, confirma le jeune homme. J'avais pris ma soirée pour aller à Spring Lake m'entretenir avec les parents d'Arthur. J'espère les avoir convaincus qu'il était temps de renouer des relations normales avec leur fils. Hein, Arthur, qu'en penses-tu ? lui demanda-t-il en passant un bras autour de ses épaules, on va aller les voir tout à l'heure ? Et puis aussi demain ?

— Comme tu voudras, Shawn, acquiesça Arthur en hochant trois fois la tête. Tu sais que je fais toujours ce que tu me demandes de faire...

Larry Belcaro était en train d'ouvrir son agence quand Matthew et Diane le rejoignirent sur le pas de sa porte. L'agent immobilier sembla surpris de les voir.

— J'ai vu le reportage tout à l'heure à la télévision. Que faites-vous ici, madame Mayfield, après la nuit éprouvante que vous avez passée ?

— Je tenais à vous présenter mes excuses, lui répondit-elle.

— Des excuses ? Mais pourquoi ?

— Pour ne pas avoir pris le temps de vous écouter et de discuter avec vous l'autre soir, sur le parking du docteur Messinger, et aussi pour vous avoir passé ce coup de fil à une heure impossible cette nuit.

— Oh, oubliez ça, voulez-vous ? En regardant les informations ce matin, j'ai compris combien cet appel avait dû être capital pour vous. Ah, pauvre Leslie, soupira Larry. Et dire que je faisais tout pour l'aider. Mais c'est ce Messinger qui, à mon sens, est bien plus coupable qu'elle. Et dire que lui s'en sortira sans aucune égratignure. Quand je pense à Leslie ou à ma pauvre Jenna, les larmes me montent aux yeux...

— Si cela peut vous être d'un quelconque réconfort, monsieur Belcaro, intervint Matthew, sachez que le docteur Messinger est apparu sous son vrai visage. Nous avons appris qu'il était menteur et falsificateur. Il ne risque peut-être pas de poursuites pénales, mais soyez certain que sa réputation professionnelle va en être entachée, et qu'il perdra tout crédit auprès de la communauté scientifique. En d'autres termes, je serais surpris qu'il exerce de nouveau son art à l'avenir...

— Merci ! Quelle bonne nouvelle ! s'exclama Larry. Vous illuminez ma journée. Mes prières ont enfin été exaucées. Mais je suis navré, poursuivit Larry en regardant sa montre, je vais devoir vous laisser, j'ai rendez-vous avec un client dans quelques minutes, et il me reste encore des papiers à préparer pour la signature. Figurez-vous qu'après plusieurs semaines de recherches il a enfin trouvé la maison de ses rêves. Oh, cela n'a pas été facile, d'autant que j'ai même dû mentir à sa femme... Avec leurs deux filles, ils louent tous les étés une tente à Ocean Grove. Mais, comme lui n'apprécie pas ce genre de commodités, il a souhaité acheter une maison en dur, et faire une surprise à sa femme...

Diane gravit les quelques marches menant au perron de l'Auberge des Dunes. Fatiguée mais satisfaite, elle s'apprêtait à gagner sa chambre quand Carlos l'intercepta pour la féliciter de sa prestation. Après quelques échanges badins, il lui signala que Michelle prenait son petit déjeuner dans le salon.

Quand Diane entra, elle vit sa fille attablée devant une assiette composée d'œufs brouillés, d'une saucisse et d'un toast de blé complet. Diane se servit une assiette identique avant de la rejoindre.

— Comment te sens-tu, maman ? lui demanda-t-elle.

— Je vais très bien, ma chérie, et toi ?

Michelle avala une longue gorgée de jus d'oranges avant de lui répondre.

— Moi aussi, ça va. Mais, tu sais, j'ai beaucoup réfléchi ces derniers temps, maman... Et ce matin, Emily et moi on t'a vue à la télé... Ce reportage, et tout... Cette Leslie Patterson, elle est vraiment dérangée, non ?

— Oui, ça c'est le moins qu'on puisse dire.

— Je me demandais comment elle avait pu en arriver là... Tu as une idée ? lui demanda Michelle avant de croquer à pleines dents dans son toast.

— Les choses ne sont pas forcément simples, Michelle. Dans son cas, je pense qu'il y a plusieurs facteurs qui sont entrés en jeu...

— En fait, j'ai pris conscience que je ne voulais pas lui ressembler, déclara Michelle en regardant sa mère dans les yeux. Que je ne voulais pas finir comme elle.

— Oh, chérie ! s'exclama Diane. Mais il n'y a aucune raison. Concentre-toi sur les vraies valeurs, sur les joies que nous réserve l'existence.

Se soucier de son apparence est nécessaire, mais de là à se rendre malade pour un tour de taille... Il y a bien plus important dans la vie que quelques kilos superflus !

Diane et Michelle poursuivirent leur conversation à bâtons rompus et, quand toutes deux quittèrent la salle, leurs assiettes étaient vides.

Remerciements

Dès que j'ai vu ces tentes dont les auvents rayés reflétaient le soleil estival, je suis tombée sous le charme d'Ocean Grove. Puis, l'on m'a conté l'histoire de cette station balnéaire du New Jersey, qui m'a fascinée. J'ai aussitôt voulu écrire un roman qui aurait pour cadre ce lieu enchanteur. Je voyais déjà mes personnages évoluer – et mourir, aussi – dans ce petit village à l'architecture victorienne.

Avoir un lieu est important, mais il faut aussi avoir une histoire à raconter. Quand Jen Enderlin, mon éditrice, m'a soufflé le thème d'un personnage qui « crierait au loup », les idées se sont peu à peu mises en place. Jen est si attentive, si professionnelle, que c'est toujours un grand plaisir de travailler avec elle. Je tiens à la remercier tout particulièrement, ainsi que les personnes de St. Martin's Press qui ont tous travaillé d'arrache-pied pour contribuer au succès de ce livre : Sally Richardson, Matthew Shear, Ed Gabrielli, John Karle, John Murphy, Kim Cardascia, Jerry Todd, qui a conçu la couverture de l'édition américaine, Tom Hallman, qui l'a illustrée, et Susan

M. S. Brown, qui a relu et corrigé mon texte avec une vigilance rare.

Le destin m'a également donné un formidable coup de pouce en la personne de ma très chère amie Elisabeth Demarest. Quand je lui ai raconté que j'écrivais un roman ayant pour cadre Ocean Grove, elle m'a parlé de ses amis qui passaient leur été dans une tente, et m'a aussitôt proposé que nous leur rendions visite. Par une belle matinée d'août, Helen et Mil Tatcher nous ont ouvert la porte de leur résidence secondaire. Ils ont ensuite passé la journée à me faire visiter la station balnéaire et à partager avec moi les mille et une informations et anecdotes glanées sur place depuis une vingtaine d'années. Elisabeth, Helen et Mil m'ont permis de nourrir mon récit de nombreux détails, je leur en suis extrêmement reconnaissante.

S'agissant maintenant de décrire avec le plus d'exactitude possible le comportement des adolescentes et des jeunes femmes, je me suis tout naturellement tournée vers Elizabeth, ma propre fille, dont les conseils avisés et judicieux m'ont été fort précieux.

Katharine Hayden, malgré un emploi du temps infernal, a partagé avec moi ses connaissances en matière judiciaire, tandis que mon fidèle ami Rob Shafer, de CBS, m'a de nouveau apporté son expertise technique. Merci à tous deux.

Le site maryjaneclark.com ne connaîtrait pas un tel succès sans Colleen Kenny. Colleen, grâce à sa créativité, réalise un travail merveilleux, mais elle m'apporte également un soutien sans faille.

Laura Dail, mon indéfectible agent littéraire, veille toujours sur ma carrière avec le même amour. Elle est toujours présente pour m'encourager, discuter avec moi de mes scénarios et me conseiller. Merci pour tout, Laura.

En parlant de mes scénarios, justement, le rôle du père Paul Holmes ne doit pas être mésestimé. Cet éditeur indépendant me souffle des idées, me soutient tout au long du processus d'écriture et m'apporte un réconfort moral inestimable. Le connaître depuis toutes ces années est une véritable chance, que je mesure à son juste prix. Savoir que *Danse pour moi* est celui de mes romans qu'il préfère me fait chaud au cœur.

Voilà, j'en ai terminé. À présent que ce livre est achevé, je vais pouvoir retourner à la vie. Ma famille et mes amis se sont montrés bien patients, désormais je vais de nouveau pouvoir danser pour eux.

Achevé d'imprimer par N.I.I.A.G.
en octobre 2006
pour le compte de France Loisirs, Paris

N° d'éditeur : 46907
Dépôt légal : Novembre 2006

Imprimé en Italie